JN121599

ペニー・レイン

東京バンドワゴン

Shoji Yukiya

小路幸也

集英社

目次

冬　カフェの向こうで紅茶も出番……23

春　恋の空《あ》き騒ぎ……133

夏　答えは風と本の中にある……197

秋　ペニー・レイン……247

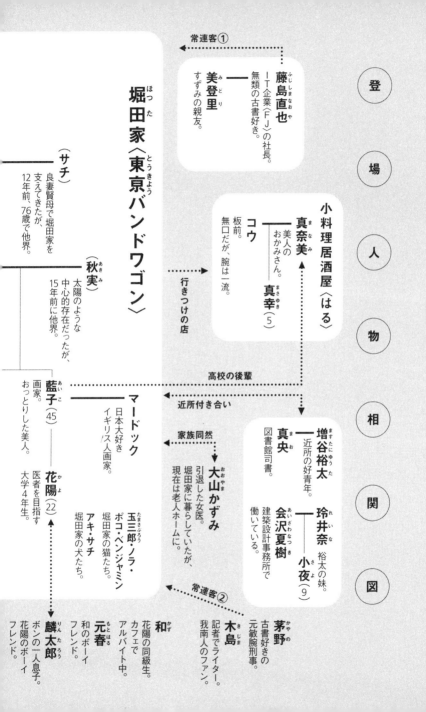

登場人物相関図

藤島直也《ふじしまなおや》
IT企業〈FJ〉の社長。
無類の古書好き。

美登里《みどり》
すずみの親友。

常連客①

小料理居酒屋〈はる〉

真奈美《まなみ》
美人のおかみさん。

コウ
板前。
無口だが、腕は一流。

真幸《まさゆき》（5）

行きつけの店

高校の後輩

近所付き合い

増谷裕太《ますたにゆうた》
近所の好青年。

真央《まお》
図書館司書。

玲井奈《れいな》
裕太の妹。

会沢夏樹《あいざわなつき》
建築設計事務所で働いている。

小夜《さよ》（9）

家族同然

大山《おおやま》かずみ
引退した女医。
堀田家に暮らしていたが、
現在は老人ホームに。

常連客②

茅野《かやの》
古書好きの元敏腕刑事。

木島《きじま》
記者でライター。
我南人のファン。

和《かず》
花陽の同級生。
カフェでアルバイト中。

元春《もとはる》
和のボーイフレンド。

麟太郎《りんたろう》
ボンの一人息子。
花陽のボーイフレンド。

堀《ほっ》田《た》家〈東京《とうきょう》バンドワゴン〉

（サチ）
良妻賢母で堀田家を支えてきたが、
12年前、76歳で他界。

（秋実《あきみ》）
太陽のような
中心的存在だったが、
15年前に他界。

マードック
日本大好き
イギリス人画家。

藍子《あいこ》（45）
画家。
おっとりした美人。

花陽《かよ》（22）
医者を目指す
大学4年生。

玉三郎《たまさぶろう》・ノラ・ポコ・ベンジャミン
堀田家の猫たち。

アキ・サチ
堀田家の犬たち。

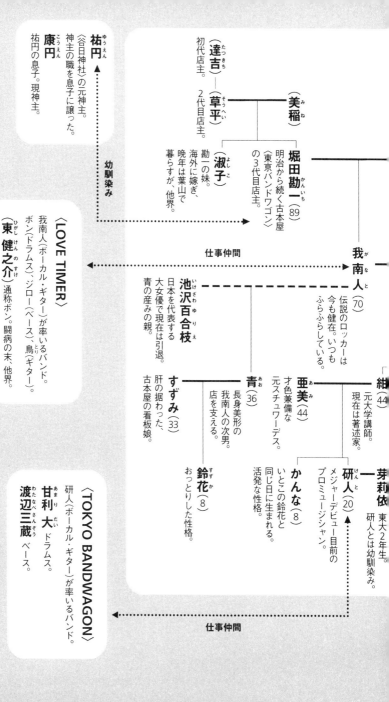

(美稲《みね》)

堀田勘一《かんいち》(89)
明治から続く古本屋〈東京バンドワゴン〉の3代目店主。

(淑子《よしこ》)
勘一の妹。海外に嫁ぎ、晩年は葉山で暮らすが、他界。

(達吉《たつきち》)
初代店主。

(草平《そうへい》)
2代目店主。

我南人《がなと》(70)
伝説のロッカーは今も健在。いつもふらふらしている。

池沢百合枝《いけざわゆりえ》
日本を代表する大女優で現在は引退。青の産みの親。

紺(44)
元大学講師。現在は著述家。

亜美《あみ》(44)
才色兼備な元スチュワーデス。

青《あお》(36)
長身美形の我南人の次男。店を支える。

すずみ(33)
肝の据わった、古本屋の看板娘。

芽莉依
東大2年生。研人とは幼馴染み。

研人《けんと》(20)
メジャーデビュー目前のプロミュージシャン。

かんな(8)
いとこの鈴花と同じ日に生まれる。活発な性格。

鈴花《すずか》(8)
おっとりした性格。

幼馴染み

仕事仲間

仕事仲間

祐円《ゆうえん》
〈谷日神社〉の元神主。神主の職を息子に譲った。

康円《こうえん》
祐円の息子。現神主。

〈LOVE TIMER〉
我南人(ボーカル・ギター)が率いるバンド。ボン(ドラムス)、ジロー(ベース)、鳥《とり》(ギター)。
(**東《ひがし》 健之介《けんのすけ》**)通称ボン。闘病の末、他界。

〈TOKYO BANDWAGON〉
研人(ボーカル・ギター)が率いるバンド。
甘利《あまり》 大《だい》 ドラムス。
渡辺三蔵《わたなべさんぞう》 ベース。

イラストレーション　アンドーヒロミ
ブックデザイン　鈴木成一デザイン室

ペニー＊レイン

東京バンドワゴン

梅と桜を両手に持つ、という言葉がありますね。

新しい季節を告げる美しき花である梅と桜。どちらも素晴らしく良きもののたとえでもあります。

そういう美しく良い梅の花を片手に持ち、さらにもう一方の手にこれまた良き美しき桜の花を持つのです。美しいものを両手に携えるのですから、それはもうこれ以上なく良い状態のことをそう言うのでしょう。

似たような言葉に両手に花、というのもありますが、こちらは美女を二人も侍《はべ》らせるなんていう、ちょっと殿方だけに都合の良い解釈になってしまっていることが多いのですが、まぁ確かに良いことには違いありません。

わたしが住んでおります東京のこの辺りは下町と呼ばれ、またやたらとお寺が多いところでもあります。

寺社などはそれこそ江戸の昔からの姿をそのままに、境内の木々や草花と共に、時を止めたかのような静かな美しい風情でそこにありますよね。その静かなお寺まわりを抜けて中通りに入っていけば、こちらもまた江戸とまではいきませんが、古き薫りを漂わせながらも人気《ひとけ》賑《にぎ》わう下町の暮らしがあります。

慣れぬ人を惑わすような入り組んだ小路《こうじ》に、猫が尾を振れば両隣の家に触れるような狭い路地。木目も色褪《いろあ》せた板塀を匍《はらば》う蔦《つた》に、苔生《こけむ》して深緑色に染まる石塀。陽《ひ》が射《さ》せば猫が日向《ひなた》ぼっこをする角も落ちた石段に、玄関先や軒先を彩る季節の鉢植えに小さな花壇が眼《め》を楽しませます。

窓から手を伸ばせば醬油《しょうゆ》の貸し借りができて、大声で呼べば外で遊ぶ子供たちが返事をします。そこここの家の窓から煮炊きする夕餉《ゆうげ》の匂いが流れ、子供たちの笑い声が響き、家路を辿《たど》る軽やかな足音さえも聞こえてきます。消えてしまったかのような昔ながらの良き暮らしは、まだまだここにしっかりと息づき残されています。

かと思えば、道を一本抜けて大通りに出ればそこは大都会東京です。

新しいビルディングやお洒落《しゃれ》な建物が立ち並び、たくさんの車が行き交い電車が通り、何をするにしてもこれ以上ないほど便利な暮らしがあります。血の通わぬ建物にさえ多くの人の気がそこに息吹を与えて、まるで町全体で音楽を奏でているかのような響きに彩られています。

古き美しきもの、新しき良きもの。

この辺りではそのどちらもがあり、人々の日々の暮らしを形作っています。まさしく、梅と桜を両手に持つようなものではないでしょうかね。

故《ふる》きを温《たず》ね新しきを知る、新しさを求めて古き良さをも分かち合う。そういう暮らし方、生き方ができればそれがいちばんではないかと思いますよ。

そういう下町で、築八十年にもなる今にも朽ち果てそうな日本家屋で古本屋を営んでいるのが、我が堀田《ほった》家です。

〈東京《とうきょう》バンドワゴン〉というのがお店の屋号なんですよ。

明治十八年にこの地に創業ですから歴史だけはあるのは間違いないのですが、店名を聞いただけでは一体何屋さんなのかまったくわかりませんよね。

わたしの義理の祖父にあたる、創業者であり先々代店主の堀田達吉《たつきち》が、親交のあったかの坪内《つぼうち》逍遥《しょうよう》先生に頼んで命名してもらったものだとか。翻訳家としても名高い坪内先生ですから、日本語と英語を混ぜた名を付けるのはごく自然な成り行きだったのでしょうかね。その当時でさえも随分と奇異に思われたらしい屋号ですが、百何十年が過ぎた現代でも変わった名前だと思われるのも、さすが坪内先生の感性の鋭さ故なのでしょう。

家の真正面、瓦屋根の庇《ひさし》に鎮座まします黒塗りに金文字の堂々たる看板も、今ではすっかり色褪せてしまっています。が、それがかえって古本屋らしい風情を醸し出していいだろうと、折りに触れて新しくする話は出るものの、落ちたりしないよう土台の補修をするだけで新たに塗り直すこともなくそのままにしてあります。

創業当時は古本屋のみの営業でしたが、今は隣でカフェもやっています。こちらの店は〈かふぇあさん〉と名付けてはいるのですが、繋《つな》がった隣同士の店なのに別々の名前も煩わしかろうと、普段はこちらも〈東京バンドワゴン〉で通しています。

そうそう、もしも我が家の店名を文字で書く機会がありましたら、京の字がこの字ではない〈東京バンドワゴン〉でも通じますから構いませんよ。

あぁ、いけません。

またご挨拶もしないうちから長々と話を進めてしまいました。

わたしがどなたの目にも触れることのない暮らしになってもう十数年が経《た》ちます。すっかりそれがあたりまえになってしまい、どうせ見えないのだからとお行儀も悪くなってしまっています。

初めまして、の方々もいらっしゃいますでしょうか。

相も変わらずというわたしの話にお付き合いいただいている常連さんも、そしてお久しぶりの方々にも大変失礼いたしました。

わたしは堀田サチ、と申します。

この堀田家に嫁いできたのは、終戦の年、昭和二十年のことでした。

思い返してみると、今では考えられないぐらいの相当な大事に巻き込まれたことから始まった縁でこの家の敷居を跨《また》ぎましたが、その辺りのことはもう以前にお聞かせしましたよね。

それからもう七十余年もの月日が流れ、家族とたくさんの縁者の皆さんに囲まれて、つつましくも賑やかに過ごさせてもらいました。


賑やかなのは、何よりも喜ばしいこと。今までも随分と皆様に我が家のよしなしごとをお聞かせしてきましたが、賑やかを通り越して騒がしく物騒なこともたくさんありましたよね。どうにもお騒がせしてしまうのは堀田家の血筋のせいなのかもしれません。

またこうしてお会いしてお話しする機会を頂けたのですから、まずはうちの家族を順にご紹介させていただきましょうか。

本当に古びた日本家屋なのですが、ご覧のように正面に入口が三つもあります。

本来の正面玄関は文字通り真ん中の扉がそうなのですが、普段は両側のお店の方ばかりを使いますのでほとんど使われなくなってしまいました。

まずは、向かって左側のガラス戸を開けて中へどうぞ。

そちらが戸に書かれた金文字の通り、古本屋〈東京バンドワゴン〉の入口です。からん、と鳴る土鈴《どれい》の音が心地良いでしょう。

入ってすぐに目に入る本棚は創業時に造らせたというものがそのまま残っています。見た目からして重そうですが、実はこの本棚、可動式なのです。

当時からそんな造りにするのは珍しかったそうですが、実際に動かされたのを見たのはわたしも確か二度ほどしかありません。何せ本棚を動かすには、収められた本をほとんど外に出さなければなりませんからね。大変な作業になってしまうのですよ。

店の奥、三畳分の畳が敷かれた帳場にどっかと座り、古びた文机《ふづくえ》に頬杖《ほおづえ》突いて大体は本を読んでいるのが、わたしの夫であり〈東京バンドワゴン〉三代目店主の堀田勘一《かんいち》です。

ご覧の通り、大柄でごま塩頭に仏頂面の強面《こわもて》ですが、そこは客商売。お客様には、特に女性と子供には優しく笑顔で接しますからご安心ください。そしてもちろんですが、古書に関しての知識は人一倍です。どんな質問や疑問にも懇切丁寧に嬉々《きき》としてお答えしますので、お気軽にお声掛けくださいね。

江戸っ子気質と言いますか、曲がったことは大嫌いで喧嘩《けんか》っ早く、しかも柔道四段の猛者《もさ》でもありますから、若い頃には外でいろいろやらかしました。米寿《べいじゅ》を過ぎて多少は大人しくなりましたが、その分四人いる曾孫《ひまご》が一人前になるまでは絶対に死なねぇと嘯《うそぶ》き、実際お医者様も太鼓判を捺《お》すほどの健康体です。この分では間違いなく百歳まで矍鑠《かくしゃく》としているのではないでしょうか。

あぁそうですね。目立つでしょう？

勘一の座る帳場の後ろの壁に書かれた墨文字ですね？

〈文化文明に関する些事《さじ》諸問題なら、如何《いか》なる事でも万事解決〉

これは、我が堀田家の家訓なのです。

勘一の父、そしてわたしの義父であります二代目店主の堀田草平《そうへい》は、大正から昭和に移り行く激動の時代に、新しき時代の礎に、そして民衆のための善なる羅針盤になるべく智《ち》の集合体としての新聞社を興そうとしたのですが、様々な事情や弾圧などがあり志半ばになります。心機一転して家業である古本屋を継いだのですが、その際に「世の森羅万象は書物の中にある」という持論からこの家訓を捻《ひね》くり出し、ここに書いたのだそうです。

決意表明のようなものだったのでしょうが、お客様や近所の皆様には少し誤解され、揉《も》め事《ごと》や事件のようなものを持ち込まれて、探偵よろしく解決のために走り回ったことも一度や二度ではなかったようです。その辺りのことも、いずれ機会があればお話ししてみたいと思うのですよ。

そうです、我が家の家訓は実は他にも多々ありまして、あそこにあるような壁に貼られた古いポスターや、カレンダーを捲《めく》りますとそこここに現れます。

曰《いわ》く。

〈本は収まるところに収まる〉

〈煙草《たばこ》の火は一時でも目を離すべからず〉

〈食事は家族揃《そろ》って賑やかに行うべし〉

〈人を立てて戸は開けて万事朗らかに行うべし〉等々。

トイレの壁には**〈急がず騒がず手洗励行〉**、台所の壁には**〈掌《てのひら》に愛を〉**。

そして二階の壁には**〈女の笑顔は菩薩《ぼさつ》である〉**という具合です。

家訓などはもはや過去の遺物、死語のようになっていてお若い方は意味すらわからないでしょう。けれども、我が家では老いも若きもできるだけそれを守って、毎日を暮らしていこうとしています。

今、勘一の脇で買い取った古本を棚から出して整理をし始めているのが、孫の青《あお》のお嫁さんのすずみさんです。

大学は国文学科で卒論は二葉亭四迷《ふたばていしめい》について、そして若い頃から古本屋で働くのが夢だったという筋金入りの古本好きのお嬢さんだったのですよ。

青と結婚して一児の母となり、三十を過ぎてもご覧の通り愛嬌《あいきょう》たっぷりの可愛《かわい》らしい笑顔がトレードマークでして、古本屋はもちろんカフェでも看板娘です。けれどもその愛嬌の陰で、文学や古書に関する知識や記憶量は店主の勘一すら舌を巻きスパコン並みではないかと言われ、なおかつ気《き》っ風《ぷ》の良さも度胸も勘一を凌《しの》ぐほどです。

さ、どうぞ。帳場の横の上がり口から靴を脱いで奥の方へ上がってくださいな。すぐそこが我が家の居間になっていますから。

あぁそうなのです。

この男をご存じでしたか。

座卓でお茶を飲みながら、iPad《アイパッド》を操作して何やら読んでいる金髪の長髪そして長身の男が、わたしと勘一の一人息子の我南人《がなと》です。

まだ高校生の頃からギターを抱えステージに立ちロックンロールをやってきましたが、いつの間にやら〈ゴッド・オブ・ロック〉とか、最近では〈レジェンド・オブ・ロック〉などと呼ばれているとか。

七十に手が届く年齢にもなり、ずっと一緒にやってきたバンド〈LOVE TIMER〉メンバーの死去もありましたが、今でも他の人に曲を作ったり、残ったメンバーでアコースティックライブをやることもあります。若い頃からツアーだレコーディングだとあちこち飛びまわって、まるで家に居つきませんでしたが、この頃は孫の相手をすることが楽しいのか、わりとのんびり過ごしていることが多いですね。

音楽をやっている方々や、ファンになった人たちがいまだに我南人に会いに店にやってきてくれるのですよ。昔はほとんど家にいなかったので交流などできずにいたのですが、今はゆっくりカフェでお話しすることもありますよ。

同じ座卓でノートパソコンのキーボードを叩《たた》いているのが、その我南人の長男で、わたしの孫の紺《こん》です。

以前は大学講師をしながら古本屋の裏方をやっていたのですが、下町に関する本を出したのをきっかけにライターとして一本立ちできるようになり、今では連載を抱える小説家でもあります。

自分の部屋で執筆すればいいものを、かえって落ち着かないといつもここで仕事をしていますね。何かと派手に動き立ち回りたがる我が家の男の中で、常に冷静沈着、勘も知恵も働く知性派です。けれども、地味な顔立ちに大人しい性格、さらに石橋を叩いても渡らないというほどの慎重さも相まって、普段はいるのかいないのかわからないとは言われます。

あぁ、今カフェのホールから戻ってきて休憩だと座ったのは、紺の弟であり我南人の次男である青ですが、まるで紺とは似ていないでしょう。

実は紺とは母親が違います。そこらのモデルさんも、何でしたらアイドルさえも裸足《はだし》で逃げ出すほどの見目麗しいこの顔とスタイルは母親譲りなのです。スカウトされて俳優として映画出演した経験もありますから、ファンの方がカフェを訪れてくれることも多いのですよ。

以前は旅行添乗員の仕事をしていましたが、今はカフェを仕切り、そして古本屋では執筆に忙しい紺に代わって裏方として支えてくれています。まだ三十代の若さで、いわゆるサブカルチャー関係には無類の強さを発揮して、芸能関係やファッションに音楽、美術関係の雑誌や書籍、それに漫画などの値付けはほぼ青がやっています。

どうぞ、カフェの方にも回ってくださいな。

コーヒーはもちろん、紅茶や各種のジュース、スムージーといったもののほか、手作りのケーキやベーグルなども置いていますし、お粥《かゆ》やホットドッグなどの軽食もありますよ。お好きな席でお好きなものを頼んでください。

ご覧の通りカフェの壁はギャラリーになっていまして、掛けられている油絵や版画、日本画などは我南人の長女の藍子《あいこ》と、その夫であるマードックさんの作品です。

藍子は、見た目はおっとりのんびりしていてどちらかと言えば浮世離れしたような雰囲気なのですが、その身の内には芸術家らしい秘めた熱情のようなものがあったのでしょうか、大学在学中に教授であったすずみさんの父親と恋に落ち、一人娘の花陽《かよ》を授かりました。家族にも誰にも父親のことを明かさずにシングルマザーとして育ててきました。ですから、すずみさんと花陽は、義理の叔母と姪《めい》でありながら腹違いの姉妹という複雑な関係なのです。

その藍子の夫は、イギリス人で日本画を中心に活躍するアーティスト、マードック・グレアム・スミス・モンゴメリーさんです。

学生時代に古き日本文化や芸術に心魅《ひ》かれて日本にやってきて、大学卒業後に日本に移住してからは、我が家のご近所さんとして過ごしていたのです。藍子にはほとんど一目惚《ひとめぼ》れだったらしいですね。それからいろいろありましたが藍子と結ばれて、花陽にとっては継父となります。

この夫婦、イギリスにいるマードックさんの年老いたご両親のためにと、しばらく向こうで暮らしていたのですが、マードックさんのお母様がお亡くなりになりました。お父様も施設のようなところで働きながら暮らすことになりましたので、この春に帰ってきてまた我が家で一緒に暮らし始める予定です。

カフェのカウンターの向こう、コーヒーをサイフォンで落としている華やぐ笑顔の女性は、紺のお嫁さんの亜美《あみ》さんです。

かつては国際線のスチュワーデスという才色兼備のお嬢さんでして、その美しさはまさしくワールドクラス。もう四十代で二児の母になってもその美貌は衰えるどころかますます輝きと鋭さを増して、ハリウッド女優ばりの華やかさとも言われますよね。そんなお嬢さんが何故《なぜ》あんな地味としか言い様のない紺と結ばれたのか、いまだに堀田家最大の謎とされています。

実はこの〈かふぇ　あさん〉。我南人の奥さんで我が家の太陽だった秋実《あきみ》さんが病に倒れ亡くなり、暗く沈むことになってしまった家族全員に活を入れ、低迷していた家計をも助けようと亜美さんが提案してくれたのです。その溢《あふ》れるセンスとスチュワーデス時代の人脈で、煤《すす》けた物置だったところをものの見事に美しく変貌させました。カフェは今や家計を支える大きな柱です。

あぁ、カフェの扉が開いて入ってきたギターケースを背負った男の子。くるくる巻き毛の長髪で可愛らしい顔をしているのは、紺と亜美さんの長男で、わたしの曾孫の研人《けんと》です。

そうなのですよ、ご存じでしたか。〈TOKYO BANDWAGON〉というバンドのフロントマン、ボーカリストでギタリストです。

祖父である我南人の血を色濃く引いたのでしょうね。中学生になった頃から音楽的な才能を発揮し始めまして、音楽活動をしてきました。高校を卒業した今はれっきとしたプロのミュージシャンとして、アルバム制作やライブに勤《いそ》しんでいます。実は、インディーズとして出しているアルバムやYouTube《ユーチューブ》、他の方への楽曲提供などで、信じられないぐらいに売れているようでして、正直なところ我が家で今いちばん稼ぎがあるのは古本屋やカフェではなく、また我南人や紺でもなく、この子でしょうね。

その研人と一緒に入ってきた烏《からす》の濡《ぬ》れ羽《ば》色と表現するのがぴったりの長い黒髪の女の子は、研人の幼馴染《おさななじ》みであり、去年の春に晴れて夫婦となった芽莉依《めりい》ちゃんです。式などはまだ挙げていませんし、同じ家に住んではいても別々の部屋ですが、二人は高校を卒業してすぐに結婚したのですよ。

大きな瞳でこんなに愛らしい顔をしていますが芽莉依ちゃん、東大に現役合格した才女でもあります。普段は本当に控えめで大人しそうに見えるのですが、弁も立ち成績も優秀。将来は国際的な仕事をしたいと、英語は既にペラペラで今はフランス語と中国語も習得中だとか。

居間から出てきてその芽莉依ちゃんを呼んだ眼鏡を掛けた女の子は、藍子の一人娘の花陽です。芽莉依ちゃんよりも二つ年上ですがもちろん幼馴染み。今は二人で一緒の部屋に住んでいるのですよ。花陽と研人は、それぞれ母親と父親が姉弟《きょうだい》のいとこ同士です。でも生まれたときからずっとこの家で一緒に暮らしていますし、名字も同じでもちろん通った小学校中学校も同じ。ですから二人のことを姉弟と思っている人も多いのですよ。

幼い頃は活発でとにかく元気な女の子だった花陽は、中学の頃に医者になりたいと思うようになり、猛勉強の末に見事都内の医大に進みました。今も勝気な女性であることは間違いありませんが、二十歳《はたち》を過ぎても遊び回ることもなく、勉強一筋の毎日です。

お話ししたように、花陽の実の父親はすずみさんのお父さんです。それをすずみさんが知ったときには既に青と恋仲になっていましたし、花陽もすずみさんが青と結ばれて我が家に来たときには複雑な思いがありました。でも、今はわだかまりも解け、時には義理の叔母と姪、時には姉妹としての関係を行ったり来たりしながら楽しく家族として過ごしていますよ。

裏の玄関から声がしましたね。我が家には表の三つの入口の他に、横に回ったところに裏玄関があるのです。家の造りからすると正面は店舗用、こちらが住居用の玄関とした方が通りがいいでしょうかね。

元気にただいまー！　と声を上げたのは、わたしの曾孫で、紺と亜美さんの長女かんなちゃんと、青とすずみさんの一人娘である鈴花《すずか》ちゃん。そして一緒に入ってきたのは、紹介するまでもありませんね。引退こそしましたが、日本を代表する女優だった池沢百合枝《いけざわゆりえ》さんです。あぁ、藤《ふじ》島《しま》さんと美登里《みどり》さんも戻ってきたのですね。

　かんなちゃん鈴花ちゃんが大きな本屋さんに行きたがっていたのを池沢さんが連れていってくれていたのです。たまたま買い物があった藤島さんと美登里さんも、一緒に出かけていったのですよね。

　先に言いましたが、実は青の産みの母親が池沢さんなのです。ですから、鈴花ちゃんにとっては実のお祖母《ばあ》ちゃんになるのですが、池沢さんはかんなちゃんにも同じように祖母として分け隔てなく接してくれています。

　いとこ同士になる、かんなちゃんと鈴花ちゃんは、本当に偶然なのですが同じ日のほぼ同時刻に生まれました。次の誕生日が来れば九歳になりますね。赤ちゃんの頃は双子かと思われるほどにそっくりだったのですが、大きくなるにつれて個性がいろいろと出てきました。

　大きな瞳が愛らしく元気一杯の笑顔が似合う、活発なかんなちゃん。運動神経も良いらしく、学校でいちばん好きなのは体育だそうです。お母さんの亜美さんも実は運動神経が良いらしいですし、お兄ちゃんの研人もそうでしたから、そこを受け継ぎましたかね。

　対照的に、涼し気な目元が少し大人っぽさを醸し出し、おっとりして恥ずかしがり屋さんなのが鈴花ちゃん。こちらは体育よりも音楽や図工が好きなようで、ひょっとしたら祖父の我南人や伯母の藍子の素質を受け継ぎましたか。

　二人ともとても愛想が良く、我が家の最も若い看板娘ですよ。

　血縁者ではなくお店の常連さんなのですが、藤島直也《なおや》さんは六本木《ろっぽんぎ》ヒルズにＩＴ企業を構える社長さん。ＩＴなどと最先端の事業を行っているのに三度の飯より古本好きという方です。もう随分昔のように思えてきますが、初めて来たときに店の本を全部買いたいと言い出して勘一に怒鳴られたのですよね。それから我が家に通うようになり、騒ぎに巻き込んでしまったり巻き込まれたり、空き地だった隣に別宅として〈藤島ハウス〉というアパートまで建ててしまい、今ではもう家族同然です。

その藤島さんのパートナーになったのが、こういうのをご縁があったというのでしょうね、すずみさんの親友の美登里さんです。美登里さんも一時期はすずみさんと疎遠になっていたりいろいろごたごたがあったりしましたが、今はNPO関連の職員として働き、我が家の一員のようになっています。

もう一人、医者として地域診療に貢献してきた、わたしと勘一にとっては妹同然だった戦災孤児の大山《おおやま》かずみちゃん。引退して堀田家に戻ってきてくれたのですが、眼が見えなくなる病になってしまい、自ら決めた老人ホームへ入居したのは一昨年のことです。

今この家に住んでいるのは、勘一に我南人、紺と亜美さん、青とすずみさん、かんなちゃんと鈴花ちゃんですね。藤島さんが建てた隣のアパート〈藤島ハウス〉に研人、花陽と芽莉依ちゃん、美登里さん、そして池沢さんです。

それでも、朝ご飯には皆が集まり、晩ご飯もそれぞれにここの居間で食べていますから、ほとんど一緒に暮らしているのと同じようなものです。

我が家の一員である猫と犬たちは、猫の玉三郎《たまさぶろう》にノラにポコにベンジャミン、そして犬のアキとサチです。玉三郎とノラというのは、我が家の猫二匹に代々付けられていく名前でして、数年前にも代替わりしました。新しい玉三郎とノラも捨てられていた猫で、正確な年齢はわかりませんがおそらく四歳か五歳になりました。ベンジャミンとポコはこれがもうそろそろ尻尾が二つに分かれそうな高齢の猫。アキとサチも拾った犬ですけれど、たぶん十歳くらいになりますね。皆元気で、猫たちは古本屋に顔を出して本棚の上や帳場に寝そべっていたりしますし、アキとサチも呼ばれればどこにでも顔を出しますが、騒いだり本を齧《かじ》ったりする悪戯《いたずら》もしない良い子たちですよ。

最後に、わたし堀田サチは、七十六歳で皆さんの世を去りました。終戦の年に勘一と夫婦になってから六十年近く、古本に囲まれそして愛する家族や縁者の皆さんに囲まれて、賑やかに楽しく過ごしてきました。本当に何の悔いも思いも残さず幸せで満ち足りた人生でしたと感謝しながら眼を閉じたはずなのですが、何故かそのまま家に留《とど》まり、自分の葬儀にも出席してしまいました。

どうしたことなのかはいまだにさっぱりわかりませんが、どなたかの粋な計らいなのだろうと思い、こうして家族の皆を草葉の陰ならぬ家の中でそのまま見守っています。

そうでした、幼い頃から人一倍勘が鋭かった孫の紺は、わたしがまだこの家にいることに早くから、それこそわたしの葬儀のときから気づいていて、見えないのですがときどきは仏壇の前で話ができるのです。

おそらくはその血を引いたのでしょう、紺の息子の研人は話はできませんがわたしの姿をときどき見ることができますし、妹のかんなちゃんは、いつでもどこでもわたしが見えてごく普通にお話もできるのですよ。そう、わたしの姿を写真にまで撮ってしまえますからね、かんなちゃんは。

でもそれはわたしと鈴花ちゃんも含めて五人だけの、いえこの間イギリスにもう一人増えて六人になってしまいましたが、秘密にしていますので皆様もお含みおきください。

いつもいつもご挨拶が長くなってしまってすみません。

こうして、まだしばらくは堀田家の、そして〈東京バンドワゴン〉の行く末を見つめていきたいと思います。

よろしければ、どうぞご一緒に。

冬 カフェの向こうで紅茶も出番

一

歌にもよく唄われたりもしますが、二月は暦の上ではもう春。

概《おおむ》ね二月頭の四日に立春という文字が暦に、カレンダーに載りますよね。実は五日になったりした年もあったそうなのですが、さてそれがいつだったのかはまったく覚えていません。

冬とされる季節の様相がそこでもう極まったので、ここから先は春の気配が立ち上がってくるから〈立春〉なのですよ、と、説明されるとなるほど、と納得できます。暖かい南の地方、九州などでは一月の末から梅が咲き揃ったりするそうですし、東京でも随分と気の早い梅が咲いたという便りが届くこともありますね。

でもさすがに、立春だからさぁ春が来た、という気持ちにはなかなかなれませんよね。

二月頭はまだまだ冬の真っ最中。気温だって一年のうちでいちばん冷え込むことが多いのではないでしょうか。まぁだからこそ、冬が極まったということですよ、なのでしょうけれど。

何でも二月には〈仲の春〉という異名もあるのだとか。

年末の慌ただしさと一月の新年を迎えた静けさと賑やかさを通り抜け、学校や職場もそしてお店の営業も始まって日常が戻り、またそれにもあっという間に慣れて日々があたりまえに静かに過ぎていくのが二月。

この後に訪れる別れ、そして新たな旅立ちと出会いの季節である三月四月の春という舞台を前にしての幕間《まくあい》のような時期でしょうか。

そう考えると、二月だけ一ヶ月が短いのも何となくしっくりときますね。

冬毛になって、少しだけ身体《からだ》がふんわりと丸くなっているように見える我が家の四匹の猫たち。ベンジャミンにポコ、玉三郎にノラ。

冬の間は炬燵《こたつ》になる座卓のところや、それぞれの部屋に床暖房代わりに敷いてあるホットカーペット、あるいはオイルヒーターなどの暖房器具の前で暖かさを求めていますが、二月に入った頃からは、縁側の陽の当たるところで寝転がっている姿も見られるようになってきます。

そういえば春は猫にとっても恋の季節。季語にも〈猫の恋〉というものがあるそうですね。

堀田家にはこの家を建てて以来ずっと猫がいて、わたしが嫁いで来てからも常に二匹以上の猫がいるのですが、あの発情期に出す凄《すご》い鳴き声をうちの猫が出しているのは聞いたことないですね。外から聞こえてくることはよくあるのですが、ああいうものはやはり去勢されていない野良猫たちが出すものでしょうか。

常にマイペース、あるいは傍若無人な猫たちに囲まれて、犬のアキとサチは冬の間でも、たとえ冷たい雨が降ろうが雪になろうが元気に外へ散歩に行きたがりますし、そもそも猫と違ってこの二匹の用足しは必ず外ですから一日に二度三度と出かけて行きます。歌の文句の通りに、雪など降ったときには本当に嬉《うれ》しそうに庭を駆け回りますし、その様子を猫は炬燵で丸くなって見ています。

ただ今年の冬はいつもとは庭の様子が違っていましたから、猫たちもよく二階の窓や縁側からその様子を眺めていましたよね。

裏の田町《たまち》さんの家を全面的に建て替えての、増谷《ますたに》家と会沢《あいざわ》家の新築工事がいよいよ終盤を迎えています。当初の予定では完成は三月の末。皆がそれぞれに新しい春を迎える四月になる前にはでき上がるように頑張って来ました。

寒くなる前に外装や外回りの工事はほとんど終えて、今は主に内装工事の真っ最中です。とはいえ、まだ外回りも終わっていないところもありますから、足場が組まれて幕と言えばいいのですかね、半透明のカバーのようなものも掛けられたままになっています。

猫や犬たちは、あの幕の中で足場を歩いたり作業したりしている人影が気になるのでしょうね。飽きずにずっと眺めていることも多かったですよ。

この光景もあと二ヶ月ほどで、三階建ての立派なお宅ができあがります。

できあがると同時に、今度はまたしても、どう言えばいいのでしょうね。大変ややこしいというか、複層するというか、そういう家庭内及びお隣との敷地内引っ越しが待ちかまえています。

本当にややこしいので、完成スケジュールを睨《にら》みながら、増谷家と会沢家、そして堀田家の三家族に藤島夫妻を加えて我が家の居間に集まって打ち合わせなどもしているのですよ。

増谷家と会沢家は、今は我が家の隣の〈藤島ハウス〉を仮住まいとして暮らしていて、完成したならばそのまま新築の家に引っ越します。

二家族が一軒の家に住むのですから、普通は二世帯住宅のように一階と二階に分けて玄関も別々にしそうですが、土地が狭いこともあって増谷家会沢家は違います。

一階は思い切って二家族共同の居間と台所とお風呂やトイレにしたそうです。そして二階が増谷家で、三階が会沢家になるんだとか。ご飯の支度も食べるのもできるだけ一緒にやろうと考えているそうで、これは我が家を参考にしたそうですよ。考えてみれば我が家も一軒の家の中に、勘一、我南人、藍子、紺、青と五つの世帯が住んでいたわけですからね。やってやれないことはないと思いますよ。

もちろん水回りは各階にもそれぞれあるそうですし、狭い敷地の家でも快適に過ごすためにいろいろ工夫して、おもしろい造りになっているそうです。完成したところを見学させてもらうのが今から楽しみなのですよ。

そして〈藤島ハウス〉から、池沢さんが、かずみちゃんのいる神奈川県の三浦《みうら》の施設で共に暮らすために引っ越します。部屋は別々ですが、今かずみちゃんが暮らすすぐ上の階の部屋が空いていたそうで、広さは二人で暮らすのにも充分な部屋。なので、もしものことがあれば契約を変えて一緒の部屋にするということも考えているとか。

そうして〈藤島ハウス〉の部屋が空き次第すぐに、今度はイギリスで暮らしていた藍子とマードックさんが帰ってきます。

もちろん以前に暮らしていた部屋に入りますから、藍子とマードックさんの部屋に住んでいる花陽や研人や芽莉依ちゃんも、それぞれに〈藤島ハウス〉の違うお部屋に引っ越します。

簡単なようでいて、海外から藍子たちの荷物も先に届くわけですから、それぞれの引っ越し日をきちんと決めて、事前に準備しておかないと混乱してしまうのですよね。これは春の一大イベントになりそうですよ。

昨年の夏休みの頃から試験的に夜も営業するようになったカフェは、その後も好評で、売り上げも概ね順調です。気づいていなかったわけではありませんが、この辺りにはちょうど夜遅くまでやっているコーヒーを飲ませるお店が少なかったのですよね。あってもお酒も扱っているところばかりで騒がしく、静かにコーヒーを飲みたいという需要が多かったということでしょう。

冬になるまでは夜の十時半から十一時ぐらいまでは営業していたのですが、この一月二月は九時半から十時ぐらいの閉店にしています。寒くなってお客様の帰宅の足が早くなったこともありましたので、むしろ季節によって閉店時間を変えてもいいだろうと、そうしてみました。

また暖かくなって夜の時間を楽しめるようになれば、閉店時間を延ばせばいいだけですからね。その辺りは柔軟に対応することにしました。

そんな二月も頭の日曜日。

相も変わらず、堀田家は朝から賑やかです。

寒い冬の朝にもかかわらず、いつものように誰かに起こされることもなく、目覚ましを使うこともなく元気にかんなちゃん鈴花ちゃんが、二階の自分たちの部屋で目を覚まして起き出します。

何せ目覚まし時計を使っていないというのですから、さてどっちが先に起きるのだろうと以前にしばらく観察したことがあるのですが、どちらかといえば鈴花ちゃんの方が先に起きることが多いようです。普段の性格とは違い、かんなちゃんの寝相はわりと大人しく鈴花ちゃんはダイナミックなのがおもしろいのですよ。

鈴花ちゃんが本当に何も使わずにぱちりと眼を覚まして、二段ベッドの下で寝ているかんなちゃんを起こします。二人とも寝つきも寝起きもいいですから、わたしのことが見えるかんなちゃんには、起きてすぐに「大《おお》ばあちゃんまた見てた！」と言われてしまったので、もう観察しないようにしています。

パジャマから部屋着にしているフリースに着替えて靴下も穿《は》いて、部屋を出て階段を駆け下りてまだ冷たい縁側をものともせずに走って、〈藤島ハウス〉で寝ている研人を起こしに出かけます。

今日は猫のノラと玉三郎も一緒になって走っていっていますよ。犬なら何となくわかるのですが、猫がこうしてついていくのも珍しいですよね。と言っても玄関までですけれども。

少し前までは布団の上にダイブして起こしていた二人ですが、自分たちが大きくなったこともわかっていますから、近頃は二人で同時に身体をくすぐったり、耳に息を吹きかけたり、いろいろバリエーションを増やしているのです。いずれにしても飛び起きますよね。

いつまで起こしに来てくれるのかなぁ、などと、まるで娘がいつまでお風呂に一緒に入ってくれるかと心配する父親のようなことを言っていた研人なのですが、二年生になってもこうやっているのですから、研人が一緒に暮らしている限りは続くのではないでしょうかね。あるいは、研人が芽莉依ちゃんと同じ部屋で暮らすようになれば、また少し変わるのかもしれません。

同じく二階にいる亜美さんとすずみさんはその少し前から起きてきて、台所で朝ご飯の支度を始めています。かんなちゃん鈴花ちゃんと入れ違いに〈藤島ハウス〉からは、花陽に芽莉依ちゃん、そして美登里さんもやってきて、台所は女性陣のおはようの声が響き、賑やかになりますよね。

五人もの大人の女性がそれぞれに動いても充分に広い台所なのですが、猫たちも起き出して、朝ご飯が欲しいと台所をうろうろします。足元に身体をくっつけてきてすりすりしますから、美登里さんなどは慣れるまで蹴飛ばしちゃいそうになっていましたよ。

犬のアキとサチは、台所の入口のところで座ってじっと中を覗《のぞ》き込んでいたりしますから、こちらも出入りに結構邪魔ですよね。

毎日朝から大人数の食事の支度をするのは大変ですが、皆もう慣れたものですし、常備しているおかずも多々あったり、前の晩にたくさん作って残ったものを朝に出せるようにしたり、工夫次第で意外と簡単に楽にできるものです。

我が家の居間の真ん中に鎮座まします欅《けやき》の一枚板の座卓は、大正時代に特注で作らせたものだと聞いています。本当に大きくて、きっちり隙間なく座れば、痩せた人ばかりなら大人が二十人は並べるほどですし、七輪を二つ組み込むこともできるので、昔は重宝したものです。今は卓上コンロがありますから、その仕組みを使うこともありません。

冬の間は特製の大きな炬燵布団を掛けて炬燵に早変わりするのですが、これがまた暖かいのですよね。大きいですから人間に加えて猫四匹に犬二匹が入り込んでも余裕があります。

勘一が家の離れから起き出してやってきて、新聞を取りに行って上座にどっかと座り込んで新聞を広げます。同じく我南人も二階から下りてきて、新聞ではなくiPadで勘一と同じようにニュースなどを眺めます。

今は何でもああしてデジタルで情報が手に入り、新聞を広げることも少なくなっていると聞きますが、新聞は紙の資料としても貴重なもの。我が家は古書店として新聞も重大な出来事が載ったものや節目節目のものはきちんと保管保存しています。それに新聞紙は今も使いでがたくさんありますよ。蔵の中で古本を保管する紙としても使いますし、畳替えのときには床に敷いたりもします。まだ子供たちが小さい頃は、いろいろな遊び道具を作るのにも使いましたよね。兜《かぶと》を作ったり、丸めて刀を作ったり。チラシでは紙飛行機や手裏剣なんかも作りましたよね。

紺と青が二階から下りてきて、青がアキとサチにリードをつけて庭に出します。散歩ではなく朝の用足しですね。散歩はお昼ご飯の前に誰かが連れて行きますよ。かんなちゃん鈴花ちゃんが研人と、そして藤島さんも一緒に〈藤島ハウス〉から戻ってきます。

美登里さんと結婚してから、藤島さんは〈藤島ハウス〉に帰ってきて、美登里さんの部屋に泊まることが多くなってきましたよね。

今はまだ増谷家に貸している藤島さんの部屋ですが、春に行う引っ越しが完了したならば、今住んでいるマンションの方が別宅になって、こちらを本宅にする予定だと言っていました。向こうのマンションの方が会社には近いですから、忙しいときには向こうに泊まったりするのでしょうけれどね。

かんなちゃん鈴花ちゃんの箸による席決め、今となっては懐かしく思いますけれど、それが終わりを告げて、今は箸置きを選んで席に置いて行くことが二人の朝の仕事となっています。

先代であり義父の草平さんが趣味で集めた箸置きが、茶簞笥《ちゃだんす》の引き出しの中にたくさん詰まっていまして、それを選んで置いていくのです。

これを二人が始めてから、改めて箸置きが何個あるのかと茶簞笥の引き出しを引っ張り出して皆で数えてみたのですが、なんと百七十五個もありました。中には九谷焼《くたにやき》とか何とか焼きの中々に値の張るものもあるらしいのですが、今となってはどれがどれなのかさっぱりわかりません。

「このタヌキは大じいちゃん。にてるから」

「似てるのか」

「きゅうりはこんパパ」

「似てるから？」

「あみママはこのかわらの石」

「石」

「ふじしまんは百万円！」

「百万円？」

何の形かはっきりわかるものはいいですけれど、箸置きは何を模《かたど》ったかわからないものもありますよね。二人はわからないものは適当に名付けます。確かに藤島さんの座るところに置いた箸置きは薄いティッシュの箱のような直方体で、見ようによっては百万円ぐらいの束に見えますね。百万円の束など現実には見たことありませんが。そしてタヌキとしたのは猫で、きゅうりはたぶんお茄子《なす》ですね。

そうやって一人一人に箸置きを選んで置いて席を決め、そして今度は箸を置いて回る人を指名しますよね。

どういう理由で指名するのかは、まったくわかりません。

「はい！　今日は研人にぃ！」

「はいはーい」

指名された人が、それぞれの箸を置いて回ります。

一人一人の箸が違いますから、ちゃんと覚えていないと迷いますよね。こんなときに便利なのは名前に特徴があってそれに倣った箸を揃えたことです。

紺の箸はもちろん紺色で、青は明るい空色ですね。そして今はいませんが藍子は深い藍色です。花陽と鈴花ちゃんは花びらがあしらってある箸。かんなちゃんは鈴花ちゃんの色違い。すずみさんの箸には鈴の絵があり、美登里さんは緑色ですね。最も迷わないものでは研人の箸で、何故かウルトラセブンの箸なのですよ。

マードックさんのはイギリスの国旗の色である赤と青が入ったもの。勘一は墨色の箸で、我南人は深紅。亜美さんはピンクで芽莉依ちゃんは黄色で、そして藤島さんには金色の箸を用意しました。

もちろん、その間にも他の人たちは茶碗《ちゃわん》を出したりお皿を並べたり、勘一と我南人以外は皆が手伝っています。

今日の朝ご飯は雑穀米のご飯に、おみおつけの具はさつまいもにたっぷりの玉葱《たまねぎ》、チーズと人《にん》参《じん》を入れたとろとろのスクランブルエッグに、ハーブ入りの大きなソーセージを茹《ゆ》で焼きしたものが二本、サラダは小松菜と人参にツナを入れてからしマヨネーズで和《あ》えたもの。カボチャを茹でただけのものも添えていますね。昨夜の残り物である回鍋肉《ホイコーロー》を温め直して茹でキャベツを混ぜて。今日の豆腐は普通の絹ごしにかつお節と白胡麻《ごま》と出汁《だし》をかけて。焼海苔《のり》に納豆に梅干し、おこうこは柚子《ゆず》大根ですね。

我が家の家訓のひとつである〈**食事は家族揃って賑やかに行うべし**〉。

昨年の夏まで、開店中である昼間はともかくも、朝晩はきっちりそれを守っていたのですが、カフェの夜営業を始めてから本当に皆が揃うのはこの朝ご飯だけになってしまいました。無闇に皆がそうしているわけではありませんが、一段と賑やかになっているような気がします。

人間たちが食べるのですから、犬猫たちももちろんその気になって台所に集まっています。台所の土間のところにそれぞれの餌入れを並べておいて、それぞれに好みの食べ物をあげています。

犬のサチとアキは、基本的にあげれば何でも食べますし空っぽにしてまだ足りないという顔をしますけれど、猫たちは好き嫌いが激しいのですよね。気に入らないご飯をあげると匂いを嗅いだだけで口をつけようとしません。ベンジャミンは特にそれが激しいですね。

そろそろ尻尾の先が分かれるのではないかというぐらいに高齢になっているベンジャミン。はっきり年齢がわからないのですが、おそらくもう二十歳を超えているのではないかと思います。食も細くなってきているので、とにかく食べてくれるものをあげていますよ。ノラと玉三郎はまだ若いこともあって食欲旺盛。食べ過ぎて吐いたりしちゃいますので、あげすぎに注意です。ポコはマイペースですね。美味《おい》しそうにぺろりときちんと食べて、いつでも満足そうな顔をしています。

猫と犬というのは飼った経験のある方でなければわからないと思いますが、本当に様々な表情を見せるのですよ。どちらかといえば、やはり犬の方がわかりやすいでしょうかね。

皆が揃ったところで「いただきます」です。

「今朝は冷えたな。外は氷でも張ってるんじゃねぇか」

「この箸置き、ひょっとして金箔《きんぱく》ですか？」

「ケチャップとってください」

「マヨネーズとってください」

「あ、オレの部屋の加湿器壊れちゃってさ。買うんだけど他に誰か必要ない？」

「近頃寝てる最中に指攣《つ》るんだけどぉお、サプリとか飲んだ方がいいのかねぇえ」

「かんなちゃん、カボチャにケチャップかけるの？」

「スクランブルエッグに人参って初めてですけど、美味しいですね」

「あーそれ前にも思ったけど、まさか純金じゃないよね」

「おいしいよ！」

「どんなの？　私のところのも型が古くて掃除が面倒なんだけど」

「お義父《とう》さん、足のどの指ですか？」

「レンジでチンだから簡単でいいんですよね人参。花形にしたら子供も喜ぶし」

「鈴花ちゃん、まず食べて、足りなかったらマヨネーズ足しましょう」

「純金はさすがにねぇだろうよ」

「小さいやつ。テーブルの上に置けるやつ。いいのが出てたんだ。こないだ見つけた」

「どこかなぁあ、親指かなぁあ」

「家電は次々に寿命が来るからなぁ。冷蔵庫もけっこう来てるよね」

「鑑定してもらいましょうか？　何だか本当に純金に思えてきましたけど」

「はーい。でも入れたらおいしい」

「おい、あれあったよな海苔の佃煮《つくだに》。取ってくれよ」

「買ってほしいなー研人様」

「電気代食ってるの、冷蔵庫のような気がするわ。替えたの何年前だったっけ」

「ただの老化じゃないの？　あと水分。老人は水分摂《と》らなきゃ」

「はい、海苔佃煮です旦那さん」

「かんなと鈴花の部屋にもかしつきほしいな。新しいの」

「してもらいましょう。私も前からこれなんだか怪しいわって思ってたの」

「もう十年経ってるかな。かんなと鈴花が生まれる前だから」

「水分が足りないのかなぁあ」

「オッケー、買っとく。その辺にポン、って置いとけるから便利」

「あれは去年買ったのよかんなちゃん。まだ全然大丈夫です」

「そういや俺も若い頃はよく指が攣っていたな。遺伝じゃねぇのか？」

「旦那さん！　海苔佃煮をソーセージにですか!?」

「いや旨《うま》いぞ？」

　ハーブたっぷりのソーセージに海苔佃煮ですか。

　まぁ海苔は海藻ですから、海藻サラダとソーセージを一緒に食べていると思えば、そう珍奇な取り合わせではないのかもしれませんが。でも、やりたくありませんよね。かんなちゃんの茹でたカボチャにケチャップも、そんなにおかしいというほどではありませんが、何だか勘一の変わった味覚まで似てきたようでちょっと困りますね。

「あれ、そういえばロケって日曜日じゃなかった？　今日？」

研人が居間の壁に掛けられたカレンダーを見ながら言います。

カレンダーと言えば、もう皆がスマホを持っていてそこにスケジュールを入れられる時代ですけれど、我が家ではいまだに四角いマスの数字だけのカレンダーに、それぞれの予定を赤ペンなどで書き込んでいきますよね。もちろん、それぞれがそれぞれのスマホに予定は入れていますから、見ようと思えばほぼ皆のスケジュールは把握できますけれど、なんだかんだ言って、こうしてぱっと壁のカレンダーを見るだけで皆の予定がわかるというのは、どんな便利なデジタル機械も敵《かな》いませんよね。

「来週の日曜だよぉお」

「あ、来週だったか」

そうです。テレビの収録、ロケが入っているのですよね。我南人が本当に久しぶりに、音楽番組ではなく情報バラエティ番組に出るのだとか。

「晴れて暖かくなってくれればいいんですけどね」

芽莉依ちゃんが言って勘一が頷《うなず》きます。

「こんな冬の最中《さなか》に外を歩き回るってのも、女優さんも大変だよな」

「しょうがないねぇえ、時期が時期だけに」

女優さんというのは、折原美世《おりはらみよ》さんですよ。出演しているドラマや映画を観《み》ているとあまりの美しさにうっかり忘れそうになりますけれど、亜美さんの弟の修平《しゅうへい》さんのお嫁さんですから、しっかり我が家の親戚なのですよね。

そういう意味ではもっと美しい池沢百合枝さんも、青の母親ですから親戚どころか身内なのですが、それもいつも忘れそうになります。

折原美世さん、うちでは本名の脇坂《わきさか》佳奈《かな》さん、佳奈さんと皆が呼んでいますが、この春から始まるテレビドラマの主役を演じることになっているのです。

そしてそのドラマというのが、何でも東京の下町にある花屋さんが舞台でして、佳奈さんはその娘さんで、ご両親を失ってお店を一人で切り盛りしているという設定。下町の様々なお店で働く人たちも登場するそうでして、モデルになる下町というのがちょうどこの辺りを想定しているのだとか。

佳奈さん自身もここからそう遠くないところで生まれ育ちましたからね。同じ下町育ちと言ってもいいですから、ぴったりの配役じゃないでしょうか。

番宣と言うんでしょうかね。ドラマと同局の情報バラエティ番組で、佳奈さんがこの辺りを歩き回り、様々なお店を訪ねたり美味しいものを食べたりして、同時にドラマを宣伝するという番組になるそうです。

それで、佳奈さんは実は我南人とは親戚で、我南人自身もこの下町で生まれ育ったミュージシャンだからと、佳奈さんと一緒に歩く相手役にと白羽の矢が立ったのだとか。若い人に人気のミュージシャンである研人も佳奈さんの親戚ですから一緒にという声もあったのですが、研人は今のところそういうのに一人で出ることはしないと決めているそうです。

それに、番組進行役でレポーターの方も一緒に回るので、ただでさえ道が狭いところですから、三人並んで歩くだけで道路は一杯になっちゃいますよね。

テレビ局はあの〈日英《にちえい》テレビ〉です。我が家とは昔から縁がありましたよね。

我南人がまだ二十代の頃に初めて出演したテレビ局も〈日英テレビ〉でしたよ。当時のプロデューサー兼ディレクターで音楽に人一倍詳しく、我南人たち日本のロックをテレビに出そうとしていた一色《いつしき》さんもとうの昔に引退されていますが、お元気でいらっしゃるでしょうかね。確か勘一のひとつ下だったはずですが。

「親父《おやじ》がバラエティに出たことなんかあったっけね」

青が言います。

「相当昔だけどねぇ。まだ青が高校生ぐらいのときじゃないかなぁ」

「えー、そんなことあったんだね」

花陽です。花陽など生まれる前か、生まれてすぐとかの時代ですからね。

「確か、新しいアルバムを出したときかなぁあ。そのアルバムから三曲もテレビドラマの主題歌になっていたんだよねぇ。それでだったたなぁ」

「あー、あれね〈ラプソディ〉だね」

研人が頷きます。

「そうそう、懐かしいねぇえ」

我南人のバンド〈LOVE TIMER〉も息の長いバンドで、アルバムはライブ盤やベスト盤も含めれば五十枚以上出していますよね。

わたしも生きている頃には全部聴いていましたけれど、研人は〈LOVE TIMER〉のメンバーの代わりに我南人のバックを演奏したこともありますから、〈LOVE TIMER〉の曲はほとんど全曲歌えて弾けるはずですよね。

「風邪引かないようにしなきゃですねお義父さんも」

すずみさんです。

「大丈夫だよぉお、どうせ店に入ることの方が多いんだろうからぁ」

「そういやぁ、佳奈ちゃんもいくつになったっけな」

勘一が亜美さんに訊《き》きます。

「修平より少し年下ですから、今年三十一か三十二でしたかね」

三十過ぎたか、と勘一が呟《つぶや》きます。

「まぁそればっかりがあれってわけじゃねぇけどよ。あの夫婦は子供作らねぇのかなってな」

あぁ、と皆が頷いたりします。

「そればっかりはね、授かり物でもあるし、本人たちの意向もあるからね」

青が言ってすずみさんも頷きます。

「子供ができたなら当然女優業はしばらく休業ですからね。いろいろスケジューリングもあるでしょうし」

佳奈さんは人気女優ですからね。もしも人気女優ベストテンとかを選んだなら、今も確実にその中に入ってくると思います。スケジュールも何年も先まで入っているのが常なんじゃないでしょうか。

「久しぶりにうちにも来るんだろ？」

「控室代わりに使っていいって言ってあります。修平も大学は休みですから、二人で土曜から泊まりに来るかなって言ってましたよ」

何せ佳奈さんの撮影のスケジュールは不規則です。一緒に出かけるのも、たまに家に顔を出すこともいつになるやらわかりません。この冬は、一層忙しくて、クリスマスもお正月も二人で顔を出してくれることはありませんでしたからね。

佳奈さんが結婚したのはもちろん周知の事実ですが、修平さんは一般人。女優折原美世の夫であることは、実は今の職場である大学の人たちにもほとんど知られていないそうです。でも、お二人並ぶと、とてもよくお似合いなんですよ。修平さんだってあの美し過ぎて怖いといわれる亜美さんの弟ですからね。青並みに美しいとは言えませんが、整った顔立ちの青年です。

それにしてもあの金箔の箸置き。本当に純金だったらちょっとしたことですね。


朝ご飯が終わると、すぐにカフェと古本屋、両方の開店準備です。

家事はいつものように亜美さんと紺が中心。これだけ人数が多いとやることも本当にたくさんあるのですよ。

朝ご飯の後片づけと洗い物は紺と、大学が休みの花陽も手伝います。休みじゃなくても余裕のあるときはちゃんと手伝ってくれますよ。洗濯物はもう既に朝起きたときに亜美さんが洗濯機を回し始めそしてもう止まっていますから、干していくのは亜美さんと、同じく大学がお休みの芽莉依ちゃん。

かずみちゃんがいなくなってからしばらくは紺も洗濯物を干したりしていましたが、やはり女性陣の下着などを扱うのは、いくら家族とはいえ躊躇《ためら》われますからね。芽莉依ちゃんがやるので、たとえばシーツやタオルケットなど、大きな洗濯物を干すときなどは、研人も手伝ったりします。

そういえば、花陽が大学受験のときに我が家に大量導入されたものに加湿器がありますが、それ以前にはとにかく洗濯を毎日して、家のあちこちに干していました。時にはそれぞれの寝る部屋に、洗濯物ではないですけれどタオルを濡らして干してから寝るようにしていましたよね。

冬の間はとにかく乾燥しがちです。お肌にも大敵と言いますが、古書店である我が家にしても紙のものですから湿気も乾燥も両方が大敵です。昔からなかなかに気を使っているのですよ。加湿器などない昔は水を張ったバケツに穴を開けた蓋をして店に置いていた時代もありますからね。

その後はそれぞれの部屋に掃除機をかけていきますが、居間などカフェに音が聞こえてしまうところは後回しで、お客様の少ない時間帯にやります。

最近掃除機を一台、コードレスのスティック型というんですね。そういうのに買い替えまして、ものすごく静かになっているのですが、それでも音はけっこう響きますし、掃除機の音だってすぐにわかりますよね。古本屋はともかくも、朝からカフェに来ていただいているお客様に所帯じみた掃除機の音を聞かせるのはなんでしょうから、居間や仏間などはモーニングとランチの合間の時間にすることが多いですね。

「おはようございますー」

裏の玄関から元気な声が響いて、すぐに廊下を歩く足音が聞こえてきたのは、花陽の同級生、君《きみ》野《の》和《かず》ちゃんです。日曜日ですから、朝いちばんからカフェのバイトに入るのですよ。とはいえ、本当に朝が早いですからね。本業の医大生の勉強に差し支《つか》えがあってはいけませんから、無理はしないようにと言ってます。

「おはよう。何食べるー？」

花陽が和ちゃんに訊きます。うちは賄《まかな》い付きですからね。朝ご飯を食べずに起きてすぐにやってくる和ちゃんに、カフェのモーニングを居間で食べてもらいます。うちの朝ご飯を残しておいてもいいのですが冷めちゃいますからね。温かいトーストやコーヒー、スクランブルエッグなどをいつも食べています。

カフェには、最初はすずみさんと青が入ります。すずみさんがカウンターの中でモーニングメニューのセットをして、青はホールでお客様を迎えます。日曜日には、平日に出勤前に寄られる方々が来ませんのでいつもよりはお客様が少なくなりますが、モーニングセットはやっていますので常連の方々はやってきます。

かんなちゃん鈴花ちゃんも、学校がないので二人の気が済むまでお手伝いをする日で、お揃いのエプロンを着けて二人で一緒に雨戸を開けます。

「おはようございます！」

「おはようございます！」

「いらっしゃいませ！」

かんなちゃん鈴花ちゃんの元気な声と可愛らしい笑顔に、開店を待っていた常連のお年寄りの方々が皆顔を綻《ほころ》ばせます。

お年寄りの方々はうちのコーヒーやモーニングを味わいに来るのではなく、かんなちゃん鈴花ちゃんに会いに来ているのではないかと思われる人がほとんどですよ。平日ですと一度帰って、またかんなちゃん鈴花ちゃんが学校から戻ってくる夕方に来られる方もいらっしゃいますからね。

春が来れば小学校三年生になる二人です。注文の品を運ぶのはまだ危なっかしいので、お水ぐらいしか運ばせていませんけれど、お客様の注文はしっかり間違わずに取れて、メモもちゃんと読めるようになっていますよ。

他にも美登里さんが自分のスケジュールに合わせて朝からヘルプに入ってくれる日もありますし、亜美さんも家事が一段落したら戻ってきます。亜美さんがカフェに戻れば、すずみさんは古本屋に回ります。

藤島さんなどは、休みの日には勘一を休ませて自分がずっと帳場に座っていたいですと言ってますからね。実際、勘一は健康のためにウォーキングを毎日するのですが、お休みの日にはその間だけ代わりに帳場に座ってにこにこしているのです。

藤島さん、社長業を引退したら古本屋を開こうかな、と、本気で話しているようです。この間は、もしもそうしたら店名を〈藤島バンドワゴン〉にしていいでしょうかと勘一に言って、それだけは勘弁してもらえねぇかと言われていました。

古本屋は開店準備と言っても雨戸を開けて、五十円百円の文庫本などが入ったワゴンを軒先に出すだけです。とはいえ重たいので勘一にはもう任せられないと紺が出したりしていたのですが、むしろ身体を動かすためにもやってもらった方がいいとワゴンに工夫をして軽く動かせるようにしました。米寿になっても信じられないぐらいに身体も頭もしゃっきりしていますが、基本的には帳場に座っているだけですから。

でも、今日は我南人が一緒にワゴンを出していますよ。珍しいことですけれども、たまにはあります。音楽以外は何にもしない我南人ですが、これで実は何でも器用にこなしますからね。近頃は家にいることも多いですから、古本の汚れを取ったり修復作業を手伝ったりすることもありますよ。

芽莉依ちゃんが、ハンディモップを持って古本が並ぶ書棚の間をすいすいと移動して掃除していきます。

一晩で埃《ほこり》は本の上にすぐに溜《た》まっていきますから毎朝の掃除は欠かせません。夕方ぐらいには入口の戸の開け閉めや人の出入りで埃も立ちますから、もう一度掃除をしますよ。

勘一がどっかと帳場に腰を据えると、今日は素早く食事をすませた和ちゃんが熱いお茶を持ってきました。

「はい、勘一さん。お茶です」

「おう、和ちゃん。ありがとな」

年がら年中、朝のいちばんには熱いお茶の勘一です。このお茶がまた本当に熱くなきゃ気がすまないらしいので、せっかくのお茶の香りも飛んでしまうと思うのですけれどね。わたしなどは十分ぐらい置いておかないと飲めないぐらいに熱かったのですよ。

からん、と、土鈴の音がしてガラス戸が開き、近所にあります〈谷日《やにち》神社〉の元神主で勘一の幼馴染み、祐円《ゆうえん》さんが現れました。いつもの時間にいつも通りです。

丸顔でつるつるの坊主頭は神主さんというよりお寺のお坊さんのようでして、実際間違えられることもあるそうですよ。今の神主である息子の康円《こうえん》さんは、どちらかというと細面で髪の毛もあって、実に神主らしい雰囲気があるのですけどね。

「ほい、おはようさん」

「おう、おはよう」

春夏秋冬、こうして朝いちばんにやってきて我が家でしばらく過ごしていく祐円さんなのですが、わたしが堀田家に来てからも、具合が悪いとか仕事があるとか以外は本当に日参しています。

大抵はお孫さんから貰《もら》ったというジャージとかTシャツで若作りな格好をしてくるのですが、今日はあれですね、年季の入った赤いチェックのネルシャツに焦茶のベスト、そしてジーンズという若作りなのかどうか難しいところですね。勘一も首を少し傾《かし》げましたよ。

「七〇年代のコスプレか？」

「何言ってんだよ、康円の若い頃のだよ」

なるほど息子の康円さんの。康円さんは我南人と同年代ですから、確かに若い頃にはこんな格好でしたよね。

「物持ちがいいな、そんな何十年も昔の服をよ」

「何十年どころか何百年も昔のいろんなものがずっと取ってあるんだぞ社務所には。古さじゃ古本屋には負けないよ」

「違《ちげ》えねぇな」

それは確かにそうですね。神社だって古いものを大切に保存しておきますよね。そもそもが古い古い神様を祀《まつ》ってあるところですから。以前も社務所の物置からいろいろ古い本が出てきたことがありました。

「祐円さんおはようございます。コーヒーでいいですか？」

「お、和ちゃんおはようさん。カフェオレにしてもらおうかな」

「何を小洒落たもん飲もうとしてんだよ。金取るぞ」

「あ、牛乳温めなくていいから。コーヒーにパッと牛乳入れるだけでいいから。たまには金落とさないとよ」

お茶とコーヒー以外を頼んだときには、いつもきちんと払ってますよね。後払いで本当にたまにですけれど。

「祐円さん。カフェオレです」

今度は花陽が持ってきましたね。

「花陽ちゃん何だか痩せたんじゃないか？　勉強し過ぎじゃないの？」

「一週間でそんなに痩せません」

そうですよ。平日はともかく大体土日の朝には花陽の顔を見ますよね。そもそも花陽は太ったことなんかないですからね。

「祐円さんこそなんか痩せたんじゃないですか？」

「俺らみたいな年寄りはね、もう死ぬ前に余計な脂肪をどんどん使って痩せてくもんだよ。なぁ勘さん」

「一緒にするない。俺は全然痩せねぇぞ」

痩せませんね。太りもしませんが、もう何十年もその体形をキープしていますし、祐円さんも別に痩せてはいませんよ。

「そういやよ、花陽ちゃん」

急に声を潜めてカフェをちらっと見ましたね祐円さん。

「和ちゃんとよ、あの元春《もとはる》だったかキリちゃんの孫の。付き合い出したのか？」

「えっ」

花陽が、パカッと口を開けて驚きましたね。それを見て勘一も思わず口を窄《すぼ》めましたよ。あの二人がお付き合いですか。それは初耳ですよね。

「本当にか花陽」

「祐円さん誰から聞いたの!? 私だって、いつだっけ、三日ぐらい前に聞いたんですよ？」

「いやいや聞いたんじゃなくてな。昨日だったかな、午前中に原宿《はらじゅく》の方であの二人が仲良さそうに並んで歩いてるのを見たんだよ」

原宿でですか。

「何でおめぇは原宿なんかに行ってたんだ」

「用事があったんだよ。あそこの青山熊野《あおやまくまの》神社の宮司に会いにさ」

昨日は土曜で、和ちゃんのカフェに入るシフトは午後からでしたから、二人で原宿でデートでもしていたところを見たのでしょうかね。

「おめぇはなにかってぇと誰かにばったり会ったり見たりするよな。出歯亀《でばかめ》の神でもついてんじゃねぇのか」

「どんな神だよ。仕方ないじゃないか見ちまったもんは。で？ 付き合ってるんだよな？」

花陽が、ちょっと苦笑いを浮かべて頷きます。

「そう言ってた。そもそも出会いが元春くんに告白されたようなものだったし」

去年の秋でしたよね。静岡で同じ高校の先輩後輩だった和ちゃんと坂上《さかのうえ》元春くん。ご両親同士も同級生で、どうして今までかかわりがなかったんだろうというぐらいに関係性の深い二人が、ひょんなことからうちで再会したんですよね。

勘一がうむ、と少し嬉しそうに笑みを浮かべましたね。

「どうなるこったかと思ったけど、付き合い出したのか。で、どうだ花陽、上手《うま》く行きそうか」

「わかんないよそんなの」

そうですよ。いくらお似合いに思えたって上手くいかないことはあります。男女の仲がどうなるかなど、本人たちだってわかりませんよね。

「でも、和ちゃんって世話焼きさんだし、すごくしっかりしてるから、年下のカレって何かいいかなって気がしないでもない」

「いや本当にいい感じだったぞ。こと男女の仲にかんしては俺の勘は当たるからな間違いない」

そんなことは初めて知りましたけれど、でも本当にそういうことになったのなら上手くいってほしいですね。

和ちゃんは花陽の親友ですし、元春くんに至っては我南人の親友であり〈LOVE TIMER〉の初期メンバーだった北《きた》ちゃんこと北稔《みのる》くんと、秋実さんと同じ養護施設で育ちかつてアイドルだった仲条桐子《なかじょうきりこ》、キリちゃんのお孫さんなんですよね。本当に我が家とは縁の深い二人なんですから。

でも、あれですよね。和ちゃんのお父さんと、元春くんのお父さんは、和ちゃんのお母さんを取り合って高校時代に三角関係だったとか。それでいろいろごたごたしたのです。

お祖母ちゃんであるキリちゃんもそれは知っていて、後から言い聞かせますとあのときにも言ってましたが、さて二人はご両親に付き合い出したことを伝えているのでしょうか。でも、子供が親に誰かと付き合い出したなんて、自分の恋愛ごとは、あまり言わないものですよね。

「毎度様おはようございますー」

居間の縁側の方から声がしました。

「あれー、みっちゃんおはよう。あがんなよぉ」

居間にいた我南人が縁側の戸を開けながら応えます。

二丁目の和菓子屋〈昭爾屋《しょうじや》〉さんの道下《みちした》さん。二代目で、我南人の三つ年下の幼馴染みでもありますよね。もちろん和菓子職人さんで、研究熱心でいつも世の中の流行を取り入れて新作和菓子を作っています。丸眼鏡につぶらな瞳が可愛らしく、年齢よりも随分若く見えますよ。

こんな朝から顔を見せるのは珍しいですね。そして〈昭爾屋〉さんからだと正面に回るよりこうやって庭から入るのがいちばん早いのですよ。

「はい失礼しますっと」

縁側の踏石で靴を脱いで、そのまま靴を手に持って上がってきて、古本屋の方まで来て靴を置きます。

「おはようございます親父さん」

「おう、顔合わすなぁ久しぶりだな二代目。皆元気か」

「お蔭様《かげさま》で風邪ひとつ引かずに」

「朝早くどうした」

「いや千葉に配達があって早出したんですけど、ちょっとがなっちゃんに言おうと思っていたことを思い出したんで寄ったんですよ」

そのまま上がり口のところに腰を下ろします。長居《ながい》はしないということですね。

「何を思い出したのぉ」

「それがさぁ。あ、亜美ちゃん俺コーヒー貰います。いつも店で買ってもらってるのになかなかこっちはお金落とせないから」

「はーい」

「じゃあ僕のもぉついでにぃ。奢《おご》ってよぉお」

「いいよいいよ」

どうして自分の家の店で奢ってもらうのですか。道下さんだって夜営業を始めてからはたまにコーヒー飲みに来てくれてますよね。

「でさぁ、がなっちゃん。この間、一週間ぐらい前かなぁ。俺、南《みなみ》に会った気がするんだよね」

「南ぃ？」

南、とはどなたかの名前ですか。道下さんが我南人に言うからには共通の友人にいらっしゃいましたか。

「誰でぇ南ってのは」

勘一が訊くと、我南人がひょいと、外を指差します。

「親父覚えてるよねぇ？　そこの大通りに出るところの角にあった店ぇ」

「角？　あれか？　お好み焼きの〈まえちゃん〉か？」

「いやぁ、その前、いや前の前ぇ？」

前の前ですか。この辺りにある小さなお店などは、長くあるところとどんどん変わってしまうところとわりと極端ですからね。

勘一、さて、と上を向いて考えてから、ポンと膝を打ちます。

「純喫茶か？〈サザンクロス〉のあの南か」

「そう、それぇ」

ありましたね〈純喫茶サザンクロス〉。

そうでした。南さんという方がやられていたお店でした。だから店名も〈サザンクロス〉で、小さいけれどもいいお店でした。

開店したのは我南人がまだ小さい頃でしたから、六十年も七十年も前ですよ。美味しいコーヒーとホットサンド、それにスパゲティやグラタンなども出していましたよね。

そうそう、そこの息子さんが我南人や道下さん、それに新《しん》ちゃん、建設会社の社長さんの篠原《しのはら》新一郎《しんいちろう》さんも幼馴染みでしたよ。

「あれだ、二代目がお前たちの同級生だったか？　名前なんつったかな」

「浩輔《こうすけ》ですよ。浩輔と同級生なのは俺ですね。がなっちゃんは三つ上ですから」

「そうだったか」

新ちゃんが我南人の二つ下で、道下さんはそのひとつ下。南さんは道下さんと同い年だったのですね。幼馴染みでこの年になるとそれぐらいの年齢差はもうわからないですよね。

「待てよ〈サザンクロス〉が閉めたのは、確かよ」

勘一が顔を顰《しか》めました。そうでした、わたしも覚えていますよ。

「借金のカタにねー。ひどかったですよね」

その、我南人の幼馴染みである浩輔さんがギャンブル好きだったんですよね、競馬とか競輪とか。パチンコはやっていませんでしたか。競馬のある日なんかお店を放ったらかしにして奥さんが一人でやっていました。それが高じて多額の借金を危ないところから抱えてしまって、結局お店を畳んでしまったはずです。

「そうよ、それであの店ぁヤバい連中の事務所代わりに使われたこともあったじゃねぇか」

「そうですよねー。ここも確か〈サザンクロス〉に古本とか貸してましたよね。あれも結局うやむやになったんでしょ？」

「あー、そうだったねぇえ」

思い出しました。その危ない人たちの事務所になったところで騒ぎがあって、勘一たち町会の皆さんで乗り込んでいったこともありましたよね。

その後は真っ当な不動産屋さんが仲介に入って正常な取り引きの下に店がまた変わっていって、今はコインランドリーになっています。

「もう何年前だ？　店畳んだときに、離婚もしたんだったよな」

「二十年以上も前だったかなぁ」

「そうそう二十年以上になるよね。それっきり浩輔は消息不明でさ。奥さんも、たぶん実家に帰ったんだろうけど」

南浩輔さんは行方がわからなくなったのでしたかね。

そうです、亜美さんが古本屋の横でカフェをやろうと言い出したのも、〈サザンクロス〉さんがなくなって、ちょうど我が家の周りにコーヒーを出すお店がなかったというのもあるんですよ。もしも〈サザンクロス〉さんがあったら業態が重なってしまうので、お店の形態をどうするか少し迷ったでしょうね。

「で、浩輔をどこで見たのぉ」

「いやもうすぐそこ、八丁目の消防署のところでさ。俺配達で車運転してたんだけど、歩道を歩いてる人を見てあれ？　って思ってさ。慌てて車Uターンさせたんだけど四丁目か五丁目のところらへんで後ろ姿を見失ってさ」

「へぇぇ」

少しここからは離れてはいますが、近所を歩いていたのですね。

「間違いなくその浩輔だったのか？」

「間違いないですね。あいつもう高校生の頃から若白髪で、そしてほら、新ちゃんと一緒に柔道やってて膝やっちまって、少し歩き方に癖があるんで」

「そうかぁあ、浩輔がねぇえ」

二十年以上もずっとこの辺にいたのであれば他にも誰かが見かけているでしょうし、何かしら噂《うわさ》も聞きますよね。そういうのが一切なかったのなら、最近になってこの辺りに戻ってきたのでしょうか。

「娘さんがいたよねぇえ。青と同じぐらいじゃなかったかなぁ」

「俺？」

ちょうど話が聞こえるところに青が来ていました。

「覚えてるか、大通りの角んところにあった〈純喫茶サザンクロス〉」

ステンレスのトレイを持ったまま、青がちょっと考えてすぐにあぁ、という顔をします。

「〈サザンクロス〉ね。中学生ぐらいまであったよね。入ったことなかったけど」

中学生では喫茶店には入りませんよね。

「そこの娘さんよ。青と同じぐらいじゃなかったか」

「女の子いたね。でも、ひとつか二つ下だったんじゃないかな。同級生じゃないから名前までは、あー、思い出せないな」

下級生では覚えていないでしょうね。

男の子同士ならまだしも、女の子とはあまり遊んでもいなかったでしょうしね。わたしも、その女の子の姿がおぼろげには浮かびますが名前までは思い出せません。

「まぁしかし、その浩輔だったとしたら、生きてんなら良かったってもんじゃねぇか」

そうですね。元気で暮らしていたのならそれで何よりですよ。

二

日曜日はモーニングの時間もそれほど忙しくはなく、九時を回るとカフェは一息つきます。その前にもうかんなちゃん鈴花ちゃんはお手伝いから上がっています。大体いつも一時間ぐらい頑張ったら限界ですよね。

商売をやっている家の子ですから、日曜日だからお父さんお母さんとどこかへお出かけ、なんていうことはほとんどありません。でも、我が家はたくさん人がいますからね。特に池沢さんが隣の〈藤島ハウス〉に来てからは、よくかんなちゃん鈴花ちゃんの面倒を見てくれています。会沢家の玲井奈《れいな》ちゃんと娘の小夜《さよ》ちゃんも一緒だったり、皆が交代でどこかへ連れて行ったり遊んだりしていますし、本人たちも二人でいつも一緒にいますから、淋《さび》しくなどないみたいです。

それに、習いごとも始めているんですよ。藍子や紺も小さい頃はお習字を習ったりしていましたよね。勉強に関しては、我が家には東大生も医大生も文学部出も小説家までいます。理系文系問わず人材には事欠きませんので、もっと大きくなって二人が進学について考えられるようになるまでは文字通りの家庭教師で問題ないだろうとなっています。

かんなちゃんと鈴花ちゃん、いつも二人で一緒にいるとはいえ、さすがに好みや興味もまるで同じというわけにはいかないようで、いろいろ訊いてみたのですよ。

これがまぁものの見事に正反対になりまして、かんなちゃんがやってみたいのはスポーツ一辺倒。そして鈴花ちゃんは音楽やお絵描きと、芸術系。そこまで分かれると二人一緒にはさすがに無理があります。

ちょうど近くに子供たちに運動を教えるキッズスクールのようなものがありましたので、かんなちゃんはそこでいろいろやっています。何でもなかなかいい運動神経をしているみたいですよ。

鈴花ちゃんは、音楽。音楽といえば我が家にはプロミュージシャンが二人もいて、大抵の楽器は弾きこなせますがいずれも自己流。なので、今はやはり近くのご自宅でやってらっしゃるピアノ教室に通って、クラシックのピアノを習っています。これもなかなか筋が良いらしいですよ。

もう二年生ですから一人でお出かけもできるのですが、いつも日曜ですからね。手の空いている人が送っていきます。我南人や紺や青はもちろんですが、研人もよく送り迎えしてくれていますよね。

今日は、芽莉依ちゃんがかんなちゃんを、研人が鈴花ちゃんをそれぞれ送っていったようです。きっと帰りも迎えに行くのでしょう。

家事を一通り終えた亜美さんがカフェのカウンターに入り、すずみさんが古本屋に回ります。和ちゃんがホールに入って、美登里さんもいるので、青は居間に引っ込んで古本屋の裏方仕事です。忙しくなればすぐにカウンターで洗い物をしたりホールにも出て行きます。

花陽は部屋でしょうか。親友である和ちゃんがバイトに入っているので、最初のうちは花陽も一緒に手伝っていたのですが、もうすっかり慣れましたしきちんと報酬のあるアルバイトなんですから任せる、と近頃は忙しいとき以外は手伝いません。それがいいですよね。

我南人と藤島さんは、居間でコーヒーを飲みながらiPhone《アイフォーン》で誰かとLINE《ライン》したりあれこれお話ししているようですが、これから二人で何かをするのでしょうか。一時期、我南人のバンドは藤島さんのところの会社でマネージメントをしてもらっていましたが、いろいろあって今はフリーですよね。でも我南人のソロの活動と、研人のバンドを藤島さんのところの音楽事業部でバックアップしてもらっているようです。家事を終えた紺もそこにいますね。青は一人蔵の中に入っていって、店に補充する雑誌関係の古本を調べていますか。

からん、と、土鈴の音がしました。

「どうも、しばらくです」

「おはようございます」

「おう、お二人揃ってかい。おはようさん」

記者でライターの木島《きじま》さんと、元刑事の茅野《かやの》さんが連れ立って入ってきました。

木島さんはいつもの着慣れたスーツ姿にグレーのコート、茅野さんは紺色のトレンチコートにハンチング、おそらくはカシミヤの真っ赤なマフラーとこれもいつものお洒落な格好ですね。

「ちょうど駅で会いましてね」

二人とも我が家の常連さんですから、たまに駅でばったり会って一緒にやって来ることがあります。まぁ座れと勘一が言い、茅野さんが帳場の前の丸椅子に、木島さんが帳場の脇に腰掛けます。

「木島はしばらく顔見なかったんじゃねぇか？」

そういえば久しぶりですよね。茅野さんはほんの二、三日前に顔を出して本を買っていきましたけど。

「ちょいと地方を回ってましてて」

「仕事か」

「もちろんですよ。のんびり旅行なんて余裕はありやせんよ」

貧乏暇なしと笑って言いますが、忙しいのは何よりですよね。警察を退職して悠々自適の生活を送る茅野さんはともかくも、木島さんは一応は藤島さんのところの契約社員でありながらも、その他のライター仕事もやっています。

居間から我南人が顔をひょいと出しましたね。

「おはよぉお木島ちゃん、茅野さん」

「おはようございます」

「今日は我南人とか？」

「そうです。あの本の打ち合わせでしてね。地方回ってたのもそれですよ」

確か、我南人の自伝というか、日本のロック史というか、その手の本を今木島さんが編集兼ライターとして作っているんですよね。相当な厚さの本になりそうで、かなりの時間を掛けています。地方というのも、東京以外に住んでいるかつてのミュージシャンの皆さんに話でも聞いてきたのでしょう。藤島さんの会社の出版部門の方から出すそうですから、それで藤島さんもいるのですね。

「私はね、女房を送ってきた帰りでして」

茅野さんが言います。

「奥さん、一人でお出かけですか」

すずみさんが訊くと、茅野さん頷きます。以前に腰や足を悪くしていた茅野さんの奥様ですが、随分と回復したと言ってました。もう一人で出かけられるぐらいになったんですね。

「ちょっと実家の方で用がありましてね。二、三日か四、五日か向こうに行ってるんですよ」

「そうかい。確か奥さんの実家は岡山じゃなかったかい」

「そうですよ。もう実家には誰もいなくて、お義兄《にい》さんが近くに住んでいるんですが、さて取り壊すかどうするかなんて話になってましてね」

「なるほど、そっちの方な」

　茅野さんもそろそろ七十ぐらいになられましたか。奥様は少し年下のはずですから、六十代後半でしょう。ご両親が亡くなられて残った家をどうするか、あれこれ話し合うために行ったのでしょうか。

「これで夫婦揃って、自分たちを子供と呼んでくれる人がいなくなってしまいましてね」

　皆が、頷きます。人それぞれですけれど、すずみさんなどはここにお嫁に来る前にご両親を亡くしてしまいましたよね。どなたのところにもやってくることですけれど、その年齢によってもいろいろありますよね。

「木島ちゃん上がってよぉお。茅野さんもついでに上がって、まずはコーヒーでもどうぞぉ」

「おう、上がってけ。どうせ客なんか来ねぇからよ」

　そんなことありませんよ。日曜ですから、カフェと違って平日よりは午前中から来られる方も多いです。ほら、からん、と土鈴が鳴りました。居間に上がったばかりの皆が揃って入口に顔を向けました。

「ごめんください」

　花束を持ち、そして紙袋を提げた女性ですね。

　ごめんください、と入口で挨拶したからには、古本のお買い物でやってきたわけではなく、何かのご用でしょうか。

　年の頃なら三十過ぎ、すずみさんと同じぐらいの方でしょうか。クリーム色のコートに臙脂色《えんじいろ》のセーター、紺色のチェックのパンツに低めのヒールの靴。お顔立ちはどこか日本人にはない色があるように思います。

奥に進んできましたので、一度居間に入ろうと腰を浮かせた勘一が座り直し、にこやかに迎えます。

「いらっしゃいませ」

「すみません。私、〈日英テレビ〉でディレクターをしております浦田《うらた》と申します」

名刺を勘一に差し出します。お名前は浦田麻理《まり》さんですか。〈日英テレビ〉の方となると、今度のロケの件で我南人に用事でしょうかね。

「こりゃどうもご丁寧に。店主の堀田勘一でございます。名刺なんてものはありませんが、店のカードでも」

名刺代わりに作ってある店名や電話番号などの入ったカードですね。このカードに合わせてポイントカードみたいなものを作って、五百円以上お買い上げごとに判子を捺していくら貯まったら割引みたいなことをしよう、という話もときどき出てきますけどやったことはまだありません。

「ありがとうございます。お忙しいところにお邪魔して申し訳ありませんが、小説家の堀田先生にお取り次ぎ願いたいのですが」

堀田先生ですか。紺のことですね。小説家を呼ぶときには先生と付ける方は多いですよね。紺は大学で講師もしていましたので、本人もわたしたちもそう呼ばれることに実は慣れているのですが。

でも我南人ではなく紺に用事ですか。

「紺ですか。おりますぜ。おい、紺」

勘一が後ろに声を掛けます。聞こえていたのでしょうね。紺がすぐに顔を出しました。

「〈日英テレビ〉の浦田と申します」

「どうも、堀田紺ですが。何でしょうか？」

「今日は、来週行われる下町ロケの件で、堀田紺先生にご挨拶とお詫《わ》びに伺いました次第です」

ご挨拶とお詫び、ですか。

さて、何のことなのでしょう。紺も少し顔を顰めて、首を捻りましたね。

「まぁ、店先じゃあなんですから、えーと」

一瞬居間にどうぞ、と言いかけたのでしょうけど、居間には藤島さんも木島さんも茅野さんもいます。じゃあカフェでとも思ったでしょうが、お詫び云々《うんぬん》と言われてお客様のいるカフェではどうか、でしょうね。

紺が居間を示しました。

「上がってください。散らかっていますが」

「どうぞどうぞ」

「ロケの話ならぁ、僕たちもいていいんでしょうぉ？」

「もちろん、全然構いません」

いいのですね。すずみさんがカフェでコーヒーを淹《い》れて持ってきてくれました。ついでみたいになっちゃいましたけれど、木島さんと茅野さんにも。

眼の保養になるイケメンの藤島さんはともかくも、勘一に木島さん茅野さんとむくつけき男がずらりと同じ座卓を囲んでいてはなんですよね。紺と我南人と勘一が座卓について、藤島さん、木島さん、茅野さんは何も言わずに隣の仏間にすすす、と移動します。普段はそっちにも小さな座卓が置いてあるのですよ。

「お時間頂きましてありがとうございます」

浦田さん、丁寧な方ですね。テレビ局のディレクターとなるとどうしてもわたしたちはあの一色さんみたいな人の印象が強いのですけれど、それは偏見になっちゃいますね。

「来週はもうロケになりますが、既に台本はこちらにも届けられて、我南人さんもお読みいただいていると思うのですが」

「もちろんですよぉ。ちゃあんと読んでいます」

わたしたちも読みました。ドラマなどではありませんから、ほとんどはどの順番にどんな店を訪ねていくか、どんな質問をするか、そしてどんな話をするか、みたいなものでしたけれど。

「堀田先生は、お読みになりましたか」

「ちらりとですが」

「お気づきかもしれませんが、訪れる店の数々は、既に堀田先生が著作のエッセイの中で触れられているお店ばかりなのです」

なるほど、というふうに紺が頷きます。

それはそうですよね。この界隈《かいわい》の店を回るのですから。紺が出した下町に関するエッセイ本は五冊ほどありますけれど、当時のこの辺りにあった店はほとんど全部網羅していますよ。

「ひょっとして、えーと浦田さんあれですか」

紺が気づいたように言います。

「今回の折原さんと父のロケは、僕のエッセイを参考にしたわけじゃないけれども、結果的にほとんど内容が被《かぶ》ってしまっているので、それで挨拶と一言お詫びにってことですか」

「はい、そうなんです」

浦田さん、申し訳なさそうな表情を見せて、頷きます。

「いや、それはもう何というか、気を使い過ぎですよ」

「そうだよぉお、この界隈の店を巡るロケなんだからぁ、お店とか被るのはあたりまえのことだねぇえ。あんな大して売れてもいない息子のエッセイを気にすることなんかないのにぃ」

我南人が言うことじゃないですし、しかも事実とはいえ売れてもいないは可哀想《かわいそう》ですけれど、確かにそうですね。気にすることは何もありません。

それでも、テレビ局としては、堀田紺は出演する我南人の息子なのだからそこに触れないわけにはいかないし、話だけはして筋はきちんと通しておこうとなった、ということでしょうかね。

「しかもエッセイのことをロケで触れられれば良かったんですが、それも一切ないことになってますので」

「いやいや、本当に。まったく気にしないでください。と言ってももう来られてしまったんですが」

「ありがとうございます。助かります。あの、それでこれ、つまらないものなんですが、皆さんで召し上がってください」

小さな花束、花束というよりはブーケ、いえフラワーアレンジメントと言えばいいんでしょうか。小さな籐《とう》の籠《かご》に入ったものですね。それと、召し上がってくださいと言った紙袋の中は何かお菓子でしょうか。

あぁ、そうですね。佳奈さん演じる主人公は下町のお花屋さんという設定ですからね。そこからこういうものを持ってきてくれたのでしょう。

「本当に気を使わなくて良かったんですけど。でも、せっかくですからいただきますね。すずみちゃん、これカフェの方に飾っておこうよ」

「あぁ、はい。きれいですねー」

古本屋に飾るよりそっちですよね。

ひょっとしたらですけれど、テレビ局が持たせたのはお菓子だけで、お花は浦田さんの判断で後から購入したものかもしれないですね。何となくそんな気がしました。

「お菓子も、いただこうかぁ。おもたせですけど浦田さんもぉ」

「いえいえ、とんでもないです。もう出社しなければなりませんので、すぐに失礼します」

我南人がさっさと紙袋から包みを出します。この包装紙は見たことありますね。焼き菓子で有名なところですよ。大きな箱ですからたくさん入っていますよね。

他にも、紅茶の袋が出てきました。それに、ビニール袋に入ったスコーンですね。

「あ、こちらの焼き菓子は局で用意したものなんですが、この紅茶とスコーンはすみません、私の実家のものでして、一緒に持ってきました」

「ほう、ご実家の？」

勘一が紅茶の袋を見ます。

「うちは、埼玉なのですけれど、実家を少し改装して小さな紅茶とスコーンのお店を開いているんです。紅茶は輸入品ですが、スコーンは手作りですので、できれば早めにお召し上がりください」

「それは、旨そうですな」

スコーンはカフェでは出していませんからね。さっそく三時のおやつの時間にでも頂くといいんじゃないでしょうか。

ご実家が商いをやっているのはうちと同じ環境なのですね。

「それでは、来週のロケ、いろいろとお騒がせするかと思いますがどうぞよろしくお願いします」

「こちらこそ、本当にわざわざすみませんでした」

また丁寧に頭を下げながら、浦田さん古本屋の方から出て行きます。皆で見送りました。お忙しいのでしょうね。急ぎ足で駅の方へ向かっていきました。


仏間に引っ込んでいた藤島さん、木島さん、茅野さんが自分たちのコーヒーを持って、居間に戻ってきます。青もちょうど蔵から雑誌の山を抱えて出てきて、居間に戻ってきました。

「なにこのお菓子。お客様来たの」

「来たんだよぉ。テレビ局のディレクターがねぇ」

「青くんは映画にしか出ていないから、テレビ局の人とは面識ないんだっけ」

藤島さんが訊いて青は頷きます。

「まったく。一ミリも」

「せっかくの頂き物だからな。皆で食べてけよ」

勘一が頂いた焼き菓子の箱を開けます。やはりフィナンシェなどですね。美味しそうですよ。

「あの人、浦田さんでしたか。見かけたことありますな」

茅野さんが言います。

「お？　どこでだい」

「もちろん、この界隈ですよ。いつだったか、もうひと月ほども前でしたかね。ここに来る途中でね」

「いたんですか？　浦田さんが」

紺が訊いて、そう、と茅野さん頷きます。

「建物の写真撮ったり、メモをしたりね、何だか忙しそうにこの辺をあちこち見て回っていましたのでちょっと気になったんですよ。観光客にしては熱心さが違うし、ちょっとハーフっぽい美人さんだったしでね。覚えていたんですよ」

元刑事の茅野さん。職業病というか習い性というか、そこらを歩いていてもついつい眼についた人や気になる動きをするような人を観察してしまうのですよね。

「じゃあ、今回のロケのための、ロケハンというかそういうものだったんでしょうかね」

藤島さんです。

「そうかもしれないけどぉ、でも、ちょっと変だねぇえ」

「何が変だよ」

勘一がフィナンシェをパクリと口にして、もぐもぐさせながら言います。我南人が座卓の上にある名刺を取りました。

「あの人は確かに〈日英テレビ〉のディレクターなんだろうけどぉ、今回のロケをする情報番組のディレクターは全然別の人なんだよねぇえ」

「うん、そうだよね。前に店に来た人だよね」

紺です。

「そうそう、なんだっけね、佐々木《ささき》さんだったかなぁ。男の人で四十代ぐらいだったかなぁ」

確かにそうでした。我が家にやってきてきちんと我南人と打ち合わせをしていきましたよ。

「浦田さんでしたかね、その佐々木さんの上司とかじゃねぇんですか？」

「いやたぶん違うねぇ、佐々木さんは名刺にチーフディレクターってなってたよぉ。浦田さんは、この名刺ではただのディレクターだねぇ」

確かに名刺にはそうなっています。そうであれば、上司は佐々木さんの方です。

「その佐々木さんに会ったときに言ってたけどぉ、今の〈日英テレビ〉は各部署で名刺の色が違うんだってぇ。佐々木さんのはグリーンで、情報やドキュメンタリー関係。報道がブルーで、ドラマは黄色で、スポーツは赤だって言ってたんだぁ」

「お、こいつぁ黄色だな」

確かに。浦田さんの名刺は黄色ですね。ということは、浦田さんはドラマ部門のディレクターということになりますか。

「全然違う部署のディレクターがわざわざってのも、どうしてかなぁあ」

ふーむ、と皆が少し考えたり顔を顰めたりします。

「確かに紺さんのエッセイを気にする必要はないと言えばないんですよね。この辺のことを書いているエッセイ本や情報誌などは山ほどあるんですから、いちいち挨拶していたらとんでもないことになりますから」

藤島さんです。

「まぁ、紺さんが我南人さんの息子ってことで、そこだけは筋を通そうと思ってもおかしくはないですけど、それならその佐々木さんが挨拶すれば済みましたよね」

「ドラマ班ってことは、単純に春から折原さんがやるドラマのディレクターってことじゃねぇんですかね？　それならロケをする情報番組の班とは全然別に動いてもおかしかないし、問題ないでしょう」

木島さんが言います。

「だな。しかし、んなことこっちが考えても詮無いことよ。挨拶してくれたんだからご丁寧にどうも、よ」

そうですね。別に悪いことでもないのですから。

「変と言えばですね」

木島さん、何かを思い出したように言います。

「あの浦田さんもハーフっぽかったですけどね。俺も先月、この界隈をいろいろ見ている外国人の二人連れを見かけたんですよ」

「別にこの辺を観光してる外国人は珍しくもねぇぞ？」

けっこういますよね。一日この辺をうろうろしていれば何人もの外国の方を見かけます。

「いやそれがですね、茅野さんの話じゃねぇですけど、俺が見たその外国人のご婦人二人、観光客って感じじゃなく、いかにも仕事ができそうなビジネスウーマンって感じでしてね。お年寄りの方が完全に外国人で、もう一人のご婦人は日本人とのハーフっぽくてね。何か打ち合わせしながらここらを見て回ってるって感じで」

「ほう」

「あ、その人たち俺も見た。木島さんがこの間来たときでしょう、シルバーヘアの上品そうなご婦人。カフェの前を通り過ぎてったよ」

青がホールにいたときに見たのでしょうね。前の通りを歩く人たちは視界に入りますから、つい見ちゃいますよね。

「そうそう。その人だよ」

元刑事の茅野さんもそうですけど、観察眼のある記者である木島さんが言うからにはただの観光客の方ではなかったということですか。

「あれですか。木島さんは、その二人が外資系の不動産関係じゃないかと思ったんですか」

「そうそう！　それですよ藤島社長」

外資系の不動産関係ですか。

「最近そんな話がよく出るじゃないですか。外資系の不動産関係やらがビルや土地やらをよく買っているとか、街作りに参画しているとかなんとか」

「あるね」

紺も頷きます。あるんですねそういう話が。

「そんなんでね。いやこの界隈にもそういう波が来て、海外資本の店とかいろんなもんが押し寄せていろいろ変わっちゃうのかなぁ、なんてそんときに思ったんですよ」

「ない話じゃあないよねぇ」

「だからって別にそれが悪いってことでもねぇだろうよ」

勘一が外を見て言います。

「南んところみたいに危ない連中が来るのは勘弁だけどよ、誰が建物や土地を買おうと売ろうと、俺らが口出しできるもんでもねぇし、それで町が賑やかになって皆が喜ぶならいいこった」

その通りですね。

「あれですよ木島さん、ここはじいちゃんの眼が黒いうちはもちろん、僕や青が生きている間は売らないから安心していいですよ」

「あったりめぇよ。研人が年寄りになる頃にはわかんねぇけどな。まぁその頃にはここにいる全員おっ死《ち》んでるからいいだろ」

皆が笑います。

確かにそうですけどね。

＊

年を取ると、いえわたしはもう年など取るはずもないのですが、一週間ぐらいなどあっという間に過ぎていきますよね。

毎朝ドラマを観ている人などは、土曜日の朝に一週間のまとめの放送が始まったときに、もう一週間終わるの、と思ってしまうこともあるとか聞きます。

土曜日の朝になりました。

明日はロケの日ですね。

学校がお休みでも、我が家の朝はいつもとまったく変わりありません。朝からかんなちゃん鈴花ちゃんが走って研人を起こしに行き、皆で朝ご飯。そうして、それぞれに仕事の準備です。今日も小学校はお休みですから、かんなちゃん鈴花ちゃんがしばらくの間はカフェのお手伝いですね。

勘一がお茶を貰う前に、店の中にしまっておいた五十円百円均一の本のワゴンを外に出そうとしています。

「なんだこいつは?」

何でしょう。不審げな声を上げましたね。

ワゴンを出しに行った勘一が店先にしゃがみ込みます。何かがそこにあるのでしょうか。

これは、発泡スチロールのケースですね。よくお魚屋さんが、あるいは市場でしょうか、氷を入れて魚を運ぶような箱ですよ。もちろんその他にも用途があるのでしょうけれど。

何故こんなものが古本屋の前に置いてあるのでしょう。

「おい、ちょっと来てくれ」

勘一の声を聞いて、居間にいた我南人とカフェのホールにいた青がやって来ます。ホールにはかんなちゃん鈴花ちゃんの他に美登里さんもいますから大丈夫ですね。

「なぁにぃこれ。魚でも頼んだぁ？」

「頼んだってこんなので来ねぇだろう。ここに置いてあったんだよ」

「置いてあった？　昨日の夜はなかったよ。少なくともカフェを閉めた時点ではなかった」

青が言います。戸締まりはきちんとします。この辺は物騒というわけではありませんが、店を閉めるときには全部の入口や窓のところを見て回るのが習慣になっていますから間違いないですね。

昨夜は九時過ぎにはお客様もいなくなって閉めましたし、その後に遅くなって帰ってきた人もいませんでした。

ですから、九時過ぎから朝になる間に古本屋の店先にこれが置かれたということですね。防犯カメラでも付いていたのなら様子が見られるのでしょうけど、古本屋の店内にはカフェの夜営業を始めたときに、閉店後専用ということで設置しましたけれど、生憎《あいにく》と店の外にはありません。

青がしゃがみ込んで、顔を近づけました。

「魚の匂いはしないな」

手を伸ばして、そっと動かします。

「けっこう重いね」

「重いのか」

「開けてみるから、一応念のために離れて」

「おいちょっと待て、もう少し店から離してから開けろ。何入ってるかわかったもんじゃねぇぞ」

まさか爆弾とかではないとは思いますが、箱が箱ですからね。腐るようなものが入っていて実際腐っていたりしたのならちょっと困ります。

勘一と我南人が二歩ほど下がって店の中に入りました。青がそっと持ち上げて、道路に置きます。わたしは何があろうと、何が起ころうと死にはしないので大丈夫なので近づきましょう。

青がそっと蓋を開けました。

「あれ？」

中に入っていたのはお魚や氷などではなく、梱包《こんぽう》の緩衝材、プチプチと呼ばれるものですよね、それにしっかりと包まれた四角いものです。

「何が入ってる」

勘一と我南人が出てきました。何事があったのかと研人も花陽も出てきましたね。

「どうしたの」

「これ、本だよ。あ、下にLPもある」

「本？」

「LPぃ？」

青が、また箱を持ち上げて店の方に持ってきます。箱をもう一度確認して、匂いを確かめます。

「どこも濡れていないし、汚れてもいない。きれいな箱だから中に持ってくよ」

帳場まで持ち込んで、箱を置いて中身を取り出し、プチプチを取ります。

「ほら、本だ。古本だよ」

確かに、古本です。池波正太郎《いけなみしょうたろう》さんの『江戸の暗黒街』ですか。懐かしい表紙です。青がす

ぐ奥付を見ます。

「昭和四十四年の初版だね」

間違いなく新品ではありませんね。

研人が大きな四角いものの緩衝材を破るように取ります。こちらは、やはりＬＰですね。

「ＬＰじゃん！　うわこれウィルソン・ピケットじゃんね、じいちゃん！」

「懐かしいねぇえ」

ウィルソン・ピケットさんですか。わたしは知りませんが、黒人の歌手の方のＬＰですね。

「古本と、ＬＰ。何でこんなのが店先に？」

青が顔を顰めます。

「誰かが置いてったの？」

花陽が言い、勘一が頷きます。

「そういうこったろうが、さてこりゃ何だ」

皆が首を捻ります。

我が家は古本屋で基本古物商ですから、ＬＰなども扱います。今は特に棚に並べてはいませんが、ときどき放出することもあります。

「うちに持ち込んできても全然おかしくないけどぉ、どうして開店前に店先に置いてくかなぁあ」

「じいちゃん。これうちの本だよ」

青が本の見返し、裏表紙の裏を見せます。

「値札があるな」

間違いなく、かなり薄れてはいますがうちの値札が貼ってあります。我が家で売る古書には必ず後ろに貼る値札、屋号と値段が書かれているものですね、それがこの本にも貼ってありました。

値札はすべて手作りです。今でこそパソコンのプリンターで印刷していますが、まだパソコンがない時代には特製の判子だったり、万年筆での手書きだったりしました。ですからその頃に貼った値札だとこうして薄れてしまいます。

「いつ売ったものかは、わかんねぇな」

仕入れた本のリストと、在庫の本のリストは更新していますが、本がいつ売れたかまでは把握できません。

「どういうことだろう？」

「さてな。値札が貼ってあるってことは間違いなくうちで売ったもんだろうよ。それは間違いねぇが、それを返してきたってことになるのか？」

「ＬＰも売ったやつ？」

研人が訊きます。こちらには値札がありませんが、ＬＰの場合はジャケットの袋カバー、レコード袋に貼りますからすぐに剝がせるのですよね。そしてこのＬＰはレコード袋に入っていません。剝《む》き出《だ》しです。

「そいつはわかんねぇが、我南人どうだ。これを店に出した覚えはあるか」

「わかんないねぇえ。確かに古いけれどぉ、このＬＰ自体は輸入盤じゃないからぁ、昔にたくさん出回ってたものだねぇ」

「でも、古本とセットであるんだからLPもきっとうちで扱ったものだよきっと。それを、何らかの事情でこっそり返しに来たってことじゃないかな」

青が言います。

「なんでこんな返し方をしたのか、だな」

研人が他にもあるLPをチェックしています。全部で五枚入っていました。この箱自体がそれほど深さはありませんから、LP五枚と本が四冊。それを緩衝材で大事に包んだのなら、もういっぱいですね。

「これさ、大じいちゃん。返しに来たとしてさ、また買い取れるの?」

「買い取るぞ。これだけ状態がいいならな。うちで売ったもんだろうと、また売り物になるからな」

「だったら、この人は損してるってことだよね。素直に買い取ってほしいって持ってくればいいのに。ひょっとして万引きでもしたやつ? 前もそんなことあったよね。万引きしたものを返しに来たの」

「あったな」

ありましたねそんなことも。勘一とすずみさんが二人でいるときにはお店全体が見られますが、一人になってしまうと死角も出てきます。かといって、防犯カメラやミラーに頼るというのは、あまりよろしくはないと勘一は思っています。

「まぁ、だとするなら、店が閉まってからこっそり置いて行くってのもわかるが、それにしてもなぁ」

ちょっと、このやり方は理解に苦しみますね。我南人が、少し顔を顰めながら包まれていたプチプチや箱を見ています。

「大事に包んであるよねぇえ」

「そうだな。きっちりと」

「変だけどぉ、少なくともこれを持ってきた人はぁ、中身が傷つかないように大切にしてたんだねぇ」

確かにそうです。この緩衝材なら一枚でくるりと巻いておけばそうそう傷ついたりしませんが、膨れ上がるぐらいにしっかり何重にも巻いています。

何よりも、古本もＬＰもとても良い状態なのですよ。

「とりあえずぅ、このままにして保管しておこうよぉお。そのうちに事情がわかるかもしれないからさぁ」

そうですね。うちで売っていたものには違いありませんから、拾得物として警察に持っていかなくても保管しておくのがいいでしょう。


夕方になりました。

もちろんその日にもよりますが、土曜の夕方ぐらいのカフェはわりと賑やかに過ぎていきます。お休みの人も多くこの辺りをぶらぶらした後にちょっと休憩とコーヒーを飲んでいったり、我南人や研人目当てのファンの人が休日にやってくることも多いですよね。

家にいることが多くなった我南人がふらりとカフェに顔を出して、ファンの方と気軽に話をしたり、サインをしたり。

そういう方々は雰囲気でわりとわかりますよね。

研人も家にいるときに、たぶんそうだろうな、という感じの人がカフェにいたのなら顔を出すこともありますし、バンドの渡辺《わたなべ》くんと甘利《あまり》くんとどこかで練習をした後には、やはりファンの方との交流を兼ねて三人でカフェに寄ってしばらく過ごしたりします。

ファンの皆さんは大切ですよ。

ミュージシャンの我南人や研人、小説家の紺はもちろん、メジャーではありませんが俳優もやった青や、まだ無名ですが画家の藍子にだって、もちろんプロであるマードックさんにもファンはいます。

皆さんがいることで毎日のご飯を食べられるんですよね。それは商売の大本です。カフェだって古本屋だって、この店がいいと思って通ってくれるお客様がいることで成り立っているんですから。

忙しくはありませんから、カフェのカウンターには亜美さん一人、ホールには和ちゃんだけですが、忙しくなれば誰かが顔を出します。

勘一とすずみさんは、帳場で買い取った古本の整理や値付けですね。むしろこの時間はカフェよりも古本屋の方がしなきゃならないことは多いのではないでしょうかね。

一冊の古本のすべてのページを点検するだけでもけっこう時間が取られます。もしも買い取り時に気づけなかった汚れや傷、破れがあればそれをきれいにしたり修復したりします。値段をどうするかを、同じ本をネットで検索して他の古書店の値付けを参考にすることもあります。締切りがあるわけではなく、いつやってもいいことですから気が急《せ》くほど忙しくはないのですが、やることは常にたくさんある、というのが古本屋です。

居間には紺と我南人がいます。かんなちゃん鈴花ちゃんはついさっきまで芽莉依ちゃんと花陽とお買い物に行ってまして、帰ってきたようです。

かんなちゃん、急に頭を動かして裏の玄関の方を見ましたね。

「来たよ！」

「うん？」

紺と我南人が反応したとき、裏の玄関が開いて声が聞こえてきます。かんなちゃんの勘は年を追うごとに鋭くなっていく気がしますよ。

「こんにちはー」

「お邪魔します」

修平さんと佳奈さん夫妻ですね。かんなちゃん鈴花ちゃんが急いで縁側を走ってお出迎えします。

「よく来た上がれ！」

かんなちゃんはもうあの勘一のような出迎えの口調があたりまえになっています。でも、こういうときぐらいしか使いませんし、普段は普通の女の子らしい口調なのでいいですかね。

「お邪魔します」

修平さんと佳奈さん、かんなちゃん鈴花ちゃんに手を引かれて居間に現れました。明日のロケでは佳奈さんがうちを控室代わりに使うこともあり、そして土日の休日なので久しぶりに我が家に泊まりがけで来てくれたのです。

修平さんは背中にリュックを背負って大きなボストンバッグを持っています。佳奈さんもたぶん明日の衣装でしょうね、ガーメントケースと言えばいいのですか、服を折り畳んで入れる袋を持っています。荷物が多いのはきっとほとんど佳奈さんのものでしょう。

「皆さん、ご無沙汰いたしまして」

「かなちゃん、そこの部屋ににもつおいていいんだよ」

「しゅうへいおじさんはすわっていいんだよ」

かんなちゃん鈴花ちゃんもきれいな佳奈おばさんのことが大好きですよね。出演するドラマは二人とも必ず観ていますよ。修平さんにももちろん懐いています。

「修平、佳奈ちゃん。何か飲むー？　何でもいいわよ」

実の姉である亜美さんがカフェからやってきて言います。

「ああ、じゃあ僕はコーヒーで」

「私は、すみません紅茶を頂きます」

佳奈さんはコーヒーを飲まない人でしたよね。

「オッケー。そういえばね佳奈ちゃん。浦田さんだっけ？　ディレクターの人」

「浦田さん？」

佳奈さんは少しきょとんとした表情を見せます。

「〈日英テレビ〉のですか？」

「そう。あれから何度もカフェに来てくれてるのよ。ありがたいわー」

「あれから？」

「あれ、言ってなかったっけ」

表情からすると佳奈さんは何のことかわからないようですね。亜美さんもＬＩＮＥや何かで教えたつもりになっていたんでしょうか。

紺が教えてあげました。

自分の下町のエッセイのことで、今回は内容が重なっているのに一切触れないで申し訳ないと、わざわざお詫びと挨拶をしに来てくれたんだと。

佳奈さん、ほんの少し不思議そうな表情を見せながらも、頷きます。

「そんなことがあったんですね。確かに今回のロケの内容は、紺さんの本の内容と被っていますけど。でも、浦田さんがですか」

佳奈さんさらにちょっと首を捻ります。

「案外、浦田さんはこの近くに住んでるのかもね」

そうかもしれません。

実家は埼玉と言っていましたが、テレビ局にお勤めなのですから、お住まいはたぶん東京でしょう。何せあれからもう三回もカフェに来ています。忙しい時間帯だったり窓際に座ったりで話はしていませんけれど、ゆっくりコーヒーなどを味わってからどこかへ行かれてましたよね。

勘一が古本屋から居間に入ってきます。

「どうだい、修平くんよ。仕事の方は順調かい」

「はい、順調といえば、そうですね。研究ですから地道な作業ばかりで、果たして世の中の生産に貢献できているのかどうかは疑問なんですけど」

修平さん、大学の研究員ですからね。何の研究をしているのかは聞いてもよくわからないものばかりなんですが、要するにコンピュータ関係なんですよね。

「しゅうへいおじさんとかなちゃん、デートしてる？」

かんなちゃんが訊きます。いきなり何でしょうね。

「デート？」

二人が笑います。

「するよ。でも結婚してるからね。デートっていうより、お出かけとか買い物かな」

「あれ、パパラッチとかされてない？　だいじょうぶ？」

また皆が笑います。どこでそんな言葉を覚えてくるのでしょう、かんなちゃんは。

もう結婚して何年になりましたか。五年か六年ほど経ったはずですけれど、ひょっとしてかんなちゃん、つい最近そういうものがあるというのを理解したんでしょうかね。

「たまに一緒に歩いているのを撮影されることもあるけどね。でもおじさんは一般人だから、顔なんか出ないから大丈夫」

「そっか」

人気女優と一般の男性の結婚でしたからね。あのときには修平さんの仕事のこととかいろいろとニュースになったりしましたけれど、それほど大騒ぎにはなりませんでしたよ。むしろ、我南人と親戚になったということの方がたくさん報じられていて、それで上手く誤魔化せたのかもしれません。

「今日はすきやきだって」

「すき焼きかぁ。楽しみだね」

鈴花ちゃんが修平さんの横に座っています。鈴花ちゃんが大人しい子なのでそう見えてしまうのかもしれませんが、どちらかといえば自分と同じように大人しい人のところに付きますよね。家の中でも、たとえばお父さんである青よりも、伯父さんである紺とよく話しているような気がします。

以前と違って晩ご飯も交代で食べることになっていますが、すき焼きなどは交代で食べるのに便利ですよね。

「修平は明日は何もすることないんでしょう？」

亜美さんがコーヒーと紅茶を持ってきて言います。

「ないよ。ロケに同行するわけでもないし」

「じゃあ、たまにはカフェと古本屋で店番してよ。すずみちゃんと買い物に行きたいとこあるの」

修平さん、苦笑いして、いいよ、と頷きます。

姉と弟ですからね。藍子と紺や青も、こんなふうなことがよくありましたよ。佳奈さん、少し眼を大きくさせて言います。

「私もまたここのカフェや古本屋で働きたいんですよね」

「いやいやいやいや、佳奈ちゃんそれはね、嬉しいけれども一大イベントになっちゃうからちゃんと計画してからやらないと」

亜美さんがいいこと聞いたわ、というふうにニヤリと笑いましたね。佳奈さんの一日店長とかやった日には、お客さんが大勢押しかけてきてしまいますよね。事務所だって通さないと怒られちゃいます。

いいえ、親戚の家を手伝うだけの話ですから、事務所は通さなくてもいいかもしれませんね。

三

ロケの朝です。

ほぼすべてのお店が開く十時からのスタートで、我が家の前から出発します。

天気予報を何度も確かめて安心はしていましたが、きれいに晴れて、しかも気温も高めで良かったですよ。厚手のダウンコートなども一応用意していた佳奈さんや我南人ですけど、それを着なくてもよさそうですね。

普通はテレビ局とか、あるいはロケバスとかで着替えやメイクをするのでしょうけど、佳奈さんは今回は私服で、メイクさんだけが朝にやってきました。自分の暮らした町を歩くのだから、普段の様子のままでいくんだと言ってました。

我南人はもちろん私服です。メイクもほとんどしません。一応ちょこっとはメイクさんがしたみたいですけど、顔のテカリを抑えるぐらいのものでしょう。

佳奈さんはベージュのウールのショートコートに紺色のパンツ姿、我南人は昔から着ている同じくベージュの革のダスターコートですね。昔の西部劇でガンマンが着ていたようなコートですよ。それはもう何十年も着ているくたくたのものですが、まぁそれがいいのでしょうね。

我が家の前にたくさんの人が集まってきました。

カメラマンさんや音声さんやディレクターさんにADさん、何せ狭い通りですから人数は最小限にしているはずですが、それでもけっこうな大人数ですよね。

営業はいつも通りにしています。カフェにはお客さんも普通に入っていますが、皆がその様子を眺めています。

朝のお手伝いを終えたかんなちゃん鈴花ちゃんも、暖かい格好をして外に出て眺めていますよ。女優の姿になった佳奈さんを間近で見るのは初めてでしょうから、何だか緊張でもしているのでしょうか。

雰囲気が本当に変わりますよね。身に纏《まと》う空気が変わるというのがよくわかります。別に芸能人の皆さんだけではなく、一般の方たちでも仕事になるとそういうものですよ。家では優しいお父さんの仕事場での姿を見て驚く子供たちだっていますから。

もちろんロケには他に誰もついていけませんけど、わたしは行けます。考えてみればこの身体になってから、ご近所界隈をゆっくり歩くなんてしたことはありません。そっと後について行こうと思っているのですが、まさかテレビカメラに映ったりしませんよね。大丈夫でしょう。映っているならもう向こうでモニターチェックしているスタッフさんが大騒ぎしていますよね。

もうカメラは回っています。MCの女性レポーターの方、お名前はルナさんでしたね。テレビで見たことありますよ。まだ二十代のお若い可愛らしい方です。

「ドラマ『フラワー・オブ・ライブ』に主演する折原美世さんでーす。そして、テレビに出られるのは本当に久しぶりだという〈ゴッド・オブ・ロック〉我南人さんでーす」

　周りのスタッフが拍手をします。遠巻きにしている方も、そして窓から見ているご近所の皆さんも拍手をしていますよ。

「ご存じの方もいらっしゃると思うんですが、折原さんと我南人さんはご親戚なんですよね」

「はい、そうなんです」

「僕のねぇ、息子のお嫁さんの弟くんが折原さんと結婚したんだよねぇえ。だからぁ、そういうのなんていうかわかんないけどぉ縁戚ぃ？」

「そうですよね。私も一応調べたんですけど血の繋がりはない縁戚ってことでいいと思います！」

　やはりレポーターの方は喋《しゃべ》りのリズムが良いですよね。自然と聞き入ってしまうし、その流れに乗せられてしまいます。

「では、今日はこちらからスタートでーす。こちらの本当に風情ある日本家屋が、我南人さんの生家である古書店〈東京バンドワゴン〉さんですね。隣にはご覧の通りカフェもありまして、中は繋がっていますから買った本はもちろん、貸本という形で借りてカフェで読むこともできるんですよね」

「できますよぉお」

「もうファンの方はね、ご存じでしょうけどバンド〈TOKYO BANDWAGON〉の研人さんは、我南人さんのお孫さんですから、やっぱりここが生家で今もいらっしゃるんでしょうかね？」

「さっきはいたけどねぇえ。たぶんどっかで見てると思うよぉお」

いますよ二階に。カメラには映っていませんが、窓からこちらを見ていますね。

「この狭い道を挟んでお隣は、これは以前は銭湯だったところなんですよね？」

「そうだよぉお、今は銭湯の形をそのまま残してアートギャラリーになっているけどねぇえ」

「以前に我南人さんもたくさんの皆さんとの写真展が開催されてましたね。じゃあ、我南人さんも銭湯のある頃はここに入られていたんですか」

「そうだねぇえ、うちにも広い風呂があるけどぉ、ここにもよく来てたねぇえ」

元は〈松の湯〉だったところですね。〈アートウ〉という名前で生まれ変わって、もう七、八年は経ちましたか。

あぁ、代表の高見《たかみ》さんも外に出ていて軽く挨拶されていますね。たまにカフェで一服されていますす。相変わらず少し正体不明の感じがありますが、濃いあご髭《ひげ》がよく似合っていらっしゃいます。

この界隈は商店街というわけではなく、普通の民家やアパート、マンションなどもありますが、こうやって様々なお店や小さな会社などが点在しています。ですから商店街の〈商店会〉という形ではなく〈町会〉という形で商店や小さな会社が繋がっていて、夜の火の用心の見回りとか、小さなお祭りとか、あるいは商店が参加するイベントですとかそういうものをやっています。

範囲を広くしてしまうと切りがないので、基本的には一丁目から三丁目の範囲がわたしたちの〈町会〉です。

もちろん入れ替わりはありますよね。新しくできる店があったり、かと思えばできたのにすぐになくなってしまったり、それはもうそれぞれの事情です。

その中には我が家のように二代、三代と続く老舗《しにせ》もあるのですよ。我が家の裏の〈杉田《すぎた》豆腐店〉さん、そして道路向かいの〈畳常本《つねもと》〉さんは、どちらも代々続いている老舗です。いちばんの老舗は、我が家ですね。うちより古いお店は、もうこの界隈にはありません。

佳奈さんと我南人、そしてレポーターのルナさんが本当にゆっくりと歩いていきます。我南人にしてみるといつものぶらぶら歩きと変わりませんから楽でしょうね。

「折原さんも子供の頃はこの辺りにはよくいらしていたんですね」

「はい、生家はもう少し駅の方で離れているんですけれど、学校の友達とかも住んでいましたし、家族で食事をしにきたお店があったりしましたね」

「さぁまるで猫ちゃんしか通らないような細い道を歩いて、ちょうど我南人さんのお宅の裏側です。もうさっきから香りが漂っていますがここにお豆腐屋さんがあるんですよね。〈杉田豆腐店〉さん」

わたしたちはもう慣れていますからまるで気になりませんが、近くに来ると、お豆腐屋さん独特の匂いがありますよね。

杉田さんの朝は早いですから、もうほぼ今日の分のお豆腐を作るお仕事も配達も終わっていて、あとは店頭にやってくるご近所の方々に直接売る分だけです。それも、売り切れ御免ですよ。

「折原さんはここのお豆腐屋さんのお豆腐をいつも食べていたとか」

「そうなんです。私自身は覚えていなかったんですけれど、両親に確認すると近くのスーパーで販売しているこの〈杉田豆腐店〉さんのお豆腐を大体いつも買っていたそうなんですよ」

「僕なんかぁ、生まれたときから食べてるからねぇ。ここはおからも美味しいんだよぉ」

冗談ではなく、離乳食なんてわたしの時代にはありませんでしたから、我南人はお乳を卒業するときにはもう杉田さんのお豆腐を食べていましたよ。

本当は店頭で食べることはできませんが、テレビのロケということで特別に杉田さんがお皿に載せて用意してくれています。うちの食卓にもよく上る真っ黒な胡麻豆腐と、おぼろ豆腐でした。よくテレビで見るシーンですね。美味しい！　と大げさに言うところでしょうけど、我南人とそして女優の佳奈さんです。

「僕はもう朝ご飯で食べてるからねぇ。美味しいよぉお」

「あ、これは私は初めて食べる味です。胡麻の香りと大豆の味がくっきり際立ちながら口の中で溶け合って、美味しいです」

佳奈さん、食レポ上手ですね。この辺りは台本には何も書いていないので、自分で感じたことをそのまま言ってるのですよね。さすが女優さんといったところでしょうか。

そのまま路地を二丁目方面に歩いていくと、ありました。小さな公園の手前に我が家と同じぐらい古い造りの一軒家で、〈妻元花店《つまもと》〉さんですよ。お店の名前は妻元ですけど、店主の方は明神《みょうじん》さんなのでちょっとややこしいです。しかもこの家の持ち主は品川《しながわ》さんなのでますますややこしくなります。

和洋折衷と言いましょうか、日本家屋と西洋風の意匠を凝らしたお宅なんです。随分昔になりましたけれど、花陽がまだ小学生の頃にプチ家出をして、こちらの外にあるベランダと言うか、物干し場に来ていましたよね。その頃からは少し外壁を直したりして、きれいになりました。

「このお花屋さんが、今回のドラマで折原さんが経営するお花屋さんのモデルになったということですよね」

「そうみたいですね。私も写真では拝見していまして、来たのは初めてですけれど本当に雰囲気のある素敵なお店ですね」

「ここねぇ、その上にある物干し場がねぇ、猫の集会所なんだぁ」

「そうなんですか？」

ルナさん、きっと猫好きですね。

「ほら、今もそこに尻尾が見えるよぉ」

「あ！　本当ですね」

見えますね。わたしはちょっと浮いていますから身体も見えます。これは半ノラではなく、確かこの辺のお家の飼い猫のはずです。ちゃんと首輪も付いていますから。

〈妻元花店〉さんは明神さんご夫妻がやっていて、始めた頃には随分若いご夫婦だったのですが、確か青と同じぐらいの年齢でしたか。

笑顔が素敵な奥様が、佳奈さんと花屋さんの仕事についていろいろ話しています。我南人も、実はこれで花とかには詳しいんですよ。同じミュージシャン仲間の楽屋に花を届けたりするときにはいろいろ自分で決めていたそうです。

「折原さん、ドラマのためにこちらではないんですけど、花屋さんで修業させてもらったとか」

「はい、修業というほどでもないですけれど、毎日のお仕事の流れですとか、お花の捌《さば》き方ですとか、いろいろ教えていただいてます」

「お花屋さんのお仕事というのは大体どこのお花屋さんでも同じものですか」

明神さんの奥さん、こくりと頷きます。

「そうですね。極端に違わないと思いますよ。花卉《かき》市場《しじょう》に仕入れに行って、それを店頭で売るという流れですから」

「とてもきれいな花に囲まれて素敵なお仕事なんですが、力仕事でもあるんですよね。それにやはり水仕事でもあるので、手荒れに気をつけていると仰《おっしゃ》っていましたね」

佳奈さんの言葉に、そうそう、そうなんです、と明神さん頷きます。水仕事はそうですよね。古本屋は違いますが、カフェだって水仕事です。水商売というぐらいですからね。亜美さんも皆も手荒れに気をつけています。

〈妻元花店〉さんを後にしてまた歩き始めます。

「大丈夫ですかー。疲れていませんか？」

「大丈夫だよぉお。年寄りだけど体力あるからねぇえ」

このロケ、もちろん生放送ではありません。収録放送になりますから、ちょこちょこ休憩が入りますし、この辺は放送では使わないというところでは本当によもやま話をしながら、通り過ぎたりしています。

メイクさんが佳奈さんの髪の毛を直したりもしていますね。わたしもテレビのロケを見るのは本当に久しぶりですけれど、雰囲気や進行の仕方は昔とそう変わりはしませんね。

そして、全部のお店を紹介するわけではありませんから、お邪魔しないところもたくさんあります。そういうお店は全景だけ撮っておいて、後で編集で使うかどうかを決めるのでしょうね。

ここから先は二丁目に入っていきます。

二丁目に入ればすぐそこに、道下さんのお店〈昭爾屋〉さんがあります。ここでは美味しい和菓子を食べていくのでしょうね。そのお隣には〈高橋玩具《たかはしがんぐ》〉さん。文字通りの玩具《おもちゃ》屋さんです。昔の玩具なども売っていますが、しっかりと最近のゲームなども扱っています。いつも駐車場を使わせてもらって、〈町会〉でのイベントのひとつ、年末の餅つき大会をやるところですよ。

近くには染め小物の店〈杣《そま》や之《の》〉さんがあります。その昔は小町と呼ばれた、かこえさんがいたお店ですよね。かこえさんも二年ほど前にお亡くなりになりましたか。

その隣の〈井下田《いけた》表具店〉は、今もしっかり様々な表具の仕事を請け負っています。二代目はいらっしゃらないのですが、若い職人さんが働いていますので、その方が受け継いでいくのではないでしょうか。

他にも二丁目には中華料理の〈大中《だいちゅう》〉さんに、蕎麦処《そばどころ》〈井筒屋《いづつや》〉さん、美容室の〈リーブ〉さんに、ペットの雑貨屋〈ワン・ツー〉さん。犬猫に関するものならなんでも揃いますし、トリミングでしたか、犬猫の美容院でもあるのですよ。

こうして見ると二丁目がいちばん様々なお店があって商店街っぽく見えるかもしれませんね。小さな事務所、たとえば会計事務所ですとか、あるいはデザイン事務所などもこの辺りには多くあります。

三丁目に入るとすぐにあるのが、小料理居酒屋〈はる〉さん。

我が家からだと、前の道を駅に向かって歩いていきますと、ほんの二、三分で見えてくる角の一軒左にあります。

その昔は勝明《かつあき》さんと春美《はるみ》さんがやっていた二代続いたお魚屋さんだったのですが、勝明さんが若い頃からの夢だったという小料理居酒屋を始めたのですよね。その二人ももう鬼籍に入り、娘の真奈美《まなみ》さんが店を継いだのです。そして京都の料亭で板前だったコウさんと結婚しまして、今は一人息子の真幸《まさゆき》くんがいるんですよ。

普段は夜しか営業していませんけれども、実は近々にランチ営業を始めようかと考えている最中でして、今回は試験的にその初のランチメニューを二人に食べさせてくれるとか。

他にはスーパーの〈こうえい〉さんに、骨董《こっとう》屋の〈成古堂《せいこどう》〉さん、昔ながらの質店である〈栖《す》本《もと》質店〉さんなどがあり、四丁目からはここらで一番大きい商店街が始まります。

祐円さんの〈谷日神社〉は、住所としては五丁目になるのですが、ここら辺りの丁目の配置がちょっと入り組んでいまして、五丁目は二丁目と三丁目に面しているので、我が家からも近いというわけです。

古くからある下町です。昨今のレトロブームや海外での日本ブームなどで、観光客の方もここ十数年ぐらいでしょうか、随分と増えています。

観光客の方々が道端で地図を広げていれば、通りがかった近所の人たちが道を教えてあげます。小さくても風情のある庭に見とれていると、中に住んでいる人はゆっくり見ていっていいよなどと声を掛けます。

もちろん建物が建て替わるように住む人たちだって入れ替わったりしますが、自然とこの町の雰囲気に馴染んでいくようです。

若者が重そうな荷物を持って歩くおばあちゃんに声を掛け、荷物を持ってあげて一緒に歩き、どこに住んでいるの？　何丁目だよ、などと会話が進んでいってご近所付き合いが始まるというのもよくあることみたいです。マードックさんもそうでしたよね。

そういう空気が、この辺りにはあるのですよね。

＊

ロケが無事終了したようですね。わたしは最後までは一緒に行かなかったのですが、店の前が少し賑やかになり、ただいまという声と一緒に我南人と佳奈さんが古本屋から入ってきました。

お店でご飯を食べたり途中で休憩が入ったりしていましたから、なんだかんだで四時間も出歩いていたのですね。芸能人のお仕事もなかなか大変です。

我が家で着替えてメイクも落として、いつもの佳奈さんになって居間に戻ってきます。

「疲れたねぇえ」

「大丈夫でしたか」

「平気だよぉお」

我南人も、年齢のわりには若く見られますが、若者に身体を気遣われる年齢になっていますからね。修平さんもご苦労様でしたね。結局ずっと古本屋の店番をしていたり、習い事から帰ってきたかんなちゃん鈴花ちゃんの遊び相手をしていたんですよね。

ランチタイムも過ぎて、カフェも落ち着いています。買い物から帰ってきたすずみさんがカウンターに入ってホールには和ちゃんがいますね。

修平さんが来ているから、亜美さんは居間にやってきています。紺も常にここで仕事をしていますよね。

「これ、途中で新しいケーキ屋さんがあって、美味しそうだったので買ってきたんですよ」

佳奈さんが大きなケーキの箱を三つも出してきます。我が家は大人数ですから人数分のケーキを買うとどうしてもこうなりますよね。ちょうどおやつの時間ですか。

「ありがとう。あそこね、駅の向かい側の」

青が言います。秋口に新しくオープンしたところですよね。シュークリームがとても美味しいと聞きました。

コーヒーや紅茶を淹れて、手の空いている人たちが集まってきます。研人はバンドメンバーとどこかで練習でしょうか、家にいませんね。かんなちゃんが花陽と芽莉依ちゃんと美登里さんを呼んできました。藤島さんは日曜ですけどお仕事の関係で出かけているようですね。

皆でどのケーキを食べるか選んで、いただきます。

「いつ放送だっけ」

「一週間後ですよ」

「録画しておかなきゃね。我が家がテレビに映るのって久しぶりだから」

そういえばそうです。我南人が歌番組によく出ていた頃には、この店も雑誌や新聞に取り上げられたことが時々ありましたからあまり意識していませんでしたけど、最近はテレビに映ることはありませんでした。

「もうしゅうへいおじさん帰っちゃうの？」

居間にいた鈴花ちゃんが訊きます。

「今日はこれで帰りますよ。明日は仕事があるからね」

そうですよね。大学の研究員である修平さん。大学で自分たちの研究に明け暮れる毎日はとても充実していると昨日の夜に話していました。

佳奈さんだってまたドラマの撮影の仕事でしょう。

「あの、紺さん、我南人さん」

佳奈さん、二人に向かって言います。

「はい」

「なにぃい」

「昨日の〈日英テレビ〉の浦田さんの話なんですけれど」

浦田さんですか。

紺が、うん、と頷きます。

「さっき、ロケの合間に少し確認してみたんです、浦田さんのこと。というのもですね、今回私が出るドラマ『フラワー・オブ・ライブ』ですけれど、浦田さんは担当ディレクターではないんです」

「そうなのぉ？」

そうなんです、と、少し困ったように顔を顰めました。

「浦田さんとは確かに面識はありますけれど、別のドラマのときのディレクターでした。ですから、今回のロケの件で、ドラマにもロケにもどちらにも直接関係のない浦田さんが挨拶に来たというのは、ちょっと不思議だなどうしてだろう、って思ったので」

それで確認したということですか。

ふぅむ、と、居間に来てシュークリームを食べながら聞いていた勘一も首を捻ります。お酒も甘いものも両方いける勘一ですが、糖分だって控えた方がいいんですからね。

「何だかな。別にどうでもいいっちゃどうでもいいことなんだが、ちょいと妙な話だな」

何かがズレているような、擦れ違っているような変な感触ですね。

「誰かに代わりに行ってくれ、と頼まれたなら別におかしくはないんですけれど。実際忙しい職場ですからそういうこともあるのかもしれません。そうなのかな、と思って確認したんですけれど」

佳奈さん、眼を細めました。

「浦田さん〈日英テレビ〉辞めたそうです」

「辞めた？」

「え？」

「なんで？」

紺とか青とか亜美さんが一斉に声を上げましたね。

辞めたのですか？

「突然とかそういうのではなく、きちんと何ヶ月も前に退職願を出して辞めたそうなんです。ここに挨拶に来た日は、一週間前の日曜日なんですよね？」

「そう」

「その日が、最終の出勤日だったみたいです」

「あの日がか」

勘一が眼を丸くしましたね。皆もまた驚きましたよ。かんなちゃんまで眼を丸くしています。

「え、どういうことなんだろう。そんな日にわざわざ、まったく関係ないのに挨拶をしに来たの？」

青です。困惑しちゃいますね。我南人がフォークを持ったまま思いっ切り上を向いて何かを考えています。

「きみょうだねぇえ」

我南人ではなくかんなちゃんです。我南人のような口調で言いましたが、かんなちゃん物真似《ものまね》が上手ですよ。勘一に続いて今度は我南人の真似をするようになったのでしょうか。そして本当にわかって言ってるのでしょうかね。

「確かに、奇妙っちゃあ奇妙だな」

「わかんないけど、別に悪いことしてるわけでもないでしょうし」

亜美さんです。そうです。全然悪いことではありません。むしろ良いことをしてくれたのですが。

「まぁ、あれだな。浦田さん、カフェによく来てくれるんだよな？」

「来てます」

「きっとまた近々来てくれるだろ。そんときにでもよ。ちょいと話を聞いてみるか。それでわかるだろ」

そうですね。

＊

夜になって、小料理居酒屋〈はる〉さんにやってきました。

今日のロケで〈はる〉さんに寄って、佳奈さんと我南人が新しいランチメニューや夜のお勧めの品などを美味しくいただきました。

実はあれは我南人がチーフディレクターさんに食事の店でいいところを教えてくれと言われて、〈はる〉さんがいいと推薦したんです。ちょっとご近所でのさらに身内贔屓《びいき》みたいになってしまいましたけれど。

真奈美さん、いい宣伝になると感謝して、今日は奢るから皆でご飯を食べに来てと言ってくれて、お邪魔しているのです。それでなくてもひと月に一、二回は〈はる〉さんにお邪魔してご飯を食べたりしています。お酒を飲む人たちも、食事のときとは別にそれぐらいは通っていますよね。

七時過ぎですからカフェはまだ営業しています。カウンターに青、ホールには和ちゃん。そして古本屋には仕事から帰ってきた藤島さんがいますよ。古本屋の入口は閉店時間なので閉めているのですが、カフェから回って買ったり見たり借りたりすることはできます。藤島さんは本当に物好きで、よく閉店後の古本屋の帳場に座っているのですよ。紺と美登里さんが晩ご飯を作っていますから、このメンバーはうちでご飯です。

〈はる〉さんにお邪魔したのは、今日は女性陣中心ですね。亜美さんにすずみさん、花陽に芽莉依ちゃん、かんなちゃん鈴花ちゃんも。そして勘一と我南人です。真奈美さんの親戚の慶子《けいこ》さんとしてお店を手伝ったり真幸くんのシッターをやったりしている池沢さんも出てきています。

ランチメニューとして考えているアジフライ定食に、西京《さいきょう》焼き定食と玉子焼き定食、子供たちにはふわとろオムライス。かんなちゃんに鈴花ちゃん、それに真幸くんは花陽と芽莉依ちゃんと一緒にテーブル席に座りましたね。

いつも着物姿で愛嬌のある真奈美さんと、美しさの際立つ池沢さん、いつも糊《のり》の利いた白衣姿もきりりと渋いコウさん。居酒屋ではありますが、美味しい料理を楽しむ店で、晩ご飯の時間の子供連れのお客様も多いのですよ。酔っぱらって騒ぐ人などはほとんどいません。

カウンターは我が家の人たちでほぼいっぱいですが、端に屈強そうな男性がお一人、ご飯を食べています。すみません騒がしくして。

「はい、こちらメカジキのねぎま鍋です」

「おう、こりゃ旨そうだ」

「お好みで七味でもかけてください」

本当にいつも美味しそうで困ってしまいます。もう慣れましたけれど、この身体になって何が悔しいかって美味しいものを食べられないことですよ。そんなに食いしん坊だったつもりはないのですけれど、やはりあれですよ。わたしが言うのもなんですけれど、生きることは食べることですよ。

「そういえば、慶子さんがここにいるのを見るのも、あと少しなのね」

すずみさんが言います。そうなりますか。池沢さんも、微笑《ほほえ》んでこくりと頷きます。

「なんだかすっかり馴染んでしまって、このままおかみさんとしてここを乗っとろうかとも思いましたよ」

「いやめてよ、いえやめないで慶子さん」

「どっちだよ」

皆が笑います。どちらかといえばもう今の段階で事情を知らない人は池沢さんがおかみさんだと思いますよね。真奈美さんは若おかみですよ。

「それで、真奈美さんランチっていつからやるの?」

亜美さんが、だしが染み出す玉子焼きを箸で取りながら訊きます。

「それなんだけどね」

真奈美さん、皆を見回してひょいと外を指差します。

「うちの隣、角の利根川《とねがわ》さんの家あるじゃない」

ありますね。

その昔は新聞販売所をやっていまして、もうかなり昔に辞めてしまいましたが一階の販売所の部分はそのまま空きっ放しで、二階がご自宅です。その左隣が〈はる〉さんなんですよね。

「利根川さんも去年いなくなっちゃったでしょう」

「あ、そうですね。お亡くなりになったんですよね」

すずみさんです。ちょっと悲しげな顔をします。きっと心の中でご愁傷さまでしたと言っているんですよ。

「それでね、今は誰もいないのよ。もう半年以上空き家なの。娘さんが一人いるんだけど、結婚して九州に住んでて、こっちに帰ってくることはないので家は売ろうと思っているんだけど、よかったらどうでしょうかって言われてて」

「そうだったんだ。じゃあ店を拡《ひろ》げて、ランチ営業を始めるって感じ？」

そういうことですか。

「まぁあれだ。隣の土地は借金してでも買えって昔っから言うしな」

「それ、聞きますけどどういうことです旦那さん？　借金はしたくないでしょう」

すずみさんが言います。確かに借金はしたくないです。

「いろいろありますけれど」

芽莉依ちゃんです。

「簡単に言えば、ここの場合は典型的な形になると思います。角地を買ってしかも土地面積が倍になるわけです。〈はる〉さんの土地はもうここのものですけど、角地の隣だからそんなに評価は高くないはずなんです」

「あ、隣の角地を得ることでここの土地評価が上がるんだ」

花陽です。

「そう。角地というのは大体にして評価が高いんです。だから角地を買って一緒にしちゃえば、この〈はる〉さんの土地自体の評価もぐんと上がるはずです。あくまでも例として考えるとですけれど」

なるほど、と改めて皆が頷きました。

それにしても芽莉依ちゃん、そういうことまで知っているのですね。亜美さんと紺といい、芽莉依ちゃんと研人といい、どうして才女が我が家の男を選ぶのでしょうね。

「簡単な話じゃあないけどぉ、角から隠れていた〈はる〉だってぇ、角まで拡がったらぐんとお店としては目立つよねぇ。商売繁盛にも繋がるよぉ」

「そうなのよね」

「でも本当に簡単じゃないでしょ？　いくら小さな土地だからって」

亜美さんです。

「まぁ借金自体は簡単じゃないけれど、店を拡げるのは簡単なのよね。そこの壁一枚取っ払えば、隣の新聞販売所だったところだから、本当にすぐに拡げられるの」

そうでした。お隣とは長屋のように繋がっているお宅でしたからね。工事自体はそんなに手間が掛からないということですか。

「この間、夏樹《なつき》くんが来たときに訊いてみたのよ。そこの壁はすぐに取っ払えるのかしらって。夏樹くんちゃんと調べてくれてめっちゃ簡単ですって。取り払うだけなら半日で終わるって」

「そうか、隣の内装を先にやっちゃって、最後に壁を取れば店を閉める休業日もすごく短くて済むってことね」

そう言う亜美さんに、うん、と真奈美さん笑みを見せます。

「そういうことなの」

「で、どうするんだよ。買うのか？」

はい、と、コウさんも少し表情を引き締め頷きます。

「このままでも充分なんですが、隣が空き家になったままというのはやはり雰囲気が悪くなります。あるいはどんな店が、どんなものが入るかによって、この辺の雰囲気も変わりますよね」

「ガラッと変わりますよね。うちだって何年前だっけ。隣の銭湯が〈アートウ〉になったの」

花陽が言って、うんうん、と皆が頷きます。もう十年近く前でしたよね。銭湯の形をそのまま残して、ギャラリーのような形で様々なアーティストの作品を展示販売しはじめたのは。

「あれで道を通る人たちの、まぁ客層が随分変わったところがあったよね」

「そうだな。うちで売ってる本でも美術関係とかな、そういうもんが妙に売れるようになったりな」

元々が駅への近道ですから人通りはそれなりにあるのですが、そういう店ができるだけで、集まってくる人たちの顔ぶれが変わることはよくありますよね。

「とんでもねぇもんが入っちまったら、それでとんだ迷惑を被《こうむ》ったりな。ありゃあ何年前だった。ほら、駅向こうの美容院の二階にヤバい奴《やつ》が輸入雑貨の店を出してよ」

「あー、あったねぇえ。ボヤも出したよねぇ」

覚えてますよ。確か、本当にヤバいものを輸入販売していてお店に警察がなだれ込んで行ったんですよ。それ以前に何だか危ない人や気色《けしき》の悪い人たちが出入りしたり徘徊《はいかい》したりしていて、通りの雰囲気が悪くなっていたんですよね。

「そう、そういえばこちら行沢《ゆきざわ》さん。消防士さんよ」

真奈美さんが、端に座る男性に手を向けます。行沢さんですか。消防士さんだったんですね。どうりで体格がよく姿勢も正しくご飯を食べているなと思っていたんです。私服ですから今夜はお休みなのですね。

「そうなんです。その店がボヤ出したとき、現場に行きました」

「おう、そうだったかい。いやいつもご苦労様です」

「とんでもないです。〈東京バンドワゴン〉さんですよね」

あらご存じでしたか。

「行沢さん、カフェにも顔出してるのよね」

行沢さん、こくんと笑顔で頷きます。

「ですよね。どこかでお見かけしたと思っていたんです。いつもありがとうございます」

亜美さんです。

「今日は週休ですか？」

芽莉依ちゃんが訊くと、行沢さん、ちょっと反応してまた頷きます。

「よくご存じですね。週休です」

わたしも知っています。消防士の方は勤務と非番と週休があるのですよね。非番というのは警察官もありますけど、完全に休みではないのですよ。訓練があったり事務の仕事があったり、当然出動が掛かったら出なければならないこともあります。週休は、もう完全にお休みです。こうして居酒屋に来てちょっとお酒を飲むこともできますよね。

「今度ぁ古本屋にも来てくださいや。サービスしますぜ」

笑います。本など読まれるのでしたら、ぜひどうぞ。

「それで、たとえば普通に飲食店とか、そういうものが入るのであればお互い様でよかったりしますけれど、そうじゃない場合が困りますし。ついさっきね、行沢さんとも話していたんです」

「そうなんです。こうして空き家が長く続いてしまうのは、やはり防災の観点からも少し困るものですから。隣はどうなるんだろうとコウさんに訊いていました」

消防の方々は自分たちが住む町をお休みの日も歩き回って、そういうものに眼を留めておくと聞きますよ。いつまでも空き家になっていると、防災上も防犯上も危険度が増してしまいますよね。

「何よりも我が家も総領息子がいますから、何をやるにしてももう少し親がしっかり稼いでおかないとなりませんから」

コウさんが、テーブル席でかんなちゃん鈴花ちゃんと美味しそうにご飯を食べている真幸くんを見ます。

「そうだね」

皆が頷きます。将来大きくなった真幸くんが何をするかはまだわかりませんが、親としてはバックアップするためのものを貯《た》めておきたいものです。それで、ランチタイムをやったり、良い機会だと隣を買うことも考えているのですね。

「何とかなりそうなのかい。隣の購入の方は」

真奈美さん、頷きます。

「税理士さんとも相談してますし、銀行の方もね。まぁ無理しない程度でなんとかなりそうですよ。あ、でもお店の改装はね、いろいろ節約してかつ良いものにしたいから、夏樹くんに相談に乗ってって言ってあります」

「それがいいな」

夏樹さんが働いているのは〈矢野《やの》建築設計事務所〉ですね。家ももうすぐ完成することですし、こちらの方もしっかりやってくれますよ。

四

月曜日です。

毎週のことですけれど、月曜日のモーニングがいちばん忙しいのですよ。やはり週の始めですから皆が休みを終えて張り切って仕事に出かけるのかどうかはわかりませんが、とにかく会社勤めの人たちが寄っていってくれることが多いです。

それは売り上げにもはっきり出ています。カフェは月曜の朝が一番で、古本屋はやはり土日の売り上げが一番ですね。

我が家の学生たちも、朝ご飯が終わったらすぐに学校です。学校よりもカフェで働きたがるかんなちゃん鈴花ちゃんですが、開店と同時にやってくるお客様にご挨拶した後は、すぐにランドセルを背負って、登校です。

この二人のランドセル姿を見たくて平日の朝にやってくるお年寄りの方も多いのですよ。そして、少し前までは背負われている感じがありありだったランドセルも、もうすっかり身体に馴染むぐらい、二人とも大きくなりましたよね。

亜美さんとすずみさんがカウンターで注文の品を作り、そして青が忙しくホールを回ります。珍しく我南人がホールを手伝っていますね。さすがに今日はお客が多いと思ったのでしょう。

家事は紺がやっていますが、こちらも珍しく研人が手伝っていますよ。今日は予定がないのでしょうか。

花陽と芽莉依ちゃんは大学へ、藤島さんと美登里さんはそれぞれの仕事場へ。勘一は一人で古本屋をこなします。夜になれば、また和ちゃんがバイトに入って、美登里さんもカフェに入ったり、藤島さんが帳場に座ったりするのでしょう。

「おじいちゃん」

モーニングの忙しさが過ぎた九時過ぎです。亜美さんが、すすすっと居間を通って古本屋に来て、呼びます。

「来てますよ、浦田さん」

「お、そうか」

あぁ、本当です。浦田さんが、今日は布製のライダース風のジャケットを着ていますね。格好良いですね。窓際の席に座って、外を眺めるようにしています。居間に戻っていた我南人も気づいて立ち上がります。

「僕がぁ呼ぶよぉ。亜美ちゃんケーキでも出してねぇえ」

「はい」

我南人がひょいと店に下りて、浦田さんに近づきます。

「おはようございますぅ」

「あ、おはようございます。お邪魔しています」

にこやかに浦田さん微笑んでお辞儀をします。

「浦田さんねぇえ、今日はゆっくりできるかなぁ。この後すぐにどっか行くぅ？」

「いいえ？　ゆっくりコーヒーを飲んでいこうと思っていますけれど」

「じゃあぁ、ちょっと訊きたいことがあるんだけどいいかなぁ。ケーキでもご馳走《ちそう》するからぁ、ちょっとこっちでぇ」

我南人が手で居間の方を示します。浦田さん、ちょっと不思議そうな顔をしながらも、はい、いいですよと立ち上がります。

何か申し訳ないですね。こちらの勝手でお時間をいただいてしまって。

帳場をすずみさんに交代してもらって、居間に勘一が座っています。紺もいますね。我南人と一緒に浦田さんがやってきて、やはりちょっと怪訝《けげん》な顔をしながらも、失礼します、と座ってくれました。

「浦田さん、チーズケーキ好き？　うちの奢り」

亜美さんが淹れ直したコーヒーと一緒に、うちの手作りのケーキを持ってきます。美味しいですよ。

「大好きです。え、何かすみませんそんなに」

「いや、本当にな浦田さん。大したこっちゃねぇんだけどさ。どうしても何か気になっちまったことがあって、それを確かめたくてわざわざこっちに来てもらったんでね。申し訳ない」

はい、と、浦田さん頷きます。

「浦田さん」

紺です。

「わざわざ僕のためにお詫びと挨拶に来ていただいたのは嬉しかったんですが、その後で疑問が出てきてしまったんですよ」

「疑問」

「ひとつは、あなたは〈日英テレビ〉のドラマ班のディレクターで、この間のロケの情報番組には関わりないということ。もうひとつは、折原さんが確認したんですが、番宣でもあったドラマ『フラワー・オブ・ライブ』のディレクターでもないこと。つまり、両方に関係のないあなたが、どうしてわざわざ僕のところに来たのか、ってことなんです」

あ、と、浦田さん口を小さく開けました。

「いや、別にいいことなんです。関係なくても頼まれたとかそういうこともあるでしょう。でも、さらに折原さんが聞いたところによると、あなたは〈日英テレビ〉を退職して、実はあの日が最終の出勤日だったんだと。僕らはちょっと驚きまして、何か釈然としない気持ちになってしまったんです」

「あとねぇえ、これは偶然なんだけどぉ、うちの常連さんがぁ、一ヶ月も前にこの辺りを散策しながらいろいろ調べている浦田さんを目撃していてねぇえ。ロケハンする立場でもないのに、どうしてなのかなぁって」

「それでなぁ、まぁ悶々《もんもん》とするよりは、どうやら浦田さんうちを気に入って来てくれているみたいだから、さっと訊いちまおうってね。そういうことなんだよ」

勘一が優しく笑顔を見せて言います。

浦田さん、一度唇を引き締めて、皆を見渡して、ゆっくり頷きます。

「何か、本当に申し訳ありませんでした。謝ってばかりですね私」

顔を顰めて、首を少し振ります。

「いやいや、謝ってもらうこたぁ何もねぇんだよ。こっちが勝手にちょいと不思議に思ったってだけでさ。あんたは何にも悪いことしたわけじゃねぇんだから」

「そうだよぉ」

うん、と、浦田さん小さく顎を引きました。

「実は、そうなんです。私が勝手にしたことなんです。今回の、堀田先生のところにお邪魔したのは、私が局に言って個人的に」

「いや、先生はいいです。紺で。個人的にですか」

「もちろん、社内でも話は一度出たそうです。我南人さんの息子さんである紺さんのエッセイがあるけどそれには触れなくてもいいかと。でも町の店を紹介するのだから被るのはあたりまえのことだし、今回はあくまでも折原さんのドラマと親戚である我南人さんのロケなんだからと」

それは、そうです。その判断は間違いではありませんよ。

「でも、私はその話を聞いて、じゃあいい機会だから担当外だけど私が行きます、と手を上げたんです。全部自腹でいいから勝手にやりますと」

いい機会とは、なんでしょうね。

浦田さん、表情を引き締めました。

「改めて、ご挨拶させていただきます。私、浦田麻理ですが、両親の離婚前は、南麻理でした。

角にあった〈純喫茶サザンクロス〉の南の娘です。その節は、父が本当に皆さんにご迷惑をお掛けしました」

座布団から下りて、浦田さん深々と頭を下げます。

「あっ！」

後ろで声がしましたけれど、いつの間にか青が来ていて話を聞いていたんですね。

「今、わかった。そうだそうだ、南麻理さんだ」

浦田さんも、顔を上げて青の顔を見て微笑みます。

「堀田先輩、お久しぶりです」

「うわー、そうか。さっき店に来たときにも、なんか見たことあるような気がしていたんだ」

「そうだったのかい」

勘一も我南人も紺も、一様に驚いていますね。

「じゃあ、もちろん僕らも会ったことあるんだね」

「あります。でも、お話ししたことはそんなにありませんでしたし、実は私も、ご主人や紺さんのお顔を拝見して、あぁそういえば見たことあると思ったぐらいです。あ、我南人さんは別ですけど」

中学までいたんですよね。

青の後輩ということは、我が家で会ったことがあるのはここにいる男性陣だけですね。まだ亜美さんもすずみさんもいなかったのですから。

紺と藍子だって、青とは八つも九つも違いますから、浦田さんが中学生の頃にはもう大学を卒業した大人。ほとんど接点はなかったんでしょう。ひょっとしたら藍子が花陽を産んで大騒ぎしていた頃かもしれません。

「で、そのいい機会ってのは？　なんだい」

「退職したのは、お持ちしたスコーンと紅茶の店をここに出すためだったんです」

「ここって、そこだぁ。昔に〈サザンクロス〉があったところにだねぇ？」

「そうなんです」

浦田さん、この町が大好きだったそうです。そしてなくなってしまった自分の生家〈サザンクロス〉のお店も大好きだったと。

「小学生の頃から、いつか自分がこの店を継ぐんだって、一緒に働くんだって思っていたんですよ」

「そうかい」

でも、お父さんの借金のせいでお店は人手に渡ってしまいました。

両親は離婚して浦田さんは南から浦田になってお母様の実家のある埼玉へ。両親が別れたことよりも、この町から離れなくてはならないことが、そして大好きな自分の生家が、お店がなくなってしまったことが悲しくて悲しくて、しばらく泣き暮らしたそうですよ。

「じゃあ、そうなってしまった原因の、お父さんのことはぁ恨んだあぁ？」

我南人が訊きます。浦田さん、少し首を傾げました。

「恨んだとか、憎んだことも少しはありましたけれど、でも父は私には本当にいい父だったんです。優しくて楽しくて。賭け事で身を持ち崩してしまったのは、どうしようもないですししょうがない人だって思いますけど」

　少し、微笑みました。

「恨んではいません。でも、もしも会えたなら馬鹿野郎！　って一発か二発ぐらい殴りたいですけど」

「会ってはいないんだね？」

　青が訊いて、浦田さん頷きます。

「両親が離婚してから一度も会ったことはありません。話も聞きません。大学は東京だったので、休みの日なんかここら辺をよく歩いたのですけど、あ、今もですけど、父に会うこともあるかなって思いましたが一度も」

　いつか、この町に戻ってきてあの場所で自分の店を開きたい。ずっとそう考えていたそうです。そのために一生懸命働いて。

「三年ぐらい前から、祖母が実家で母と一緒にスコーンと紅茶のお店を始めたんです。店と言っても居間を改装しただけのサロンみたいなところですけど」

　勘一が、ポン、と座卓を叩きます。

「お祖母さんってのはひょっとして外国人の方じゃねぇのかい」

「はい、そうなんです。祖母はイギリス人で、エリンと言います。なので母はハーフで私はクォーターです」

　なるほど、と皆が納得しました。木島さんが見たという外国人のご婦人たちは、浦田さんのお祖母様とお母様ですよきっと。

「お祖母さんも、そしてお母さんも、あんたがこの町で〈サザンクロス〉だったところで店をやりたいってのを知っていたんだよな」

「そうです。具体的に本当にやりたいって話したときには、一緒にこの辺を見て回ったこともあります」

やはりそうですよね。わたしも、外国人の方と言われてようやく思い出しました。そういえば南さんの奥様はハーフっぽいお顔立ちでしたし、お嬢さん、麻理さんもそうですよね。小さい頃の顔は思い出せませんが、その雰囲気だけはなんとなく。

「お祖母さんの味であるスコーンも残したいし、じゃあああそこで紅茶とスコーンのお店ができたら最高だって考えていて。それで、運が良かったというか、機が熟したというか」

「そこの、コインランドリーになってるところが手に入ったのかい」

「はい、売りに出されていました。それで、局を辞める決心もついて」

ひょっとしたら埼玉にあるというお母様の実家も売って、お祖母様と三人でそこに住むという形になるのでしょうか。あそこなら広さは充分です。元々、南さん家族三人で住んで店をやっていたのですからね。

「まだ設計も何もかもこれからなんです。改装工事が始まる前には、皆さんにご挨拶をして回ろうと思っていたんです。少なくとも、父がご迷惑をお掛けしたという、親しかった人たちのところだけでも」

それで、今回はうちに関してはいい機会だと。まずは挨拶だけはしておこうと考えたということですね。自分が〈サザンクロス〉の娘だと話すのは改めてにしようということで。

すっきりしましたね。

でも、我南人が、さっきから何やら上を向いたりして考え込んでいますね。なんでしょうか。

そこに、古本屋にお客様が入ってきたようです。すずみさんが応対しています。見たところ、若い男性ですね。

大きな箱を持ってきたようですから、買い取りでしょうか。

「旦那さん、すみません」

すずみさんが勘一を呼びました。

「ほいよ、浦田さんちょいと失礼」

勘一が店に出るのと同時に、すずみさんが手をちょっと動かして青と我南人を呼びましたね。紺にはそのままって感じで手を広げますから、紺もわかったというように浦田さんと話を続けます。

出てきた我南人と青に顔を近づけ、すずみさん小声で言います。

「LPと古本を持っていらしています。しかも、古本はうちで売ったものです」

「ええ?」

青と我南人も少し声を上げました。それは、この間の、発泡スチロールに入っていたものと同じじゃないですか。

勘一が、若者の前で箱の中身を出していきます。

「ほう、LPレコードと、古本ですな」

「はい、そうなんです。それで、これあの買い取ってほしいわけじゃないんです」

買い取りではないのですか。

「と言うと、何ですかな」

「遺品整理なんです」

「遺品」

「この間、亡くなった祖父の持ち物なんですけれど、本はこちらで買ったものがたくさんあったし、このLPレコードとかも我南人さんのがありますよね。ファンだったみたいなんです。あの、すみませんけどうちでは誰もいるって言わないし、捨てるのももったいないし、かといってどこかのお店に買い取ってもらうのも気が引けるしで。それで、祖父がファンだったらしい、こちらに引き取ってもらえたら嬉しいんですけど、どうでしょうか」

「なるほど、そういうことで」

勘一、ゆっくりと頷きます。LPと古本をひとつずつ簡単にチェックしていってますね。とてもきれいなものばかりですよ。大事に取っておいたのでしょうね。

「まぁうちとしてはこれだけきれいな状態ならば、改めて買い取っても問題ねぇんですがね。そちらは、あくまでも引き取ってもらえるだけでいいとおっしゃる？」

「そうなんです」

パーカーにジーンズと、ごく普通の若者ですよね。年の頃は、大学生ぐらいにも見えますし、童顔のようですからひょっとしたら二十代後半にも思えます。いずれにしても、ちゃんとした青年に見えますよね。

「引き取る場合も、念のためにお名前とご住所と連絡先、それに遺品ということですからな。亡くなられたお祖父《じい》様のお名前もいただきたいんですが、いいですかい?」

「はい、全然大丈夫です」

勘一が差し出した用紙に、渡したボールペンですらすらと書いていきます。この辺りも何の問題もないみたいです。

勘一が書かれた用紙を見ます。お名前は、芦田康一《あしだこういち》さん。ご住所は、ちょっと離れていますけれど自転車ならほんの十分ぐらいで着くところですね。歩いたってそう遠くはありません。お祖父様の名前は、芦田誠《まこと》さんですか。

「はい、確かに。承りました。うちでこの品を引き取らせていただきやす。お祖父様はご愁傷様でしたな」

「ありがとうございます。じゃ、お願いします」

笑顔でぺこんと頭を下げて言います。態度もきちんとしています。何の問題もないようでしたが、勘一が渋い顔をしていますね。

我南人と青が出てきましたね。

「LPと本だねぇえ」

「おう」

「この前の、あれと同じだよね」

青が古本を確かめます。間違いなく、うちの値札が貼ってある古本ですね。すずみさんも出てきました。

「ひょっとしてあの男性が発泡スチロールに入れて、店の前に置いて行ったたってことでしょうかね？」

「そんなことするはずねぇだろう。それなら最初っから今日みたいに持ち込んでくりゃいいだけの話だ」

「ですよね」

すずみさんが首を捻ります。その通りですね。わざわざ二回に分けてやる必要はありません。

「青、あいつの話聞いてたろう？」

「聞いてたよ」

「どう思ったあの若者」

青が、小さく頷きます。

「勘だけどさ。あの若者、演技してたと思うな」

「演技？」

すずみさんです。

「そう、演技。いかにも、喋っているのが用意した〈台詞《せりふ》〉だったよ。しかも舞台俳優みたいなね」

「舞台俳優」

「息の使い方が違うんだよね舞台俳優さんは。全然俺みたいなおちゃらけ俳優とは違う。なんか、そんなふうに思っちゃったな聞いてて」

勘一も、頷きましたね。

「俺も実はそう思った。こいつぁ、嘘《うそ》をついてるなってな。すずみちゃん、この住所検索してくれや」

「はい」

すずみさんがすぐにパソコンで住所を検索します。地図が出てきましたね。

「あー、旦那さん。この住所、最初の方はありますけど番地がでたらめですね。三十の五十なんてありません」

「やっぱりな。きっと名前も偽名だろうよ」

我南人が何かひらめいたように、大きく頷きます。居間の方を振り返りました。浦田さんは紺と何やら話していましたから、こっちでの会話は聞こえていませんよね。

「ねぇえ、浦田さんぅ」

「はい」

我南人が浦田さんの前に座り直します。

「明日って、時間あるかなぁ」

「明日ですか」

「そうぉ、うーんとねぇたぶん午前中かなぁ」

浦田さん、こくんと頷きます。

「今は無職の身ですから、空いていますけれど」

「じゃあぁ、ひょっとしたら連絡するかもしれないからぁ、携帯の番号教えといてぇ。ちょっと出かけてくるからぁまた後でねぇ」

言うだけ言って、さっと年齢の割に軽やかな足取りで家を出ていってしまいました。何を思いついたのでしょうか。

勘一が唇を曲げて何かに気づいたような顔をしました。わたしも、なんとなくわかりましたよ。

ひょっとしたら、そういうことですよね。

でも、どこへ行ったのでしょうか。そこのところはさっぱりわかりません。


午後の三時を回りました。

今日は月曜ですから、かんなちゃん鈴花ちゃんは六時間授業で、帰宅は四時ぐらいですよね。もうちょっとしたら帰ってきますか。

カフェにお客様は二組ほど。古本屋には誰もいません。勘一は文机で本を読み、すずみさんは黙々と古本のチェックをしています。

まったりといいますよね、こういう時間を。古本屋はほとんどこういう時間です。やることはたくさんありますが、静かに静かにゆったり時が流れていきます。二組しかいなくてもBGMが流れているカフェがものすごく賑やかに思えますよ。

「じいちゃん」

居間に戻って来た紺が帳場にいる勘一に声を掛けます。

「おう」

「この間の例の発泡スチロールの箱。捨てた？」

「いや？」

思わず後ろを振り返りながら勘一が言います。

「捨てるはずねぇぞ。ちゃんとそのまま蔵に」

「ないんだよね。中に入っていた古本とＬＰはちゃんと残ってるけど、箱だけ誰かが持っていったのか」

あぁ？　と勘一が顔を顰め、すずみさんも首を傾げます。

「ひょっとして、お義父さんでしょうか」

「我南人だな」

「何に使うつもりかわからないけどね」

持っていくだけで相当に邪魔くさいと思うのですが、持ってどこへ行ったのやら。

「ただいまぁ」

裏の玄関から声がしました。

「噂をすれば、か」

足音がいくつもしますね。我南人がやっぱりあの発泡スチロールを持って入ってきました。あら、道下さんじゃないですか。

「お邪魔します」

道下さんと、新ちゃんもいますね。さらにもうお一人、男の方が。

「失礼します」

さほど大きくはありません。ガタイのいい新ちゃんや長身の我南人に並ばれると小さく感じてしまいます。白髪交じりの髪の毛が柔らかくうねっています。人好きのする笑顔と言いますか、優しい笑みを浮かべたような表情。

その顔で、はっきりと思い出しました。

やはり、南さんですね。〈純喫茶サザンクロス〉をやっていらした南浩輔さん。

「見つけたよぉお親父。浩輔ねぇ」

居間に入ってきた勘一。南さんの顔を見て、あぁなるほど、という感じで頷きます。

「思い出したぜ南のな。息子の浩輔だ」

「どうも、勘一さん」

南さん、その場に座り込み、土下座のように頭を下げます。

「ご迷惑をお掛けした上、逃げちまって、今の今まで何の詫びもなく、本当にすみませんでした」

声に涙が混じっていますね。勘一が座卓につきながら優しく声を掛けます。

「何を言ってんだよ。俺ぁ何にも迷惑なんか掛けられてねぇよ。なんたっておめぇのことなんかすっかり忘れちまってたぐらいだ。まぁちゃんと座れよ」

南さん、我南人に肩を叩かれ、顔を上げて座卓の前に座ります。道下さんと新ちゃんも周りに座りましたね。

「幼馴染みが勢ぞろいってか。新の字も道下も駆り出されたのか浩輔を捜すのに」

新ちゃんが苦笑いします。

「がなっちゃんから電話があって、ここから自転車で十分ぐらいの圏内にある居酒屋や料理屋をしらみつぶしに捜せって言われてね」

「あと、魚屋さんね。仕入れ先」

「居酒屋と魚屋?」

「そうだよぉ」

我南人が持ってきて床に置いたあの発泡スチロールを叩きます。

「こんなの扱うのはぁ、魚屋さんぐらいでしょう。そして納める先は居酒屋とか料理屋だねぇ。きれいに洗ってあるけど箱に屋号が入っていたしさぁ。浩輔、腕に覚えのあるのはやっぱり料理だろうからさぁ」

純喫茶ですけれど、ナポリタンとか料理もたくさん出していましたからね。調理師さんでもあったはずですから。

「箱を取ってあるのはやっぱり居酒屋だってね。見つかるもんですね捜せば」

「自転車で十分ってのはなんだ。あの若者の書いた住所か?」

そうそう、と我南人が頷きます。

「微妙な距離感だったからさぁ、まるっきりの嘘じゃないなぁって思ったしぃ、何よりもみっちゃんが目撃していたからねぇ」

八丁目の消防署のところと言っていましたよね。確かにあの辺まで行くなら自転車で十分ぐらいです。

「ってことぁ、全部浩輔がやったことなんだな。古本とLPをよ、変な手段で返してきたのは」

「はい、すみません、そうなんです」

浩輔さん、肩を落としています。

「僕らもぉ、まだほとんど聞いていないんだぁ。店が始まるまでならいいでしょう説明してよって連れてきたからさぁ」

お店とはその居酒屋さんのことでしょうね。居酒屋さんならば開店はもう少し後でしょうからまだ大丈夫ですね。

浩輔さん、ひとつ息を吐きます。

「二十一年前になりますか」

自分のせいで店を借金のカタに取られて、離婚もしてしまいましたよね。

「逃げるようにして、北陸の方に行って漁師なんかをやっていたんですよ。そこで、十年十五年ですか人の眼から逃れるようにして、ひっそり生きていました。幸い借金は店を取られただけでどうにかなったので、別れた妻たちにも迷惑は掛けていないはずだと思って」

でも六十を過ぎて、自分の人生の終わりを意識し始めたそうです。軽いもので助かりましたが狭心症も患ったとか。

「生まれ育ったこの町で、人生の終わりを迎えたいって思うようになったんですよ。それで、漁師をやっていた伝手《つて》で近くの、八丁目にある居酒屋で働かせてもらえるようになったんです。もう一年になります」

「そうかい」

一年前に戻ってきていたのですね。

もう二十年以上も経っているし、随分と変わったから誰も自分とはわからないだろうと思っていたそうです。それで、休みの日には懐かしいこの辺りを散歩することもしていたとか。

「まさか、娘の麻理がこの辺に来ているなんて思いませんでした」

「会ったのかい」

苦笑いして、首を横に振ります。

「遠くから見かけただけです。でもすぐにわかりました。麻理だって。しかしどうしてこの辺に来ているんだろうかと不思議でした。そのときに、麻理がお土産や花を持って〈東京バンドワゴン〉さんに行くのをまた見たんです」

それか、と、勘一も頷きました。

「何だろうと。どうして花とかお土産とか持って行くんだろうと。堀田さんの誰かと麻理に繋がりでもできたのか、ひょっとしたらあのイケメンの青くんと結婚でもするのかと」

覚えていたんですね。娘のすぐ上の先輩を。

「〈東京バンドワゴン〉さんから、うちは本を借りていたんです」

「そうだったな」

貸していました。そういうお店はいくつかありますよ。〈サザンクロス〉さんもそのひとつでしたね。

「がなっちゃんからは、LPも借りていたんです。貰ったものもありました。逃げるように店を畳みましたが、古本とLPだけは、必死で後から持ち出していたんです。大事なものだから、いつか返さなきゃって。いやでも実は売ってしまえば、我南人って名前でも出せば少しは高く売れるかなって頭もあったんですが」

「でも、売らなかったんだぁ。二十年以上も大事に持っていたんだねぇ」

そうですね。本当にすべてがきれいな状態でしたよ。あそこまできれいなのは余程きちんと保存していた証拠です。

「それでか。麻理ちゃんがひょっとしたらうちと関係してるのかもしれないって勘違いして」

「そうです」

麻理のためにも返そう。でも、今更顔を出せるはずもないし、そもそも誰かに頼んで持ち込んでもらっても買い取りされてしまったらただの迷惑だと。

「最初は、仕事が終わる明け方に持っていってそっと置いとけばバレないだろうと思ってやってみたんですが、いっぺんに運べなくて。しかも誰も通らないと思う時間でも誰かがいたりして」

それで、お店の若い子に頼んだのだと。

「アルバイトの子なんですよ。劇団員で、演技するのはお手の物なんで、台詞考えていっぺんに持ち込んでもらったんです。バイト代払うからとお願いして」

青の舞台俳優みたいだっていうのはどんぴしゃりだったわけですね。

「そういうことかい」

勘一が、苦笑いします。

「でもぉ、LOVEだったんだよねぇ全部ぅ」

ここで言いますか。

「古本とLPをずっと持っていたのもぉ、麻理ちゃんを見かけて勘違いして麻理ちゃんのために返そうとしたのもぉ、何もかもLOVEからだよぉねえ」

それは確かにそうかもしれません。

「浩輔ぇ」

「うん」

「麻理ちゃんがここに来ていた理由はさっき話したけどぉ、まだ麻理ちゃんには浩輔を見かけたことも、こうして見つけたこともなぁんにも言ってないんだぁ」

そうですね。一言も言っていませんでした。

「黙って呼び出して浩輔と会わせようかとも思ったけれどぉ、それは違うと思ってさぁあ」

我南人が iPhone を出しました。

「麻理ちゃんの連絡先は聞いたよぉ。電話したら明日の午前中にはここに来てくれるよぉ。どうするぅう？」

浩輔さん、下を向いて考え込みます。

「いや」

顔を上げて、我南人を見ます。

「会えない。会えるはずもない。俺のことは何にも話さないでくれ。新ちゃんもみっちゃんも、勘一さんもすみませんせん頼みます」

頭を下げます。

「わかった。そりゃあいいが。何があろうと麻理ちゃんがおめぇの血を分けた娘であることは変わんねぇんだ。別れた奥さんだってきっとここに来るんじゃねぇかな。終《つい》の住《す》み処《か》をここにしたいから帰ってきたって言ったが、じゃあ知らんぷりしてずっとこのままですますつもりか？」

勘一に言われて、浩輔さん唇を真一文字に結びます。また、考えています。

「麻理があそこに店を出すのは、間違いないんですよね？」

「そう言ってたぜ。売りに出されていたってな」

「間違いないんでしょうか。いや、俺が借金のカタに取られたときには」

ふむ、と勘一考えます。

「確かにやべぇ連中が手に入れてたけどな。もうきれいになってるはずだが。いいぜ、そこんとこはきっちり確認しといてやるよ。わかるよな新の字」

「わかりますよ。明日にでも不動産屋に確認しますが、たぶん大丈夫だ。心配するな」

浩輔さん、頷きます。

「わがまま言いますが、がなっちゃん、勘一さん。もしも、無事に麻理が店を出せたときには、開店祝いを、何を贈ったら喜ばれるかは後から考えますが、いやちょっと麻理とも話して考えてもらいたいんですが贈ってもらえますか？　俺がそれをきっちり払います」

なるほど、と勘一微笑みます。

「なんてことねぇよ。ちゃあんと贈っておいてやる。麻理ちゃんともしっかり話して、長く役に立つものをな。安心しろ」

「じゃあさぁ、ついでにさぁ」

我南人です。

「この古本とLP、もう少し浩輔に貸しといてあげるよぉお」

「え？」

「明日麻理ちゃんに来られるかって言っちゃったからねぇ。せっかくだから来てもらってぇ、この古本とLPは〈サザンクロス〉に貸していたものを、今まで取っておいたんだってことにしてあげるよぉ。もしも、麻理ちゃんの店で必要だったら、このまま貸してあげるって話をするよぉお。いいでしょうこれぇ」

それは、どうなのでしょう。

浩輔さん苦笑いしていますけれど、いいですかね。

＊

皆がそれぞれの部屋に行きました。もう寝ている人もいればまだ起きている人もいる時間。繋がっているお店の暖房は切ってありますから、家の中が静かに冷えてきました。

足音がして、紺がやってきました。毎日いちばん遅くまで起きているのは紺ではないでしょうか。ときには誰もいない居間の座卓で執筆していることもあります。

コーヒーを淹れに来たのですね。カフェをやっている我が家ですが、こうして夜中に家で誰かが飲む分には台所にあるコーヒーメーカーで落とします。

コーヒーメーカーをセットして、仏間にやってきましたね。仏壇の前に座って、おりんを鳴らします。話せるでしょうかね。

「ばあちゃん」

「はい、お疲れ様。今夜は寒そうだよ。かんなちゃん鈴花ちゃんの布団を見ておくれね」

「大丈夫。ちゃんと寝てる。ばあちゃんは覚えていた？　浩輔さんって」

「顔を見たらね、しっかり思い出したよ」

「明日浦田さん来るけど、いいのかな。古本とＬＰの話をして」

「浩輔さんも本当は会いたいんですよ。なので、今はあれぐらいでいいんじゃないかね」

「浦田さん、勘の良さそうな人だからきっと察するよね」

「たぶんね。まぁ、その時が来ればわかりますよ。本じゃないけれど、収まるところに収まります」

「そうだね。あれ、終わりかな」

紺が微笑んで、もう一度おりんを鳴らして、手を合わせてくれます。はい、おやすみなさい。あぁまだもう一仕事するのですね。風邪など引かないようにしてくださいね。


住めば都と言いますけれど、自分が生まれ育った町とか、その界隈とか、あるいは自分が選んで住み続けた町というのはやはり思いが残りますよね。

時が流れれば大きく変わってしまって、生まれ育った界隈がまるで違うようになっていることも多く、時の流れに一抹の淋しさを覚えることもあるでしょう。

それでも、自分が日々を過ごし、暮らした町の匂いというもの、あるいは気配、あるいは雰囲気、そういうものが身の内には確かに残っているものなんですよ。

だからこそ、まるで様変わりしてしまっても、生まれ故郷や過ごした町並み、界隈にはどこか懐かしさやそういうものを覚えるのです。

環境が人を作るとも言いますが、町は人が作っていくもの。人と人との関わり合いが、その界隈の空気を作り出していくもの。

毎日をちゃんと生きていけば、自然と人同士は関わり合い、良い関係を築けていけるものです。

たとえどこかで壊れてしまったものだったとしても、同じ場所で同じ空気を吸って、同じ思いを抱えていたのなら、必ずまた繋がり合うときが来るものですよ。

そう思います。

春　恋の空《あ》き騒ぎ

一

三月は、弥生です。

女学校時代にその名前を持つとても親しい友人がおりまして、一緒に机を並べたり、ご飯を食べたり本を読んだりしてとても楽しい時間を過ごしていました。

本当にはるか昔のことになってしまいましたけれども、三月弥生の文字をカレンダーに見ると、いつも春のような温かな笑顔だったその方のことを思い出すのですよ。

春です。

梅から始まって、桜の木の下に咲く雪柳も白い小さな花をたくさん咲かせ、そうして春爛漫《らんまん》の桜へと開花が繋がっていきます。

我が家の庭の桜の古木は、明治十八年にここを建てるときには既にあったものだと聞いていいます。この見事な桜の木があったからこそ、初代である堀田達吉はこの地を選んだとも。ですからもうこの桜は百三十年以上は生きていることになりますよね。

一時期少し弱ったようにも思えたのですが、すぐに元気を取り戻しました。今年も大きく枝を伸ばしている桜は向こう三軒両隣のところまで花びらを振り撒《ま》き、あたりを桜色に染めてくれるでしょう。

そうそう、裏の増谷家会沢家の新築工事をしてわかったことなのですが、桜の木の根が随分と広い範囲で拡がっていたのです。我が家の庭を越えてお隣の敷地まで伸びていたのですよ。それが長生きの秘訣《ひけつ》だったのかと皆で話していたのです。

葉っぱを集めて塩漬けにして桜餅を作るというのは、わたしが若い頃によくやっていたもので、ここのところはカフェの季節限定メニューとしても登場させていますよ。

三月三日は雛祭《ひなまつ》り。

とにかく女性が多い我が家では一年の中でも相当に大きなイベントになってしまっています。何せ段飾りの雛人形がたくさんあるのです。

いちばん古いのはわたしの雛人形でして、かれこれ八十年以上も前の骨董品です。そして亜美さんとすずみさんが持ってきたものに、かんなちゃん鈴花ちゃんにそれぞれ用意したもの、さらには芽莉依ちゃんが持ってきたものです。藍子と花陽については、わたしのものを飾っていたんですよ。そして亜美さんのものは会沢家の小夜ちゃんに譲ったのです。譲っても現在は〈藤島ハウス〉にありますから、合計で六セットもあるのです。

とにかく毎回場所を決めて飾るだけでも大変です。

簡単にしようという話も毎年出ます。特に今年はこの後に大引っ越しというものが控えていますから、奥から雛人形を引っ張り出すのも引っ込めるのも大変だ、という話になりましたが、やはり年に一回しか出番のない人形たちをこの日に出さずに済ませるのはあまりに不憫《ふびん》だということになります。

それで、今年もしっかりと全ての雛人形を飾りました。

骨董品のわたしのものはカフェに。本当に古いものですから、毎年写真に撮っていく人がいますし、新聞社が取材に来たこともあります。

すずみさんのものは古本屋に飾ります。今年は趣向を凝らして本棚を一部空けて、そこに雛人形を飾ってみました。もちろん、その周りには雛人形に関わるような本を集めて並べました。そんなに数はなかったのですが、探せばいろいろあるものです。

小夜ちゃんに譲った亜美さんのものはもちろん会沢家が〈藤島ハウス〉で飾り、かんなちゃん鈴花ちゃんのものも二人の部屋に。そして昨年は美登里さんの部屋に飾った芽莉依ちゃんのものは、やはり今年も美登里さんの部屋にしました。藤島さんが一緒にいることも多くなった部屋で、じっくりと観賞してもらいましたよ。

かんなちゃん鈴花ちゃんの学校のお友達がやってきて、全部の雛飾りを見て回るのもなんだか恒例になってきました。可愛らしいからいいですよね。カフェにいるお客様も、皆がニコニコしてその様子を見守っていますよ。

この春、四月になって新学期が始まると、かんなちゃんと鈴花ちゃんは小学校三年生です。三年生となると、八歳から九歳になるのですよね。もう九歳にもなるのかと本当に驚いてしまいます。

わたしは子供が我南人しかいませんでしたから、女の子が育つのをいちから見てきたのは孫である藍子が初めて。その後に藍子の娘の花陽、そしてかんなちゃん鈴花ちゃんです。

藍子と花陽の成長を見てきてわかりましたが、女の子はちょうどこれぐらい、三年生とか四年生ぐらいから急に少女になっていきますよね。少女を通り越して女らしささえ感じさせる子だって出てくるぐらいです。

かんなちゃん鈴花ちゃんも、もう舌足らずの子供ではありません。しっかりと、まるで大人のように話すこともありますし、自分たちでそう言ってますが〈漢字〉で話していますよね。活発で明るいかんなちゃんに、おっとりと大人しい鈴花ちゃんというのはまったく変わりませんが、二人とも話し方や考え方が随分としっかりしてきているのは同じです。

男の子は、何というか、我南人も紺も青も、そして研人もそうですけれど、ずっと男の子であり少年ですよね。

我が家は自由な職業に就いてきた男ばかりのせいなのかもしれませんが、もうとうに大人の男になっているはずなのに、いつまでもどこかに少年が残っているような気がします。

確か、藤島さんが初めて我が家に、〈東京バンドワゴン〉にやってきた頃の研人がちょうど三年生ぐらいでしたよね。いえ、あれは二年生でしたか。いずれにしても、それぐらいだった研人の年齢に、かんなちゃん鈴花ちゃんがなるのです。

その研人だって、そして芽莉依ちゃんも今年は二十歳になるのですから、本当に、びっくりです。

お酒も、別に二十歳になったからといって無理して飲まなくてもいいのですが、堂々と飲めてしまう年齢になります。

夫婦である二人なのですが、まだ部屋は別々のまま。二十歳になったときにまた考えるとか、あるいは芽莉依ちゃんが大学を卒業したときに結婚式と一緒に考えるとは言っていましたが、とりあえず今年はまだ別々のままになりそうです。何せ、ややこしい引っ越しを控えていますからまずはそれを終わらせるということで。

花陽も、医大の四年生になりますね。親友でうちでアルバイトをしてくれている和ちゃんも同じです。

四年生になると、医大では本格的な病院での実習などが入ってくると聞きました。そして、なんでもその実習を受けるためにも、大事な試験が四年生になるとあるとか。その試験に合格しないと病院での実習が受けられなくなり、それはもう大変なことになるそうなんです。花陽も和ちゃんもその試験に向けて、三年生の頃からずっと対策勉強などをしていました。

本当にお医者様になるのは大変ですよね。よくもまぁバイトをしたり勉強をしたり、二人ともやってはいませんが部活をしたりと、とんでもなくハードな毎日を平気な顔をして過ごせるものだと思います。

今は神奈川の三浦の施設で暮らす、わたしや勘一にとって妹同然のかずみちゃんもお医者様でした。あの終戦後の激動の時代に、家族をすべて失った女一人、医学の徒となり立派なお医者様として一人立ちできたのは凄いことだったのだなと、改めて感心します。本当に強い女性なのですよかずみちゃんは。

春になり学年が新しくなっていろいろ変わっていく子供たちとは違い、大人の皆さんはそうそう簡単には変わりませんね。

勘一も九十の声がもうすぐそこに聞こえています。

多少日常の動作、座ったり立ったり歩いたりする動きが鈍くなったようにも思いますが、相も変わらず元気です。毎年の健康診断では、どの値もほぼ正常値。血圧も多少高めではありますが気をつけていればいい値。何よりも、この年になれば記憶力が減退して惚《ぼ》けたかなどと言われることも多いと思うのですが、そういうのもほとんどありません。

息子の我南人も七十の声を聞く春です。ですが、こちらもまったく変わりませんね。ミュージシャンというものはステージをやるのにも体力が必要です。バンド〈LOVE TIMER〉のドラムスであったボンさんが亡くなってからは大きなステージでやるライブがなくなっていますが、解散することもなく、いつでも活動再開できるように体力を養っています。むしろ若い頃よりも今の方が、ジムに通ったり水泳をしたりと健康的に過ごしているほどですね。

紺と亜美さんは四十半ばに差し掛かり、青は三十半ばにすずみさんは三十代前半。こちらはしばらくの間は働き盛りと言われる年頃でしょうか。

本当に、大人たちはほとんど変わることなく、新しい春を迎えています。


そんな三月の半ば過ぎの金曜日。

相も変わらず堀田家の朝は賑やかです。

かんなちゃん鈴花ちゃんが目覚ましを使わずに自力で起きてきて、さっさと着替えて二人で階段を駆け下りてきます。そのまま縁側を走り抜けていたのですが、近頃は走りません。走れないんです。荷物がたくさんあって。

いよいよ始まるこの春の大イベント。増谷家、会沢家、堀田家、そしてさらには藤島家も加えての合同の引っ越しです。

その下準備と言いますか、イギリスに住んでいる藍子とマードックさんの大きな荷物が既に我が家に届いていて、当然置く場所が限られていますからこの縁側にもたくさん置かれているのです。

蔵の中にも置いてありますし、廊下という廊下に荷物や作品が溢れ返っていて、かんなちゃん鈴花ちゃんは走れませんけれど、猫たちは喜んでいるみたいですよね。

犬もそうですけれど、猫はとにかく新しいものがそこにあるとチェックしますよね。そして箱があれば入ってみるし、積んであれば上に乗りますよね。藍子とマードックさんの荷物は、四匹の猫たちのいい運動場か寝床になっていたりします。

我が家の人間はほとんどが人のことは言えませんが、とにかく荷物が多い人ばかりです。古本屋などという商売をやっているんですからなにをかいわんやです。

そして藍子とマードックさんもアーティストですから作品も多いですし、道具の類いも本当にたくさんあります。

向こうで使っていた小さなチェストやケースといった家具類に、衣類などもうほとんどのものがこちらに送られていまして、しばらくの間、藍子とマードックさんはほとんど何もない部屋で、まるでキャンプ生活のような感じで過ごしていたそうですよ。

向こうの家はマードックさんのお母様であるメアリーさんが昨年末にお亡くなりになり、お父様であるウェスさんはご友人が経営する保養施設でガーデナーとして働きながらそこで終生過ごすことに決めたのです。

それで、ウェスさんは愛犬のミッキーも一緒に、もうそちらに引っ越して行きました。

家の中の家具とかも必要なものはすべて持っていきましたし、残ったものもすべて売却済み。そもそも家自体ももう売られていて、藍子とマードックさんが家を出ればすぐに修繕や改装工事が始まるそうです。二人はさぞやガランとした家で、落ち着かない日々を過ごしていたと思いますよ。

帰ってくるのは、引っ越しの前日になる今日の夕方の予定です。

そうです、明日と明後日《あさって》の土日の二日間を使って、いよいよ引っ越しなのです。

申し訳ないですけれど、お店はどちらも二日間お休みにしました。年末年始以外で二日も続けて休むなんてことは〈東京バンドワゴン〉の歴史の中でも滅多にありません。

我が家の母屋での引っ越しは今回はありませんから、営業しようと思えばできないこともないのですが、やはり女手は必要ですし何より落ち着きません。

〈藤島ハウス〉から増谷家会沢家への引っ越しは、大きな荷物はともかくも細かいものは我が家の裏玄関から入って庭を通っていくのがいちばん近くて楽なのです。人数さえいればバケツリレーのように段ボールを運んで、縁側を滑らせて運んで積んでいくのが最も早く効率的です。

まずは土曜日にそれを終わらせて、日曜日には〈藤島ハウス〉内での引っ越しです。部屋から部屋への引っ越しなので特に荷物をまとめなくてもいいだろう、なんて思うと大間違いです。きちんとまとめないと、隣の部屋へ移るのだけだって何時間も掛かってしまうのですよ。ですから、土曜の引っ越しを終えた後に、それぞれの部屋の荷物を全てまとめて、日曜に備えるのです。

大きな引っ越しは明日明後日なのですが、まずは今日、池沢さんの引っ越しから始まります。

青の産みの母親であり、鈴花ちゃんの実の祖母である池沢百合枝さん。

日本を代表する女優でしたが、引退してもう数年になります。ずっと我が家の隣の〈藤島ハウス〉で一緒に暮らし、かんなちゃん鈴花ちゃんの面倒をたくさん見てもらっていましたし、〈はる〉さんでは慶子さんとして働きながら真幸くんのベビーシッターもしていました。

池沢さんは、三浦にある老人ホームへ。眼がほとんど見えなくなったかずみちゃんと一緒のところで暮らそうと、終の住み処としてそこを選んだのです。

一人分の引っ越しですし、大きな家具などは業者さんが向こうで部屋に運び込んでくれる手筈《てはず》になっています。ですから、池沢さんは後からゆっくり行って小さな荷物をほどくだけです。勘一が一緒に行ってかずみちゃんとも話をしてくると言うので、一日早くしました。それに〈藤島ハウス〉の一部屋が先に空いていると引っ越しもしやすくなりますから。

もう池沢さんの部屋の荷物は既に運び出すだけになっていて業者さんを待つだけですから、今日は朝ご飯を一緒に食べることになっていますよ。

今朝はパンにしたようです。相変わらずトースターの数が足りませんからいっぺんにトーストはできないのですけれど、でもこの人数を賄う数のトースターがある方がおかしいですよね。

焼いたソーセージに目玉焼き、ジャーマンポテトに昨日の残り物で多めに作っておいたポテトマカロニサラダ。コーンスープは缶詰のものを温めて、牛乳も温かいのがいい人はホットミルク。

ヨーグルトに、胡瓜やレタスやさらし玉葱など野菜たっぷりのサラダもあります。ジャムはリンゴにマーマレード、ブルーベリーもありますよ。

ご飯はまだかと待っている犬と猫たちには、それぞれの餌入れにあげます。

皆が揃ったところで「いただきます」です。

「しかし本当に落ち着かねぇな」

「天気がずっと良いから助かるよね」

「おばあちゃん、ジャムがねおいしいんだよ。このリンゴジャム」

「あれ、今日結婚式だったよね二人で」

「マードックさんの家がなくなるのは残念だなぁ。あそこに住めるかと思ったのに」

「そう、さっき気づいたんだけどマードックさんの箸がないのよね」

「今夜よ。六時からね」

「今度のライブってサポートメンバー入るんでしょ？」

「本当に、このリンゴジャム美味しいですよね」

「捨てたんじゃなかった？　買い替えるからって」

「明日明後日じゃなくて本当に良かったです」

「自分でイギリスに家買うぐらい売れればいいのよ」

「え、本当？　知らなかったけど」

「僕がぁサポートしてもよかったんだけどぉ」

「おい、山椒《さんしょう》持ってきてくれ山椒」

「かんなもいっしょに行きたかったけどなぁかずみちゃんとこ」

「鈴花も」

「はい、そうですね」

「私買っておきましょうか？　イギリス国旗っぽいものでいいんですよね」

「はい、旦那さん山椒です」

「入るよー。キーボードとギター入れて五人編成になる」

「すぐに会えますよ」

「あ、僕は今日午前中で帰ってきますから、買っておきますよ」

「旦那さん？　チーズトーストに山椒ですか!?」

「旨いぞ？　やってみろ」

チーズトーストに山椒ですか。やってみたことなどありませんから、旨い不味《まず》いはわかりませんし理解もできませんね。でも、山椒は要するにハーブですし、チーズはわりと何でも受け入れてしまうので案外合うのでしょうか。

最近、勘一のこのとんでもない味覚が、長生きの秘訣なのではないかと思えてきました。

「すずみちゃん、友達の結婚式ってどこでやるの？」

「銀座《ぎんざ》よ。けっこう大きいところ」

今日は夕方から、すずみさんと美登里さんは結婚式に出席するのですよ。二人の大学時代の友人だそうです。そもそも二人は大学時代からの親友ですからね。

「藍子さんにお帰りーって言えないのが残念かも」

たぶん時間的には入れ違いになるかどうかってところです。でも、すぐに会えるんですからね。すずみさんのいないところは皆でカバーしますし、案外藍子が帰ってきてすぐに時差ボケをものともせずに、カフェのカウンターに入るかもしれませんね。

「久しぶりだよね友人の結婚式って」

青です。

「すずみちゃんも美登里さんもそろそろ少なくなる頃よ。私なんてもう何年も結婚式行ってないわー」

亜美さんももう四十半ばになりますから、さすがに親しい友人の結婚式というのはなくなっていますよね。

「だいじょうぶ、あともうちょっとしたら二回もあるから」

かんなちゃんです。結婚式が二回ですか？

「誰の？」

「研人にぃとめりいちゃん、そして花陽ちゃんとリンタローさん」

鈴花ちゃんが続けて言って、皆がなるほどと笑います。

芽莉依ちゃんも花陽もちょっと恥ずかしそうにしていますね。既に婚姻届も出して夫婦となった研人と芽莉依ちゃんですが、結婚式は芽莉依ちゃんが大学を卒業してからする予定です。

けれども、花陽と麟太郎《りんたろう》さんはまだ何も決まっていませんね。もうお付き合いを始めて二年以上は経っていますし、おそらくはこのままそうなるんだろうな、と、皆が思っていますけれどね。

「かんなちゃん鈴花ちゃん。花陽姉ちゃんはね、たぶんだけどお医者様になるまでは結婚しません」

「そうなのか」

「あと何年だっけ」

「んー、二人が小学校を卒業するぐらいにはなれるかなー」

そうですね。医大を卒業するまではあと丸三年ですから、かんなちゃん鈴花ちゃんが小学校を卒業する頃にはもうお医者様になっているんでしょう。

「ん、ってことはよ」

勘一がちょっと上を向いて考えました。

「花陽の花嫁姿を見る頃にはよ、かんなちゃん鈴花ちゃんが中学生になった制服姿も見られるってことか」

嬉しそうですね。気が早いですけど、確かにそういうことになりますね。なんだかそういうことを考えると、ますます勘一は死ねなくなってきますね。

「大じいちゃん、やっぱ百まで生きなきゃダメだね。百歳になる頃にはかんなと鈴花ちゃんも結婚できる年だよ」

研人が言って、勘一も笑います。

「任せとけ。閻魔《えんま》様が迎えにきたって蹴飛ばして追い返すからよ」

たぶん閻魔様も面倒くさがって来ないと思いますし、そもそも閻魔様は死出の迎えに来たりしません。

朝ご飯が終わって、皆がそれぞれに支度を始めます。

かんなちゃん鈴花ちゃんは学校ですから、カフェを開けて常連の皆さんに挨拶して、そしてすぐに「行ってきまーす！」です。朝の常連さんが皆で「行ってらっしゃい」と声を掛けてくれるのです。いつもの光景なのですが、本当に嬉しくなりますね。こういう日々が永遠に続いてくれればいいのにと思います。

花陽と芽莉依ちゃんも試験勉強やサークルのため大学へ。いつも二人で一緒に出かけていきますが、二人とも律義な性格ですから挨拶を必ずしていきます。でも〈藤島ハウス〉からいちいち我が家の裏玄関に回って「行ってきます」と声を掛けるのも面倒ですから〈藤島ハウス〉の玄関から出て少し戻って古本屋を覗き、手を振って出かけていきます。

亜美さんがカフェのカウンター、そして今日のホールは紺です。平日ですといつもは青なのですが、今日は池沢さんの引っ越しがあります。

勘一と我南人が池沢さんと一緒に三浦まで行くことにしましたので、青も一緒についていくのです。

老人二人だけだと途中で何があるかわかりませんし、何よりも、池沢さんと青は実の親子ですからね。きちんと見送るために、青も同行することにしました。かんなちゃん鈴花ちゃんも行きたがったのですが、学校ですからね。

古本屋はすずみさん一人で大丈夫ですし、研人も今日は家にいるようにしてくれたので、何かあれば手伝いますよ。

池沢さんの荷物を運ぶ業者さんが来るのは八時半。それほど多くの荷物はありませんのですぐに終わります。出かけるのは九時過ぎ。それまで青と研人は家事と、池沢さんの部屋の最後の片づけのお手伝いですね。

「はい、おはようさん」

「おう、おはよう」

祐円さんがやってきました。今日の出で立《た》ち《ぃ》は赤いジャージのパンツに白のパーカー、普通と言えば普通ですが明らかに若者が着る服です。でもこれぐらいだともう誰も何も言いません。

「祐円さんおはよう。はい、大じいちゃんお茶」

「お、ありがとな」

「今日は研人が当番かい」

「悪いね女の子じゃなくて。祐円さんはお茶？　コーヒー？」

「お茶にするかな。普通の熱さでいいからな」

「あいよ」

普段は家事や店の手伝いなどしない研人ですが、ちゃんと何でもできるのですよ。むしろ料理なんかは我が家の男性陣の中ではいちばん上手かもしれません。

祐円さんが帳場の横にどっかと座ります。

「いよいよ引っ越しだな」

「おう、おめぇも手伝うか？」

「いや勘弁してくれよ。この年で荷物運びさせないでくれよ。勘さんだって何もしないんだろう」

「何もしねぇってことはねぇよ」

皆が勘一は何もしないでいいからね、とは言いますが、必ず手伝おうとしますよね。せいぜい小さなものを運ぶぐらいにしてください。

「はい、祐円さんお茶」

「ありがとな」

「そうだ、祐円さんところでさ、ライブとかやれる？」

「ライブぅ？　うちの境内でか？」

「そう」

ほう、と祐円さん考えました。たまにそういうライブをやっているアーティストさんがいますね。

「まぁやってやれないことはないけどな。ご近所のあれで馬鹿みたいな大きな音は出せないだろうけどよ。でもうちみたいな無名の神社でやったって、研人たちに何のメリットもないだろう」

「そんなことないよ。まだ先の話だけどさ。夏の野外ライブみたいなのをやりたいなって思って」

屋外ライブですか。天気さえ良ければ本当に気持ちよいものだと聞きますよ。

「いいぞ。どうせならさ研人。うちみたいなちっちゃい神社や寺でのライブを全国ツアーで回るってどうだ。親しいところがたくさんあるから、声掛けてやってもいいぞ」

「マジ!?　すっげぇ嬉しい。待っててちゃんと考えてからまた頼むから」

ぴょんと跳んで行きましたね研人。勘一と祐円さんが笑って顔を見合わせます。

「で？　明日は裕太《ゆうた》と夏樹んところの引っ越しで、明後日は〈藤島ハウス〉全部でってか」

「そうよ。裕太と夏樹んところは節約のために自分たちだけで全部やるって言ったが、そりゃあ無理ってもんよ。うちの連中全員総出でやれば一日ですっかり落ち着くぜ」

その通りです。

「で、今日は池沢さんが一足先に引っ越しか」

祐円さんが何か思うように言います。

「そうだな」

「淋しくなるな」

「おめぇは美人の顔が見られなくなるからだろ」

「まぁそれもあるけどな。俺なんかいつ池沢さんがこの家で割烹着《かっぽうぎ》でも着て皆のご飯を作ったり、カフェに立ったりよ。おめぇの代わりにここに座るかって思ってたんだけどな」

「まぁなぁ」

わたしもそんなことを考えてみてはいたんですけれど。

「そればっかりはな。池沢さんの人生よ。かずみと向こうで一緒に暮らしてくれるってだけで、俺ぁもう三浦の方に足を向けて寝られなくなるぜ」

「そういうこったな」

本当に、そうですね。でも、いつでも会えますし、池沢さんも言っていましたが、これからは盆暮れ正月、その他にも何かあればこちらに帰ってきて皆と過ごせる時間が増えるのですから。それも楽しみですよね。

業者さんがやってきて〈藤島ハウス〉の池沢さんの荷物をトラックまで運んで積み込んでいきます。

手伝わなくても大丈夫なので、池沢さん、我南人と青に研人もそれを見つめています。藤島さんと美登里さんも、お仕事に行くのを少し遅らせて一緒です。

皆で見送れたら良かったのですが、平日ですからね。でも、ちゃんと他の皆は昨日の夜も、そして今朝もきちんと池沢さんと話していました。永《なが》の別れというわけでもないですからね。

全部を運び出して、トラックは一路三浦へ向かいます。勘一もすずみさんにバトンタッチして、支度をして店から出てきました。

「本当に、お世話になりました藤島さん」

「いや、とんでもない。僕は大家というだけで何もしていないです。こちらこそ、池沢さんには管理人業務をお任せしたことがあったり、お世話になりました」

そうでしたね。管理人業務といっても共同の部分を掃除したりという簡単なことですけど、一時期お願いしたこともありました。

「美登里さんもお元気で。向こうに遊びに来てくださいね。夏なんかいいらしいですよ」

「はい、ぜひ」

「それじゃあ、ちょいと行ってくるわ」

「気をつけて」

青が車を運転します。我が家の前の道路は本当に小さな軽自動車しか入れません。うちの車も近くの駐車場に置いてあるのです。

着いた頃に、わたしはひょいと飛んで行ってお邪魔してみましょう。飛んでいるのかどうかはわかりませんが、行ったことのある場所なら一瞬で行けますからね。

池沢さんと我南人、青と勘一が駐車場まで歩いていく背中を、藤島さんと美登里さん、研人が見送ります。

「研人くん、今日はずっといるのかい」

藤島さんが訊きます。

「いるよ。明日も明後日も何も予定入れてない。て言うかオレも引っ越しだから」

「そうだった。結局管理人室の防音をどうするかはまだ決まってなかったけれど」

うーん、と研人が頷きます。

「まぁ機材部屋とスタジオ代わりにするのは間違いないんだけれど、防音はね。また後で考えます」

そういう話もしていたのですよね。

今まで研人がいたのはマードックさんと藍子のアトリエだったところ。しっかりと防音になっていたのです。今度研人は美登里さんがいた部屋に入り、向かいの管理人室だったところに楽器や機材を置いてスタジオ代わりに使おうとしているのですが、まだいろいろ考え中ですね。

何せ自分の持ち物ではありません。大家さんは藤島さんで、そもそもが藤島さんの家に間借りしているのですからね。ご迷惑をかけないように考えなきゃなりません。とりあえず大きな音が出ないようにして練習することはできますしね。

美登里さんは、藤島さんの部屋へ移り、そして二階の一部屋ずつを花陽と芽莉依ちゃんが一人ずつ使う形になります。

今までずっと花陽と芽莉依ちゃんは一緒の部屋でしたけど、二人ともこれからますます勉強が大変になる時期。ちょうど良かったかもしれません。

＊

そろそろ着いた頃でしょうか。まずはかずみちゃんの部屋に行ってみると、あら、かずみちゃんはいませんね。ということは、もう一階上の池沢さんの部屋に皆がいるのかもしれません。

池沢さんの部屋にはまだ行ったことはありませんから、素直にドアを擦り抜け部屋を出て、廊下を進み階段を使って向かいます。自由なようでいて不自由なこの身体、ドアや窓は擦り抜けられるのですが、壁や床は抜けられないのです。きっと生きているときのそういう感覚が残っているからでしょうね。

しかしこの老人ホーム、来る度に思いますが本当に大きな素晴らしい施設ですよね。マンションと言ってもいいぐらいですから。病院が併設していますし、様々なレクリエーションルームや日々の食事ができるレストラン。至れり尽くせりですよ。もちろんそれだけ入居費も掛かるわけですけれど。

あぁ、声が聞こえます。あれは我南人ですね。ちょうど着いたようでかずみちゃんも一緒です。眼が完全に見えなくなったわけではないですからね。昼間ならばレースのカーテンを掛けたぐらいには見えると本人も言っていました。

「こりゃあ、いい部屋ですな」

勘一、部屋を見回して言います。2LDKでしょうか。一人ではもちろん、二人でも十二分に暮らしていける広さです。

それに、ベランダからは三浦の海が一望できます。まるでリゾートホテルみたいですよね。今年の夏は、毎年の葉山《はやま》もそうですけれど、こちらの三浦の海にもまた遊びに来ようと話しています。かずみちゃんも池沢さんもいるのですから、かんなちゃん鈴花ちゃんが海水浴で遊びに来るのを楽しみにしています。

荷物は届いています。段ボールはいくつか積み重ねられていて、これを開けて整理するだけになっていますね。便利なものです。

池沢さん、〈藤島ハウス〉にいたときもそうですけれど、大女優なのに本当に持ち物は少ないです。必要なものだけを、しかも良いものだけをしっかり揃えて使っていくのですよね。

「さぁ、じゃあ整理しようか」

青です。

「いえ、それはいいです青さん」

「いいって。いやそのために来たのに」

池沢さん、微笑みます。

「ここに来て、時間はいくらでもあります。後からかずみさんに手伝ってもらって、二人でゆっくり片づけますから」

いつか、近い将来かずみちゃんは完全に眼が見えなくなります。そのときにはこの部屋で一緒に暮らすと池沢さんは決めていますよね。そのためにも、この部屋にかずみちゃんも慣れてもらおうということでしょうか。

「そうだよ。何せ私たちはもう一日二十四時間、寝る以外は何をしようと自由な身の上だよ。あんたたちは忙しいんだからさ。ほら、青ちゃん、パソコンの設定だけしちゃうんだろう。まずはそれやっておくれ」

「あぁ、了解」

苦笑いして、青と我南人が荷物からその辺りのものを取り出し始めます。池沢さんもそれなりにはパソコンを使えますが、あくまでもそれなり。インターネットの設定や、いつでも東京の我が家と繋げて顔を見ながら話ができるような設定など、しておくんですよね。

「そこの机の上でいいのぉお？」

「そうしてください」

我南人も手伝います。

「この景色はまだ見えるのかい」

勘一がベランダから外を眺めながら、かずみちゃんに訊きます。

「一進一退だね。見える日もあれば、まるで霧がかかってるみたいに見えない日もある。そういうものだよ」

医者ですから、わかっていますよね。ただ、専門のお医者様に聞いてもある日突然見えなくなることはないだろうと。奇跡的に多少回復することはあっても、また見えなくなっていく。何年その状態が続くかは、本当に神のみぞ知る、らしいです。

「まぁ毎日この景色を眺めてりゃあ、そのうちにまた良くなるってもんだ」

「何だったら勘一も近いうちにここに来ていいんだよ。部屋は空けてあげるよ」

かずみちゃんが笑いながら言います。

「馬鹿野郎。そりゃああれだ、どっちかと言えば池沢さんが我南人に言う台詞じゃねぇのか」

池沢さんが苦笑いしています。

そんなことはないのですよ。かずみちゃんの軽口の意味する本当のところは、勘一は一生わかりませんよね。

「どっちにしても来るはずないけどね、勘一も我南人も。我南人なんかあれだね。ギター持ったまま死にたいって言いそうだね」

「そうだねぇぇ」

我南人が笑います。

「どうせならぁ、僕はステージでギター抱えたまま、マイク持ったままばったり倒れて死にたいなぁ」

「それならよ、俺は本棚の前で倒れて古本に埋もれたまま死んでやるよ」

そうなりますか。

「お二人とも、気持ちはわかりますけど、どちらも周りにわりと迷惑になりますから、できたら布団の上で静かに天に召されてくださいね」

池沢さんが言って、皆が笑います。

「そうだよ。葬式やるこっちの身にもなってくれよ」

その通りです。実際わたしがそうでしたからね。こうやって言うのもあれですが、いいものですよ。

「うちで静かに死んでいきそうなのは、兄貴ぐらいじゃないの。あぁ、そうだよあれだよ。葬式っていえばさ」

青が手を止めて、皆を見ましたね。

「そんな話っていうか、今ここでしていいのかどうかだけどさ。じいちゃん、かずみさんの墓はうちの墓でいいんだよね？　それじいちゃん死ぬ前に聞いとかないとさ。そして親父、池沢さんは将来どうすんのかなってちょっと考えたことがあってさ」

おお、と、勘一が口を開けましたね。我南人も少し驚くようにして池沢さんを見ました。確かに、その話は今の今までしたことありませんでしたね。

「そりゃあそうだったな。安心しろ。かずみはうちんところだ。いいよな？」

かずみちゃんが、笑って頷きます。もちろんですよ。

「そうだねぇえ。じゃあぁそうなる前に話し合ってぇ遺言に書いておくよぉお」

「そうしておいてよ。何せ年寄りばっかりで、残る俺らはいろいろ大変なんだから。どっちにしても立派な葬式するから任しておいて」

笑うしかありませんね。でも、ありがたいですね。青もそういうふうにちゃんと考えてくれていたのですね。

「はい、繋がりましたっと。ちょっとテストね」

青が自分のスマホを取り出して、誰かに電話しています。

「研人？　どこにいる？　あぁちょっとテストするからそこにある iPad 開いて。うん、そう」

研人が居間にいるんですね。青が池沢さんのノートパソコンを操作して、呼び出すとすぐに研人の顔が映りました。

『ハロー、かずみちゃんもいるのー』

「いるよ。研人かい」

『見える？』

「しっかり見えてるよ。あら研人ちゃん、あなたヒゲが伸びてるよ。そんなに伸びるのかい」

『いやオレだってヒゲぐらい生えるよ。似合わないから伸ばすなって言われてるけど』

「似合わないね。あんたはさっぱりツルツルの顔をしていなさいな」

その通りですね。我南人はときどき髭を生やします。青も似合いませんよね。意外と紺が似合っていましたよ。

「オッケーだね。池沢さんこの操作はわかるんだよね」

「大丈夫ですよ。いつでもできます」

「じゃ研人切っていいぜ」

『池沢さんそっちにオレ、ライブやりに行くからねー。観にきてよ！』

「はい、絶対に行きますよ。本当に来てくださいね」

研人のことですから、間違いなく来ますよね。

「お昼食べていくだろう？　もうレストランには予約入れてあるからさ」

「そうだな。これ以上何もすることがねぇってことは、あとは飯を食うぐらいしかないか」

そうですね。お昼を食べて、慌てないで帰ってきてください。

わたしは一足先に、家に帰りましょう。


戻ってきました。見られるはずもないのですが、念のためといいますか、誰もいないところに現れるようにはしています。勘一が出かけていますので、母屋の離れ、勘一の部屋に出ます。

相変わらず本に囲まれている和室ですが、庭に面していますから陽当たりは良いのです。でもあまりにも陽当たりが良いので、置いてある本が焼けないように常に障子を閉めているのですよ。

カフェでは亜美さんと紺の夫婦が働いています。実はこの夫婦がカフェにいるのは珍しいことです。今の言葉で言うならレアですね。堀田家の大ファンの方がもしいたならばこれはレアだ！と大騒ぎしたかもしれません。いませんでしょうけどね。

紺は、特に飲食店でバイトしたとかの経験もありませんが、そもそもが器用な性質《たち》で何でもこなせてしまうのです。

ですから滅多に出ないホールをやってもバタバタしたりはしません。まるで熟練の執事のように音もなく全てを取り仕切れます。

ただ、何でもこなせますが、父の我南人や弟の青、息子の研人のように突出したものはなかったのですよね。いわゆる器用貧乏ですか。

それでも、地道に大学講師やライターとして文筆活動を重ね、小説家として名を成してはいませんし息子の研人に年収は大幅に超されてはいますけれど、一家の主《あるじ》としての稼ぎを出すところまで来ているのですから大したものです。

古本屋ではすずみさんが店番をしています。

勘一に代わり帳場に座って、黙々と店頭に出す本の値付けとチェック、グラシン紙と呼ばれる薄紙のカバーを付けていますね。

地味な作業ですから、寝不足のときにやるとつい眠気に負けそうになったりしますよ。わたしがやっていた頃もそうでした。

すずみさんはもう看板娘としてすっかりこの帳場に座る姿が板についています。冗談抜きで、勘一もいつでも店を任せられると安心していますよ。もちろん紺だって、青だって、あの我南人でさえそこに座る姿は似合っています。

わたしもいつまでここにいられるのかはわかりませんが、勘一の姿がそこから消えたときに、誰が座っているかを確かめたい気持ちはあるのですけれどね。

からん、と、土鈴が鳴ってお客様が入ってきました。

「いらっしゃいませ」

すずみさんがはっ、と背筋を伸ばします。

若い男性の方ですね。思わず背筋を伸ばしてしまったのは、男性が持っている紙袋にすぐに眼がいったからですよ。

「すみません」

「はい」

「これ、あの買い取ってほしいんじゃないんですけれど、もしも買い取るとしたらどれぐらいになるかを知りたいんですけど、そういうのはできますか？」

買い取りではないのですか。すずみさん、一度眼をぱちくりとさせました。

「あ、あのちゃんと本は買いに来ました。何か買って帰るつもりですけれど」

「いいえぇ。大丈夫ですよ。そんな気を使わなくてもいいです。見積もりですから、いつでもできますよ」

そうですよ。まずどれぐらいになるかを知りたいのは当然のことですからね。若い男性、少しホッとしたように微笑みます。

「では拝見させてください。こちらに置いていただけますか？」

帳場の文机の上に紙袋を置きます。すずみさん、中に入っていた木箱をそっと取り出します。

すずみさん、ううむと唸《うな》りましたね。これは相当に古いものですよ。木箱入りの古書ですよね。蓋は縦にスライドする落とし蓋式ですね。ゆっくり引き上げます。中に入っているのは和綴《わと》じ本です。

「拝見します」

箱もそうですが、和綴じ本も相当に状態が悪いです。扱いが悪いと今にもバラバラになりそうですね。かなり、古いものです。ひょっとして江戸時代ぐらいまで遡《さかのぼ》れそうな代物ではないでしょうか。

「『梶和屋重蔵伝《かじわやじゆうぞう》』日帯書院、そして文化五年と入っていますね」

文化五年ですか。正確な西暦はちょっと浮かんできませんが江戸時代であることは間違いありません。

すずみさんがすぐにキーボードを叩いて調べています。

「一八〇八年ですねー。これは古いです。どうやらこの梶和屋さんという商人の方の一代記のようですね」

「はい、そう思います」

「失礼ですけど、これはどちらで」

「知り合いのお寺にあったものです」

「お寺ですか」

なるほど、とすずみさん頷きます。古い歴史あるお寺ならこういうものが残っていてもまったく不思議ではありません。そしてすずみさん、さり気なくパソコンで盗品扱いのリストを調べます。

そういうものが、あるのですよ。警察からのリストもありますし、古書店の協会などその手の関係からも回ってきます。でも、そこにこの本はありません。そもそもまったくの無名の人のようですからね。

「大変貴重なものではあると思います。資料的価値もありますけれど、残念ながら箱も本も非常に状態が悪いです」

「そうですね」

「無名の方の一代記ですから、市場に出すときの価値としては現在あまりありません。ですから、今うちで買い取るとしても、頑張っていい値段を付けても二万円といったところになります」

二万円ですか。そうですね、いいところではないでしょうか。

「もちろん、この手のものを学術的に研究しているところであれば、もう少し出しても欲しいという話はあるかもしれませんが」

「そうですか。ありがとうございます」

丁寧に、木箱をまた紙袋にしまいます。

「どうぞ、ゆっくり見ていってください」

「はい、あの、隣のカフェと繋がっているんですね」

「そうですよ」

どうやら初めて来るお客様のようですね。白いシャツに春物のベージュのカーディガンに黒いスリムなパンツ。比較的地味な装いの、学生さんのようにも思えます。ただ髪の毛はファッションなのかただの伸び放題なのかちょっとわたしには判断がつきません。

「買った本を持ってそのままカフェで飲食していただくこともできますし、貸本も値段の一割でできます」

「一割」

「たとえば千円の本ですと、百円でカフェで何時間でも読んでいただいて結構です。もちろんカフェでは何か注文していただきますけれど。その後に買いたいとなれば、残りの九百円で購入できます」

なるほど、とゆっくり若者は頷きます。

真面目そうな方ですよね。ありがとうございますと言って、本棚に向かいました。ゆっくり見ていってくださいね。

二

夕方になる前に、勘一と我南人、そして青が三浦から帰ってきました。

カフェと古本屋、どちらも平常営業で特に変わったことはありませんでしたね。あの古い古い本を持ってきた若者がいましたけれど、それもたまにあることですからね。

「お帰りなさい」

「おう、ただいまっと」

「無事に済んだ？」

すずみさんが青に訊きます。

「もう、無事も何も、ただ行ってちょっとパソコンいじって、景色を見てご飯食べて帰ってきただけ」

片づけは全部自分たちでやるそうでしたからね。本当に行って帰ってきただけです。

でも、良かったですね青は。母親の終の住み処を、ちゃんと自分の眼で見られて。かずみちゃんが行ってからも一度も行ったことがなかったですから。

勘一がそのまま帳場に戻ります。

「旦那さん、一休みしなくていいですか？」

「おう、大丈夫だ。車ん中でもただ寝てきただけだからな。何にも疲れちゃあいねぇよ。それよりすずみちゃん、そろそろだろ？　もう支度していいぞ」

「はい。じゃあお願いします」

すずみさんが帳場を離れます。結婚式に向かう支度ですね。さっき美登里さんも帰ってきていましたよ。何でも同級生同士の結婚だそうで、結婚式に披露宴といっても、ほとんど同窓会のようになるんだと言っていました。

すずみさんも大学を卒業して十年ぐらいになりますよね。大人になってからの十年、おそらくいろいろあった友人たちとの再会は本当に楽しみでしょう。

「そろそろって言えば、藍子とマードックもそろそろじゃねぇのか?」

「うん、さっきLINEが入っていたよ。空港に着いたって。なんだかんだで、もうこっちに着く頃じゃないかな?」

皆が楽しみに待っていますよね。


すずみさんと美登里さんが、とてもきれいになって結婚式へ出かけて行きました。普段着ないような服を着て美しく着飾った女性を見ると、絶対に惚れ直しますよね。

そんなには遅くならないと思いますが、二次会とかもあるようなので、たぶん九時十時ぐらいにはなるんじゃないでしょうか。ちょうどカフェが閉まる頃には帰ってくるのでしょう。

二人が行ってきます、よろしくお願いします、と、出かけていったのとそんなに時間差がなく入れ違いに、裏玄関が開きました。

「ただいま」

「ただいまもどりましたー」

大きなスーツケースを転がしながら、藍子とマードックさんがイギリスから帰ってきましたね。

「ただいま！」

「おかえり！」

あら、かんなちゃん鈴花ちゃんの声がしました。帰り道で一緒になったのか、あるいは二人の姿を見かけたので走って追いついたんでしょうか。

「帰ってきたよー！」

かんなちゃんと鈴花ちゃんの嬉しそうな声が家中に響きました。カフェにいるお客さんたちにも聞こえちゃいましたね。

居間には研人と我南人がいましたので、出迎えます。勘一も古本屋から顔を覗かせます。

「おう、お帰り」

「ただいまおじいちゃん」

「かんいちさん。もどりました」

皆が嬉しそうです。

そうしようと決めていたわけではなく本当にたまたまなのですが、我が家の子供と孫たちは全員がずっと自宅で暮らしています。三年も離れていたのは、藍子が初めてですよね。我南人は若い頃は何ヶ月も帰ってこないことはよくありましたけれど。

藍子もマードックさんも、縁側に置いてある自分たちの荷物を見て、驚いていますね。こんなにあったのかと。

勘一が居間に入ってきます。

「お疲れ様だったな。帰りの道中、飛行機とか大丈夫だったか」

「もう何事もなく。さっきすずみちゃんと美登里さんと擦れ違ったのよ。一瞬わからなかった、二人ともおめかししていて」

「結婚式な」

「かんなちゃんすずかちゃんにも、はしってきてばったりだったし」

本当にちょうど時間が合ってしまったんですね。小さな偶然ですけれど、楽しいですよね。

「ウェスさんは、向こうできちんと暮らしてるのを見てきたんだろ？」

「はい、もちろんです。たのしそうにすごしています」

「本当にいいところなのよ。ここなら自分たちも暮らしてみたいって思ったぐらいに」

「そうかい。まぁそいつは何よりだ」

一生大好きな仕事であるガーデニングができるということですからね。勘一と同じですよ。

「少し休んだらどうだ？〈藤島ハウス〉の空き部屋に布団敷きゃあ寝られるだろうよ」

「ううん、全然平気。時差ボケ直すのに動いていなきゃ。着替えて、カフェで仕事するわ」

「するのか」

「リハビリリハビリ。三年もずっと家でごろごろしていたんだから」

「ぼくも、にもつをせいりしてしまいます。そこ、ろうかのところせいりしないと、あしたのひっこしのじゃまになりますよね」

「あー、手伝うよオレ」

「その前に、お土産出さなきゃ」

かんなちゃん鈴花ちゃんがそれを期待してずっと待っていましたよ。

＊

夜になってカフェも最後のお客様が帰って九時半過ぎに閉店になりました。後片づけをして、十時過ぎです。

このぐらいの時間になると皆はそれぞれの部屋に戻ったり寝たりしますから、居間にはほとんど人がいなくなります。

紺はほとんどの時間を居間で仕事していますので、座卓でキーボードを叩いています。今日も帰ってきてから最後まで帳場に座っていた藤島さん、そしてカフェをやっていた亜美さんに青が戻ってきます。

和ちゃんは、今日のバイトはなんですか大学の課外実習があるとかで、お休みでした。花陽とは違うスケジュールでそういうものが入っているみたいです。明日は無理ですが、明後日の引っ越しには手伝いに来るって言っていましたよ。わざわざいいんですけどね。

いつものことですから、殊更何かをするわけでもなく、コーヒーやお茶を飲んでよもやま話、世間話などして藤島さんは〈藤島ハウス〉の部屋に戻っていきます。亜美さんと青はこれからお風呂ですね。先に青が入るみたいです。

もうそろそろすずみさんと美登里さんも帰ってきますか。

「お」

紺が声を上げて外を見ました。

猫の声が響いてきましたね。

あの、野太いような声ですよ。どこかで喧嘩でもしているのかあるいは発情でもしているんでしょうか。

もちろんうちの猫ではありませんけれど、紺が猫たちはどこにいるかと探しています。ポコとベンジャミンは仏間で寝ていますし、玉三郎とノラはきっと二階のかんなちゃん鈴花ちゃんの部屋にいるでしょう。最近は大体二人が寝る頃に一緒に寝るとばかりに行くんですよ。ベンジャミンはわりと女性陣、中でも亜美さんに懐いていますよね。何故かはわかりませんが、家にやってきた頃からずっとです。ポコはその反対で男性陣。勘一や我南人などの年寄りに懐いているような気がします。

でも、ベンジャミンもポコも起き出して、すごく気にしていますね。どこで誰が騒いでいるのかと、耳をくるくるさせたり、窓に近づいていったり。あぁ玉三郎とノラも下りてきて縁側をうろうろしています。

まだ声が響いています。どこの猫ちゃんでしょうか、ちょっと行ってみましょうかね。

すい、と裏の玄関を抜けて外へ出ます。

あら、〈藤島ハウス〉の管理人室の窓から玲井奈ちゃんが外を覗いて、すぐ引っ込みました。

やはり猫の声が気になっていたんでしょう。

そういえば玲井奈ちゃん、猫が好きでうちに来たときにもよく猫を可愛がっているのですが、自分の家では飼えずにいたのですよね。なので、新しい家では猫を飼うことに決めているそうです。家が繋がっているので、お兄さんの増谷家も了承済みだとか。猫嫌いの人がいなくて良かったですね。

あぁ、夜の町に出かけるのも随分と久しぶりです。月がきれいに出ています。猫はどこで鳴いているんでしょう。

〈藤島ハウス〉の玄関が開きました。てっきり玲井奈ちゃんが出てきたのかと思ったのですが、研人ですね。

猫が気になったんでしょうか。違いますね。いつも持っている鞄《かばん》を肩から提げてさっさと歩いていきます。どこかへお出かけですか。まぁ二十歳になる青年ですからこの時間から出かけようが何をしようが自由なんですが。

どこへ行くんでしょう。つい、その後をついていってしまいます。研人はときどきわたしのことが見えますが、後ろにいる気配まではわからないでしょうね。

一人で歩く研人は速いですね。スタスタと駅の方へ歩いていきますから、電車に乗って甘利くんとか渡辺くんに会うのかと思っていたら、すっ、と曲がって一軒の家の門に入っていきます。

ここは、この家は知っていますよ。駅に向かう途中にある、鈴花ちゃんのピアノ教室の先生の家じゃありませんか。

呼び鈴を押して、そうです、三輪《みわ》先生が玄関を開けて笑顔を見せ、研人を招き入れます。

あら？　何か気配がすると思ったら。

すずみさんと美登里さんが小走りで向こうから歩いてきます。

「ええっ？」

「どういうこと?」

すずみさんと美登里さん、ちょうど結婚式から帰って来る途中で研人を目撃したのですね。研人は気づかなかったようですけれど。

動揺しています。三輪さんのお宅の門の近くの塀に身を寄せるようにして、中を窺います。

「間違いなく研人くんだったよね」

すずみさんです。

「そう。そして女の人が玄関に出た」

「三輪先生なのよ。鈴花のピアノの先生」

「先生って、今からピアノの練習?」

「そんなはずないでしょ。研人くんはクラシックなんかやらないし、もう教室の時間なんかとっくに終わってるわよ。あ」

すずみさんが上を見上げます。

二階の窓に、人影です。きっとあのふわふわ頭のシルエットは研人じゃないでしょうか。そしてその隣には女の人らしき人影。

部屋が突然暗くなりました。

すずみさんと美登里さんが眼を剝きました。

「どういうことどういうこと」

小声ですずみさんが言ってじたばたするように身体を動かしていますね。

「落ち着こう、向こうへ行こう、とりあえず家へ帰ろう」

美登里さんがすずみさんの身体を抱えるようにして歩き出します。美登里さん、普段は丁寧な言葉遣いですが、親友のすずみさんと二人だと友人同士の喋り方になりますよね。

まだ十時過ぎ。人通りだって多くはありませんが、あります。

「ちょっとどう思う美登里。何か用事があったの？　研人くん」

「わからないけど、あなた鈴花ちゃんの母親でしょ。研人くんが鈴花ちゃんのことで先生に会いに行くとか」

「あるはずないでしょう。先生に用事があれば私か青ちゃんが行くわよ」

その通りですね。二人は後ろを振り返りながら、話しています。

「ちらっとしか見えなかったけれど、三輪先生？　美人で若かったわよ。研人くんは面識あるんでしょう？」

「あるわよ。何度もここまで送り迎えしてもらっているし。三輪先生は若いはず。いや若いっていうか、四十代？」

いくつかはわかりませんが美人さんであることは間違いないです。まだ三十代でも充分通用すると思いましたよ。

「えー、どうしよう。芽莉依ちゃんに訊いてみる？　研人くんを見たんだけどどこへ行ったのかって」

すずみさんが言って、美登里さん、考えます。

「何でもないことかもしれないよ。本当にただ用事があったのかも」

「でも間違いなく二階に上がって電気が消えたよ？　こんな夜に部屋で電気を消すそんな用事あ

る？　あ、ＬＩＮＥしてみる？　研人くんに」

「いや待ってすずみ。本当に落ち着こう。もう家に着くし。私、部屋にいれば研人くん帰ってきたらわかるから。すぐに帰ってきたら、あぁ何か私たちにはわからない用事があったんだな、行って帰ってきたんだな、で済むでしょ」

「帰ってこなかったら？　何時間も」

「それは」

どうなのでしょう。わたしは、やろうと思えばあの三輪さんのお宅の玄関から入っていくことはできますけれど、それはいけませんよね。たとえこの身でもそんなことをしてはいけません。

「とにかく、帰ろう。帰って誰にも言わないで待とう。研人くんが帰ってきたら、後からこっそり誰にも聞かれないところでちょっと確認してみればいいだけなんだから。誰かに話したり騒いだりしても何も良いことはないと思うよ」

その通りです。研人だってもう大人なのですから、いちいちその行動を詮索するのはよくありません。

わたしもいつまでもここにいてもどうしようもありませんから、帰りましょう。いつの間にかあの猫の声も聞こえなくなっています。


土曜の朝になりました。

昨夜は、ちょっとわたしも美登里さんのお部屋、つまり藤島さんのところにお邪魔していたのです。研人がいつ帰ってくるのか気になったものですから。

藤島さんもいましたけれど、美登里さんは研人を見たことを話してはいませんでしたね。二人で、たぶんいつもそうなのでしょうね、それぞれにそれぞれのことをしていましたよ。

結局、研人が帰ってきたのは、零時になる手前でした。二時間弱は三輪さんのところにお邪魔していたということでしょうか。ひょっとしたらすぐに出てきてまたどこかへ行ったのかもしれませんけれど。

美登里さんがＬＩＮＥですずみさんに連絡していました。はしたないですけれど、交わしているＬＩＮＥを覗き見しちゃいましたが、とにかく、明日にでも誰にも聞かれないところで研人に直接確認しようということになりましたね。

いよいよ今日から二日間の引っ越しです。

本当に、お店を休むのは年末年始を除いてごくわずかしかないものですから、お店の開店支度をしなくていい朝というのは新鮮ですよね。

それでもいつものように賑やかな朝を迎えます。

研人はまるでいつもと変わりありません。

すずみさんと美登里さんの二人だけが、何かもやもやしたものを抱えている顔でした。何せ、研人と二人きり、いえ美登里さんも入れたら三人で話せる時間や場所など、そうそうありません。

こういうとき、大家族は不便ですね。家の中はどこへ行ったって他の人がいますし、眼があります。すずみさんが研人の部屋を訪ねるとしても、今まで一度もそんなことをしたことないでしょうから誰かが変に思いますよね。

せいぜいが蔵の中ですか。でも、その三人で蔵の中で何をしているんだという話になりかねません。まだしばらくは無理じゃないですかね。

藍子とマードックさんが朝の食卓にいるのは何年ぶりでしょうか。これも随分と新鮮です。

昨日は帰ってきて、まだ引っ越し前なので〈藤島ハウス〉の空いた池沢さんの部屋だったところに布団を敷いて寝ようと話していたのですが、かんなちゃん鈴花ちゃんが自分たちの部屋で寝ようと言いましたよね。本当に久しぶりだからそうしたかったのでしょうね。向こうに行って、三年でしたか。

大人たちの、あるいは年寄りの三年はただもうあっという間に過ぎて、本人たちの姿も環境も何も変わりませんけれど、かんなちゃん鈴花ちゃんの三年はとんでもなく長いですよね。赤ちゃんが子供になってしまうような時が過ぎているのですから。

ですから、藍子とマードックさんが帰ってきたことが本当に嬉しかったのではないでしょうか。二人が寝るときに藍子とマードックさんも時差ボケを直すために一緒に寝に行きましたが、随分と長くお話ししていたそうですよ。

そして二人がイギリスに行っている間に、我が家の食卓に芽莉依ちゃんと美登里さんが増えて、藤島さんもほぼ毎日のように朝ご飯の席にいますから、少し座卓が狭くなりそうなものでしたが、その分、かんなちゃん鈴花ちゃんが勘一と我南人の横に座っていますからちょうどいい感じですね。

「時差ボケはない？」

「大丈夫よ」

「あー、ほんとうにこのかんじ、ひさしぶりで、なみだがでてきそうです」

「マードックさんの箸新しくなってるの気づいた？」

「え？　あ、ほんとうですね。どうしてですか？」

「何故かなくなっていたのよ。別に帰ってきたから新しくしたわけじゃなくて」

皆が少し笑います。どうしてなくなっていたのか全然誰もわからなかったのですよね。案外、洗い物をしたときに、どこか台所の隙間に落ちてしまったんでしょう。

たまにあることです。うちの台所はもう二十年ぐらい前に一度シンクとかを入れ替えたのですが、そのときも裏から割りばしやらスプーンやら細長いものがたくさん出てきましたよ。

「僕が買ってきました。帰国記念です」

「え、ふじしまさんがですか。ありがとうございます」

そうですよ。藤島さんが買ってきてくれたのは、何やらものすごく良さそうな箸でしたけど、誰かちゃんと支払いはしたんでしょうか。

「なんだか、ずっと画面越しに会っていたのに、かんなちゃん鈴花ちゃんがすごく大きくなっているように見える」

「そういうものかもよ」

「大きくなったよ！　身長はね、一三〇センチ」

「鈴花は、一二八センチ」

本当に大きくなりました。

それにしても、もうすっかり藍子とマードックさんがいない暮らしにも、そして食卓にも慣れていたのですが、やはり帰ってくると違いますね。

藍子は派手でもなく存在感が強いわけでもなく、どちらかといえばおっとりしていて、紺と同じように地味なタイプの女性なのですが、そこにいるだけで皆に安心感みたいなものを与えてくれる子です。堀田家の長女としての、芯の通ったものがそこにありますよね。

マードックさんは、いつも微笑んでいるかのようなお顔に、優しさや茶目っ気で場を明るくしてくれます。

二人が帰ってきたのですね。

朝ご飯も終わって一息ついた頃です。

「おはようございます」

新築の家のスタンバイをして、我が家の庭に裕太さんたちが顔を見せました。

裕太さんに妻の真央《まお》さん、夏樹さんに玲井奈ちゃんに小夜ちゃん、それに裕太さんと玲井奈ちゃんのお母さんの三保子《みほこ》さんです。

「おはよう」

「おはよう玲井奈ちゃん」

「今日は本当にすみません。ありがとうございます。よろしくお願いします」

「おう、まかせとけ。まずはでかいものからだよな」

「はい、そうです」

夏樹さんが陣頭指揮を取りますね。何せ建築設計事務所で働いていますから。こういう現場だってお手の物です。小夜ちゃんは、かんなちゃん鈴花ちゃんと三人で邪魔にならないように遊んでいてもらいましょう。

　完成した増谷家会沢家は、木造三階建てです。外壁の色は渋い墨色で、窓枠には木のような質感の焦茶色が使われていますから、すごくこの辺の景色に調和していますね。土地が狭いですから本当に縦長の直方体に見えます。二階と三階の正面にはベランダのように大きな窓が付いているのですが、しっかり囲ったベランダではありません。実はここにリフトと言うんですかね。荷物を運べる電動梯子《はしご》のようなものを置けるようになっていて、ここから大きな荷物を運び込めるようにしたそうです。

　家電製品は十年二十年持ちませんよね。いざ冷蔵庫だテレビだ、あるいは箪笥やソファを買い替えるときなど、階段を使っていくのは無理だからですね。

「なるほどなぁ」

　皆が感心しています。一階には共同の玄関はもちろん、トイレと大きなキッチンに、大きめのシステムバス。これは二人で入れますね。三保子さんの部屋である和室。三保子さんだけ別にしたのはプライバシーはもちろん、年齢もありますね。これから階段を上がるのは辛《つら》くなっていきますから。自転車などを置ける物置もあります。残念ながら駐車場を取るスペースはありませんでしたから、それは別ですね。

　壁に沿って作られた階段を上がると二階は増谷家で、三階が会沢家。一階から三階へ上がるときにもちゃんと目隠しされています。

　それぞれの家には、居間と小さなキッチンにシャワーブースにトイレもあります。そしてまるでロフト風に寝室と子供部屋も。全体がひとつに繋がったような造りでありながらプライバシーも保たれていて、本当に工夫がされていますよ。

まずは大きなもの、〈藤島ハウス〉に置いてあった布団や衣装ケース、テレビに本棚に、机。そういったものを、男手で運びます。

裕太さんに、夏樹さん、紺と青と研人、マードックさんと藤島さんもいますし、多少こころもとないですが我南人もいます。

丈夫な板にこれも丈夫なキャスターを付けた台車のような道具がありますよね。夏樹さんがちゃんと用意したものです。それを使って、何人かでひとつずつ、慎重に運んでいき、リフトで上に上げてそこから中に運び込みます。

家の中で重いものを運ぶときには、下に毛布のようなものを敷くのですよね。そこに置けば、毛布を引っ張るとものすごく楽に移動させることができるわけです。こういうのは、普段の暮しでも使える生活の知恵ですね。最近ではライフハックと言うのですね。

これがなかなか重労働ですし、せっかくの新築を傷つけないように、ひとつひとつしっかり確認しながら運ばないといけません。時間がかかりますよ。

その間の女性陣、真央さんに玲井奈ちゃん、お母さんの三保子さん、藍子に亜美さん、すずみさんに、花陽と芽莉依ちゃんに美登里さん。

我が家には古本を運ぶための手押し台車が二台ありますから、女性でも運べる荷物を台車に載せて、若い真央さんに玲井奈ちゃん、花陽に芽莉依ちゃんがぐるっと回って庭を通って運びます。

手に持てるものは裏玄関から縁側を通って庭から家へ。ちゃんと打ち合わせしていましたから、効率よく進みますよ。

三保子さんと藍子と亜美さん、すずみさんと美登里さんで空いた部屋の掃除をしていって一段落付いたところで、お昼ご飯も作ります。

こういうときにはおにぎりですよね。汗もかきますから塩むすびなども用意して、おみおつけにおこうこ、後はデザートに甘いもので糖分補給です。

頑張りました。

夕方には何とか片づいて、明日の〈藤島ハウス〉内での引っ越しの準備ができます。それぞれの荷物を詰めたり片づけたりして、運び込むだけにすることもできそうですね。

＊

そして日曜日です。

今日は〈藤島ハウス〉内の引っ越しです。

こちらは、昨日のように外へ中へと大騒ぎすることはありません。〈藤島ハウス〉の部屋の間を移動するだけですから、順番にやっていけば済みます。

「おはようございますー」

いつもよりは少し遅い朝ご飯が終わった頃に、和ちゃんと元春くん、それに麟太郎さんまで来てくれました。

「なんだ麟太郎。わざわざ来てくれたのか」

「今日、たまたま休みだったんです」

臨床検査技師の麟太郎さん、本当なら貴重な日曜日の休みで花陽とデートできたのに、この引っ越しがあったので、来てくれたんですねきっと。

和ちゃんはこの土日のカフェが休みだったのでアルバイトができませんでしたからね。今日の引っ越しを手伝ってもらうことで、バイト代として払うことになっているのです。元春くんも来たのは、きっとこれもデートのついでdoes でしょう。和ちゃんは土日は常にバイトを入れてますし、それは元春くんも同じです。付き合っているそうですけれど、全然デートする時間がありませんよね。

まず、いちばん荷物が多いマードックさんと藍子の部屋を空けるために、研人と芽莉依ちゃん、花陽が荷物を移動させます。

それぞれの移動先の部屋は昨日ですっかりきれいになっていますから、とにかく皆で荷物をどんどん運んでいきます。

アトリエに住んでいた研人の荷物はほとんどが楽器類ですから、こちらは詳しい研人と我南人に指示してもらって、紺と青、元春くんに麟太郎さんも加わって運びます。

花陽と芽莉依ちゃんの部屋から運ぶのはやはり女性の亜美さん、和ちゃん。美登里さんのところから藤島さんの部屋に運ぶのは、すずみさんを加えた三人で。

お店を休みにしたので、急ぐ必要はありません。

アトリエと、花陽と芽莉依ちゃんの部屋、つまり藍子とマードックさんの部屋が空いたのなら、今度は全員で家のあちこちに置いてあった二人の荷物を運んでいきます。蔵に家具とかも置いておきましたから、男性陣が台車などを使って運びます。

勘一を除けば優男ばかりに見える堀田家ですが、実は古本屋は体力勝負のところがあります。何せ本はまとまると重いですからね。こういう荷物運びはむしろ得意と言ってもいいでしょう。

どうやら陽が沈む前に一通り終わりました。細かいところはそれぞれゆっくり片づけてもらいましょう。

「じゃあみんなあれだ。晩飯は〈はる〉だからな。ちょいと早いが支度してくれよ」

「はーい」

晩ご飯の支度までは手が回りませんから、最初から〈はる〉さんに全員で行ってご飯を食べようと決めていましたよね。

「和ちゃんも元春くんも、もちろん麟太郎もな。一緒に行くぞ」

もちろんですよ。手伝ってくれたのですから当然です。

皆がさぁ出かけるぞとそれぞれに支度をして家を出始めたときに、家の電話が鳴りました。近頃では家の電話が鳴るのは珍しくなってしまいましたよね。ほとんどセールスとかそういうものなのですが。

近くにいたすずみさんが、はいはい、と小声で言いながら受話器を取ります。

「はい、堀田です」

一拍間があり、あぁ、とすずみさん頷きます。

「はい、いつもお世話になっています」

頭を下げながらすずみさん応えます。

電話してる最中って、テレビ電話やネットでもないのに、つい頭を下げたりしちゃいますよね。これはきっとどんなに世の中が進んでも変わらないのじゃないですかね。

「え？　和ちゃんですか？」

和ちゃんに電話ですか？　どこからでしょう。すずみさんが見渡しましたがいません。もう誰かと一緒に外に出ましたかね。まだ近くにいた勘一も、和ちゃんに電話かと呼びに行こうとします。

「え？　駆け落ち？」

駆け落ち？　って言いましたかすずみさん。

「駆け落ちだぁあ？」

勘一が繰り返しながら、顔を顰めます。

何ですか駆け落ちって。

和ちゃんが駆け落ちしたのですか。でも、和ちゃんはここにいますよね。

あ、誰かが声を掛けて和ちゃんが走って家の中に戻ってきましたけれど、それが聞こえましたか。

勘一もすずみさんもびっくりして和ちゃんを見ています。

「違います違います。駆け落ちしてません、逃げてません」

電話は、静岡で喫茶店を経営している和ちゃんのお父様からでした。確か、君野利郎《としろう》さんでしたね。お母様は琴子《ことこ》さんという可愛らしい名前でした。

駆け落ちなんてしていませんけれど、何がどうしてそんな話になったのか。びっくりするような電話でしたけれど、とにかくまずは晩ご飯です。

腹が減っては戦もできないと言いますが、確かにお腹《なか》が空《す》いていてはできる話もできませんし、何をしたって上手く行きっこありません。

我が家から歩いて数分で着く小料理居酒屋〈はる〉さん。

それほど大きな店ではありませんから、堀田家全員に藤島さんと美登里さん、和ちゃんに元春くん、そして麟太郎さんを加えると十八人。カウンターとテーブル二つを占拠してしまいます。一応予約は入れていましたし、まだ開店少し前でしたからね。

藍子の高校の後輩であり、いちばんの仲良しでもある真奈美さんが藍子が来るのを待っていましたよ。本当に久しぶりですものね。

まずは注文です。と言ってもこれだけ大人数がいっぺんに晩ご飯ですから、もうお任せで定食風にと頼んであります。天ぷらとお刺身、それに若者にはメンチカツ、ポテトサラダや一品料理などもいろいろ加わって、皆の座ったところにでき上がり次第、それぞれが運んでいきます。他のお客様もいませんし、慣れたものですよね。

和ちゃんと元春くん、駆け落ちとはどうしたことか、事情を訊こうとカウンターに勘一たちと並んで座りました。

でも、まずは食べましょう。美味しいものは美味しいうちに食べるのがいちばんです。

「で。和ちゃんよ」

勘一です。

「駆け落ちたぁ穏やかじゃないが、何がどうしてそんな誤解をされたんだよ」

和ちゃん、美味しそうなメンチカツに箸を入れながら、申し訳なさそうに頷きます。

「元春くんと、付き合っているんです」

うん、と、皆が頷きました。それは聞きましたよね。

「私の家は、そんなに裕福ではないんですよね」

和ちゃんが言います。

「元春くんの家も」

元春くんも頷きます。貧乏というわけではないでしょう。少なくとも二人はこうして東京の大学で勉強させてもらっているわけですから。

「大学へ行かせてもらって、仕送りもしてもらって、すごく感謝しているけれど申し訳ないという気持ちもあって」

「だから一生懸命バイトしてるよね」

花陽が言います。そうですよね。自分のお小遣いはもちろんでしょうけど、少しでも生活費を自分たちで賄おうとしていますよ。元春くんも、居酒屋でバイトをしていましたよね確か。

「付き合い出して、お互いの部屋に行ったりしていて、あぁ贅沢《ぜいたく》をしているなぁって考えてしまって。二人で一緒に住めば少なくとも仕送りの家賃分だけでも半分になるんじゃないかって」

「そういう話をしていて、一緒に住めればいいなと思って、親にも話してみたんです」

「二人で一緒に住むからって？」

そう、と、頷きます。正直は美徳ですけれど随分と素直に言ってしまったのですね。でもやはり本当に二人で住もうと決めたのなら、親に言わないわけにはいきませんよね。

「怒られたわけじゃないんですけど、反対はされて。でも絶対にその方が親が楽になるんだからって」

「まぁ売り言葉に買い言葉で、勝手にやるからとかぁ、好きにやるからぁなんて言葉になって、それで親が連絡したらたまたま二人とも電話に出られない状況になっていて誤解されたんだねぇ？」

我南人が言うと、そうなんです、と、二人して頷きます。

まぁ偶然の悪戯ですけれど、確かにそんな話をした後に連絡が取れなくなったら、駆け落ちでもしたかと思っても仕方ありませんけれども。

でもちょっと大げさに考えすぎでしたね、和ちゃんのご両親は。そもそもが心配性なんでしょう。

「しかしよ、同棲《どうせい》ってのは、いや別にやめろとかじゃなくてな。もし別れちまったときはかなり、その、恥ずかしいぜ？」

「経験があるみたいに言うねじいちゃん」

「ねぇよ。いやあるか」

「あるの!?」

「サチとはな、結婚前にうちに住んでいたんだから、まぁ言ってみりゃあ同棲みてぇなもんだよ」

同棲といえば、確かにそう言えるかもしれませんが、あのときとはまるで状況が違いますよ。

「俺はサチとそのまま結婚できたから良かったけどな。もしもしないで別れちまったらばつが悪かったなぁって思ったことが何度もあるぜ」

そんなことを考えたことあるんですか。初めて聞きましたよ。

「でもぉ、それは別の話だよぉ。別れる別れないなんて神様にだってわからないからねぇえ。ここで大事なのはぁ、二人が今好き合っていて、一緒に暮らしてもいいって思ってるのはぁ、親の負担を少しでも減らしたいっていう親孝行の方向だってことだよねぇえ。どっちもLOVEからなんだよぉ」

こういうときに我南人にしてはいいことを言いますね。その通りですよ。二人はただ惚れたはれたで一緒に暮らそうと思っているわけじゃありませんからね。

皆がご飯を口に運びながら、なるほどなぁ、と考えていますよね。

「親としては、子供はそんなこと考えないでいいから、しっかり勉強して卒業しろ、と言いたいところですが、恋愛に関してはね、それは自由だし人生においても大切なものですよ。そんなこと考えるな！　と言って二人の気持ちを台無しにしてしまうのも、つらいでしょうね。ねぇ、紺さん」

コウさんが、微笑みながら言います。

「なんか、僕がこの手の話の代表格みたいな感じかな」

「確かにな」

紺が研人と芽莉依ちゃんを見ます。二人が笑ってますね。そう言えば、研人と芽莉依ちゃんも一緒に暮らした上で、結婚したみたいなものですよね。なんだか我が家にはそういう人たちがゴロゴロいるのではないですか。我南人と秋実さんだってそうでしたね。

勘一が、天ぷらを口に運びながら、うーむと考えていますね。

「あのさ、じゃあさ」

研人です。

「〈藤島ハウス〉一部屋空けられるんだよね。オレと芽莉依が一緒に住んで一部屋にしたら」

うん、と皆が頷きます。同じことを考えていましたねきっと。

「そこに和ちゃんと元春さん一緒に住んだら？　いや大家は藤島さんだけど、全然かまわないよね？」

藤島さん、頷きます。

「かまわないですよ」

「それは」

和ちゃんが厳しい顔になります。

「あまりにもお世話になりすぎです。厚意に甘え過ぎになってしまいます。芽莉依ちゃんと研人くんには、ちゃんとした考えがあって別々に過ごしているのに。芽莉依ちゃんのお家賃だってちゃんと研人くんが払っているんでしょう？」

「まぁ」

そうですね。学費は親御さんですけれど、生活費は研人が払っています。

「自分たちできちんとしているじゃないですか。私たちのためにそれを崩すなんて、それは本当にありがたい話ですけど、違います」

元春くんも大きく頷いています。

「ねぇ、それならね」

真奈美さんが言いながら、コウさんと顔を見合わせました。コウさん、一度眼を大きくさせてから、頷きましたね。

「和ちゃんと元春くんさ。うちの二階に来ない？」

「二階？」

「うち？」

皆が同じ言葉を繰り返します。

「うちって、ほらそこの隣のね」

真奈美さんが隣を指差します。

「前に違う人が住んでいた家。二人は聞いたかどうかわかんないけど、買ったのよ隣を。お店を拡げるために」

「あ、聞きました」

和ちゃんです。誰かと話していたときに話題になりましたかね。

そうです。〈はる〉さんは、空き家になっていた二棟続きの角地の家を正式に買ってお店を拡げるのですよ。かつては新聞販売所だった一階のガランとしたところを改装中です。

「二階が普通の住居で今は使っていないの。人が住んでいないと荒れるのよね家って。将来的には二階も繋げるつもりだけど、それはまだまだ先の話」

「たぶん、うちの真幸が中学生にでもなれば、一人部屋を作るってことで繋げて改装することになるでしょうけど」

コウさんも続けます。

「そりゃあ確かにまだまだ先だな」

「七年後ですかね。それまで隣の一階は店になるのでいいとしても、二階をそのまま放っておくのはどうかなと思っていたんです」

「昭和も昭和のものすごく地味でものすごく古い部屋だけど、ガス水道電気は通ってるしお風呂もある。本当に住んでくれたら荒れなくて助かるから家賃なし。掃除をきちんとしてくれれば光熱費だけでオッケー」

「すげぇいい話。それいいじゃん」

研人です。

「え、でもいくら住んでくれたらいいってことだとしても、家賃なしなんていうのはそれは」

元春くん、少し首を横に振って言います。

「いや、本当に本当に古いのよ。田舎のおばあちゃんちなんか眼じゃないぐらい昭和の遺物みたいだから人に賃貸なんていうのも無理なのよ。そしてね、もうひとつ」

真奈美さん、ニコッと笑って勘一を見ます。

「家賃を取らないその代わりに、〈東京バンドワゴン〉から引き抜く形になっちゃうけど、和ちゃんも元春くんも今のバイト辞めて、うちでバイトしてくれない？」

「〈はる〉さんで？」

「ほら、池沢さんが向こうに行っちゃって、うちも手が足りなくなるのよね。その上ランチもやって店も拡げるとなるともうてんてこまいになっちゃうの」

勘一も、ポン、とカウンターを叩きます。

「確かにそうだった。そしてよ、〈はる〉ならうちよりバイト代はずっと高《たけ》ぇだろう」

「ずっとは大げさですけど少しは高いはずです。しかもうちは夜は十一時半まで、時には十二時を過ぎるからバイト時間も増える。そして、さらに元春くんには空いている時間に真幸のシッターもしてもらう」

「僕が」

「だって、教育学部よね。将来は子供たちに勉強を教えるんでしょう？　子供の相手は好きなのよね」

「好きです」

「もちろん、お店の方のバイトもやってもらう。どのみち、卒業するまででしょう。元春くんも和ちゃんもあと三年よ。そうしたらうちの真幸も小学生になっているからシッターもいらなくなるし」

パン、と真奈美さん笑顔で手を打ちます。

「どうこれ？　まるで大岡《おおおか》裁きみたいに、三方一両損じゃなくて三方一両得になる話じゃない？」

「いやうちはバイト取られて損だろうが、けどよ」

勘一が頷きながら笑顔で和ちゃんと元春くんを見ます。

「いい話じゃねぇか。うちは全然かまわねぇよ。どうだ？」

和ちゃんと元春くん、顔を見合わせて、お互いに頷き合います。

「本当に、いいんですか？」

「女に二言はないわ。むしろ、うちこそ大歓迎なの。住んでもらえて家も安全になるし、バイトもシッターも雇えて万万歳よ」

決まりじゃないでしょうかね。本当に収まるところに収まった感じですよ。

「親御さんにはよ、うちからも話しといてやるよ。なぁ我南人、おめぇからキリちゃんにも話通しておけよ」

「オッケーだねぇえ。任しといてぇ」

若い二人がいきなり一緒に暮らすというのは、確かに親御さんにしてみればとんでもない話かもしれませんが、でもきっと大丈夫ですよこの二人なら。

からから、と音がして入口の戸が開きます。のれんをくぐってお客様が入ってきました。我が家の人間でいっぱいですみませんけれど、まだ詰めれば席はあります。

「いらっしゃいませ」

「あらぁー」

ご婦人の声が上がります。女性の二人連れです。この方は、三輪先生じゃないですか。

「堀田さん、皆さんでいらしてたんですね」

「三輪先生！　こんばんは」

「あ、先生」

すずみさんも、そして研人も挨拶します。すずみさんは慌ててますけど、研人はまるで動じてませんよね。

そして、三輪先生と一緒にいらっしゃったのは若い女の子ですけれど、研人がひょいと手を上げて、その女の子も手を上げました。よっ、という感じですよね。知っている子でしょうか。

晩ご飯を食べに来たのでしょうか。そのままテーブルに着きました。真奈美さんもコウさんも知っているようですから、常連さんでしょう。三輪さんのお宅からも近いですからね。

「研人くん」

すずみさんが小声で言います。

「あの女の子は？」

「三輪先生の娘。三輪華《はな》。はな、は華麗の華の方ね」

娘さんですか。あんなに大きな娘さんがいらしたんですね。華さんというんですか。

「研人くん知ってるのね？」

「うちのキーボード。サポートメンバーになってもらったんだ」

「え？」

そうなのですか。キーボード。


「いや、びっくりしたのよ本当に」

〈はる〉さんでの晩ご飯を終えて帰ってきまして、皆がお風呂だなんだと居間に集まっているときに、すずみさんが先日の夜の出来事を話しました。研人が夜に三輪先生のお宅に入ったのを美登里さんと目撃したことです。

「もうどうしようかと思って。誰にも言えないし、美登里と二人でどうやって確かめたらいいんだろうってすっごく悩んで」

何言ってんだよって研人が笑いますよね。

「なんでオレが三輪先生と浮気しなきゃならないのすっげぇ年上と」

「でも、研人なんかは年上に好かれるタイプよね」

藍子も笑って言います。

「もしもそうなっていたら私寝込むわ。三輪先生って私と同じぐらいよね」

亜美さんです。息子が自分と同い年の女性と浮気したら、確かに寝込むかもしれません。

三輪先生の娘さん、華さんは大学で音楽科の学生さん、そして幼馴染みであり自宅のすぐ裏に住んでいる佐藤大河《さとうたいが》くんという子と、デュオを組んで活動しているそうです。

華さんがキーボードとボーカルで、大河くんがギター。デュオ名は〈はなととら〉だそうです。大河くんがタイガーなのでとらなのでしょうねきっと。

「三輪さんのお宅、あそこから学区が違うから小学校も中学も別なのよね」

「そうそう。高校の軽音のライブで知り合ったら、なんだすぐ近所じゃん! って」

研人たちとはとても気が合って、何よりも華さんと大河くんも〈TOKYO BANDWAGON〉が大好きで、一緒にやってくれないかと頼んだら二つ返事でオッケーだったそうです。

あの夜は大河くんも来ていて、研人はバンドの譜面とかそういうものを持っていっていろいろ話していたそうです。そして実は芽莉依ちゃんは大河くんと高校が同じで知っていたそうです。

部屋が真っ暗になったとすずみさんたちが見たのは、遮光カーテンだったそうですよ。

「まぁ研人がよ、芽莉依ちゃんの眼の前で浮気なんかするはずねぇだろ」

「わかんないよ、親父の孫なんだから」

紺が言います。

「それを言うならお前は我南人の息子だろうによ」

何を言い合っているんでしょうか。

「まぁこれから華も大河も顔見せるから、よろしくね」

研人に、ドラムの甘利くん、ベースの渡辺くん、それにキーボードの三輪華さんと、ギターの佐藤大河くん。これから五人で活動することも増えるのでしょうね。

＊

引っ越しの騒ぎが嘘のように静まり返った夜。

紺が一人、居間で仕事をしていましたが、ノートパソコンを片づけています。そろそろ寝るようですね。

あら？　かんなちゃんがパジャマで歩いて来ましたね。

「かんな、起きちゃったのか？」

「うん」

寝惚け眼《まなこ》のままで、ぱたぱたと走って仏間に来ましたよ。座布団に座って、手を合わせます。

紺も来ましたね。かんなちゃんを膝に乗せて、おりんを鳴らして手を合わせてくれます。

かんなちゃんがいるから自然に話せますね。わたしは仏壇ではなく二人の横に座りました。

かんなちゃんがこちらを見ているので、紺も微笑みながらくるっと身体を回します。

「ばあちゃん」

「はい、本当にお疲れ様だったね。かんなちゃんもね」

「もう一生引っ越しはしなくていいかな」

「かんなはするかな」

「いつかはね、すると思うよ」

「でも紺は一度もちゃんとした引っ越しをしてないじゃないか」

「そうなんだよねー。もうこの年なんでどうでもいいんだけど、一度も一人暮らしを経験していない中年男ってどうかと自分でも思う」

「それは人それぞれですよ。一人暮らしをしたからって立派になるわけじゃありません」

「和ちゃんと元春くんはさっさと二人暮らしになるようだけど、どうなるかなぁ」

「大丈夫ですよあの二人なら。しっかりしてますよ」

「だいじょうぶ！　遊びに行く」

「かんなが言うなら大丈夫か」

あら、かんなちゃん、にこっと笑ってそのまま寝ちゃいました。部屋に連れて行ってくださいな。まだ夜は肌寒いですから、布団をちゃんとかけてあげてくださいね。

生まれ落ちたときから一緒の家族というものではなく、まったくの他人と一緒に暮らすというのは、我南人ではありませんが愛がなければできることではありません。

それがたとえ、ただの男友達同士や、女友達同士であれ、一緒に暮らしたい、と思ったときには、必ずそこにはひとつの愛があるはずです。

一緒に暮らし始めてみて、相手に幻滅したり喧嘩ばかりになったり、疲れてしまったりして同居を解消するのもよくあることでしょう。

でも、その愛の中に、友情や信頼、あるいはもっと単純に気が合うという感情が、思いがしっかりと根付いていたらどうでしょうか。簡単に壊れてしまうような友情や信頼は、本物ではありません。気が合うという思いは、何よりも大きいものです。

本当の愛は生まれるものではなく作られるものです。そういうもので作られた愛、そこから生まれる一緒に居たいという気持ち。

それは本当に大きくて強いものだと思いますよ。あの二人にはそれを感じます。

夏 答えは風と本の中にある

一

おそらく日本中の人がそう思っているでしょう。

そして言いたくもないのでしょうけど、毎年毎年とんでもなく暑い日が続きます。

異常気象とか温暖化とかあれこれ言われていて不安にもなりますが、何せこの世に身体がないものですから言っても説得力がありません。生きているときの感覚で何となく暑いわねぇと思えているだけですから。

とはいえ、夏は暑いものです。夏が暑くないとそれこそ存在意義がなくなってしまいますよね。春夏秋冬、それぞれの季節の恵みがなければ農作物の実りにだっていろいろと支障が出てしまいますから。

どんなに暑くても、元気に夏休みを楽しめるのはおよそ子供たちですよね。

我が家で子供と言えるのは、今のところはもう、かんなちゃんと鈴花ちゃんだけになってしまったでしょうか。

大学四年生になった花陽、大学二年生になった芽莉依ちゃん、そして二十歳になった研人。三人とも外に出れば暑さにやられた顔をして帰ってきますし、花陽も芽莉依ちゃんも夏休みだからって浮かれている様子もありません。子供の時期はとっくに過ぎてしまったということでしょう。

かんなちゃん鈴花ちゃんは、春に小学校三年生に進級しました。

二人が通う小学校では三年生になるときにクラス替えがあります。二年ごとのクラス替えになりますから、今度は五年生になるときですよね。

二人とも、またしても同じクラスになりました。いとこだからと忖度《そんたく》してそうしてもらっているはずもないので本当に偶然でしょうけれど、良かったですよね。このまま卒業まで同じクラスだと何かと楽で助かりますよ。

そしてやはり同じ堀田姓で、しかも同じ家に住んでいるんですから、二人のことを姉妹だと、双子だと勘違いしている人もたくさんいるようです。

参観日に亜美さんとすずみさんが二人で行くと、どうしてお母さんが二人いるのかと思った人もいたようですよ。

花陽と研人もよく姉弟に間違えられて、面倒くさくて大して訂正もしないでいましたから、いまだに二人のことを姉弟と思っているクラスメイトもいるようです。この間花陽が中学のときのクラス会に行ってきたのですが、すっかりミュージシャンとして認知されている研人を、お前の弟凄いな！　と喜んでいた友達もいたとか。

先日、かんなちゃんと鈴花ちゃんを海水浴に連れて行きました。やはり夏は一度は行ってこなきゃなりませんよね。

葉山にあります藤島さんの前の会社の保養施設にお邪魔したり、亜美さんの実家である脇坂さんのご親戚がやっている旅館にお邪魔したり、あるいは、我南人のミュージシャン仲間である龍《たつ》哉《や》さんの家にいったりと、毎年いろいろ楽しませてもらっている海水浴ですが、今年は三浦の方に行ってきました。

かずみちゃんと池沢さんが入居している老人ホームの方です。そこからすぐ近くに海水浴場があり、ホームからバスも出ているのですよ。入居者の家族ならそのバスを利用できますし、部屋にも泊まることができます。ゲスト用の宿泊部屋まであるのですよね。

皆で行くことはさすがに無理ですから、かんなちゃんと鈴花ちゃんに、すずみさんと美登里さんで泊まってきてもらいました。海水浴の間だけは、後から車で二人の親である青と紺と亜美さんも行って子供たちと楽しんできましたよ。

研人は研人で、別行動でバンドメンバーと、自分たちの車で皆が海水浴しているところに寄ってきたんだとか。

そうです。イギリスに行ったときに、バンドでツアーするのに使えと貰ったワンボックスカーがありましたよね。〈TOKYO BANDWAGON〉とペイントされたお洒落で格好良い車です。

それが、いろいろ面倒な手続きを終えて日本にやってきたのです。

せっかく貰ったものを日本で使わない手はないと、キースさんはそうしろと言ってくれたのですよね。

その車に乗って、研人たちは日本中をツアーで回ると張り切っているのですよ。残念ながら我が家には駐車場がありませんので、我が家の車も置いてある駐車場をまた一台分借りました。もちろん、研人が自分で契約して、バンドの稼ぎの分から払っています。

我南人たちも若い頃は自分たちの車に楽器とともに全員乗り込んで、日本中を回っていた時期がありました。人気が出ると、車は使わなくなり電車や飛行機で移動するような形になっていきましたよね。その車はいまだにジローさんの家のガレージに置いてありますよ。

裏の増谷家会沢家の庭にある枇杷《びわ》が今年もたくさん実りました。

新築するときにもこの木を枯らしたりしないようにと、充分注意していましたものね。まだ田町さんの家で、研人が小さい頃には、枇杷の実を狙ってくるカラスを研人が物干し台の上に立って棒で追っ払っていましたよね。懐かしい毎年の光景も見なくなって何年経ちますか。

今は物干し台もありませんから、カラスにとっては枇杷の実を取り放題かもしれません。でも、いくらカラスが取っても取り切れないほどたくさん実っていますから大丈夫ですよ。

夏になると、毎年勘一が出かける朝顔市。子供たちにといつも全員分買っていたのですが、今年もかんなちゃん鈴花ちゃんと一緒に出かけていって、女性陣全員の分を買ってきました。

とても持ち切れないので、家にいる手の空いている人間を全員呼び出していましたよ。

かんなちゃん鈴花ちゃん、そして藍子に亜美さん、すずみさん。花陽に芽莉依ちゃんに美登里さん。そして裏の増谷家の真央さんに、会沢家の玲井奈ちゃんに小夜ちゃんにもです。

なんと合計で、十一人もの女性がいるのですよね。もちろん、裕太さんと玲井奈ちゃんの母である三保子さんもいるのですが、三保子さんの分はさすがに買ってきませんでしたね。三保子さんも勘一に買ってきたと言われたら、嬉しいかもしれないですけど困りますよね。お返しをどうしようとか。

朝顔はずらりと並べて、軒先に支柱と紐《ひも》できちんと餉わせて育てると、夏の間の緑のカーテンができあがります。

日光をさり気なく遮り、涼しげでいいものなのですよ。聞けば、日本朝顔と呼ばれる種類より、西洋朝顔とされるものの方が、きれいに伸びていって美しく葉っぱのカーテンのようになるそうです。

古い日本家屋ですが、良いところは窓や戸を開ければ家全体に風が回っていき、涼しさを感じられるところです。網戸も家中に付いていますから、虫が入ってくる心配はありません。

何せクーラー嫌いの勘一がいますので、我が家ではこの暑い夏には打ち水をしたり、葦簀《よしず》を立てたり、もちろん扇風機も使いました。その昔は盥《たらい》に氷柱を立てたりもしたものですよ。もちろん古本が水を被ったりしないように注意して。夏を涼しく乗り切る昔ながらの工夫はいろいろあるものです。わたしが若い頃にはまだ寝るときには蚊帳を吊《つ》ってもいましたからね。

それでも、カフェを造《そ》った頃から、お客様に暑い思いはさせられないとエアコンを導入し、花陽の受験前には体力を削いではなんだと、それぞれの部屋にも付けるようにしましたよね。

今ではほとんどの部屋にエアコンが付いています。〈藤島ハウス〉はそもそも最初から完備されています。それでも冷え過ぎるのは身体にもよくないですし、自然の風の気持ちよさに代えられるものはありません。

庭に面した縁側のガラス戸は全部開けて、古本屋まで自然の風が通るようにしています。

そんな八月も半ば過ぎの土曜日。

暑さにもめげずに、堀田家の朝は賑やかです。

誰の手もそして目覚ましの力も借りずに自分たちで起きてしまうかんなちゃん鈴花ちゃん。一体どんな体内時計があるのだろうと本当に不思議になりますが、夜に寝苦しくても朝は二人でスパッ！　と起き出します。

そして、二人で〈藤島ハウス〉で寝ている研人を起こしに行くのですが、近頃はそれが変わりました。

今日、起こしに行くのは、かんなちゃんだけです。

いつものように階段を猫と一緒に駆け下りて、時には犬と一緒に縁側を走って〈藤島ハウス〉に向かいます。

では、鈴花ちゃんはどうするかというと、まっすぐ台所に向かうのです。

そうなんです。夏になる少し前から、突然のように朝ご飯の支度を手伝うと二人で言い出したのですよ。

もう三年生ですから、お料理の仕方を習っても何の問題もありませんが、皆があらあらと驚きましたよね。

いいけど、どうしたのと母親である亜美さんすずみさんが訊くと、美味しいものを食べたいから、という答えが返ってきました。自分たちの作るものが美味しくないと感じたのかしら、と一瞬不安に思いましたよね。ひょっとしたらこの子たちの味覚はとんでもなく鋭いのかしら、とも。

でも要するに、いつも食べている美味しいものを、自分でも作りたくなったからお料理を覚えたい、ということみたいです。

それで、二人ともが台所に入るのではなく、研人を起こしに行くのと交代制になったようなんです。

一人が研人を起こしに行くと、一人は台所へ。それは必ずしも一日交代ではなく、その辺は適当なようで、今のところは七割三割ぐらいで、鈴花ちゃんが料理の手伝いをする日の方が多いですよね。

この二人、物心ついた頃からそうですけれど、以心伝心と言いますか、本当に何もかも通じ合うみたいですよね。

わたしが見えて普通に会話もできるかんなちゃんの話を、鈴花ちゃんは心底信じきって、わたしがここにいることを疑っていません。本人はまるで見えないし感じないと言っているのですが、わたしにしてみると、まるで鈴花ちゃんもわたしがいることがわかっているようにも思えますよ。

藍子に亜美さん、すずみさんが台所にやって来る頃には、もう鈴花ちゃんもときにはかんなちゃんも、エプロンをして台所で待ちかまえている毎日です。近頃は、朝に出す昨日の残り物なども把握していて、冷蔵庫から出して待機していますからね。

まだ本当に料理作りは任せられませんが、野菜を切ったり、卵を割ったり、フライパンから目玉焼きを皿に移したり。少しずつ上手にいろんなことができるようになっています。

この分では高学年になる頃には、お母さんたちがのんびりしながら朝ご飯を食べられるのではないですかね。

今日の朝ご飯は、白いご飯に葱《ねぎ》と油揚げのおみおつけ、オーブンで焼いたカボチャと玉葱のチーズグラタン。これはもう朝の定番メニューですね。昨日の夜の残り物の鶏肉《とりにく》とお茄子の甘辛炒《いた》め、夏野菜の冷製スープにハムエッグに刻みキャベツ、焼海苔に胡麻豆腐に、おこうこは大根のビール漬け。

鈴花ちゃんが台所で手伝っている間に、かんなちゃんはいつものように、皆の箸置きを選んで置いていきます。そして最近は箸も自分で置いて回るようになりました。やはり片方が働いている間はもう片方も動く、ということなんでしょうかね。

朝もまだ早いというのに、開け放った縁側から気持ちの良い風が流れてくると同時に、蟬時雨《せみしぐれ》が聞こえてきています。

皆が揃ったところで、「いただきます」です。

「今日も暑そうだな」

「マヨネーズ取ってください」

「ほんとうに、まいにちおもいます。にほんのこめ、おいしいですよ」

「今日シーツ洗っちゃうから〈藤島ハウス〉組は持ってきてね」

「たくさん食べていいからねマードックさん」

「おう、あれあったろう。ハッサク。辛いの」

「あ、私やりますよ。ついでに枕カバーも洗いますね」

「今日、ちょっと横浜まで行ってくるからねぇえ、帰りは遅いからぁ」

「向こうで何食べてたのマードックさん。日本の米ぐらい売ってるんじゃない?」

「八朔《はっさく》？」

「今日プールできる日だった！　じゅんびしとかなきゃ」

「辛い？」

「藍子さん、私今日はいつでもカフェ入れるので、声かけてください」

「いや、やっぱり、ちがいます」

「なにそれ」

「え、かんな今日水泳？　そうだった？」

「ふじしまんも今日いるの？」

「おじいちゃん、ひょっとしてハリッサですか」

「うん、助かるー。買い物行くとき頼もうかな」

「バスタオル新しいのに替えるけど、他に誰か」

「そうだそうだハリッサな」

「いや、僕は今日は夜までいないよ鈴花ちゃん。明日はいます」

「そうだよ。プールの日」

「はい、旦那さんハリッサです」

「あ、俺替えてほしいな。ゴワゴワしてる」

「鈴花も行くから」

「オレも」

「旦那さん！　ハリッサをご飯にかけるんですか！」

「いや旨いって」

白いご飯ですから確かに何をかけても合うのでしょうけれども、ハリッサをかける人は初めて見ました。いえ、そもそもわたしはハリッサという調味料は食べたことありません。うちで使い始めたのも最近ですよね。なので味はわからないのですが、唐辛子を使ったものなので見た目からして辛いのはよくわかります。

「ほんとうに、かんいちさんのそのみかくは、こわいぐらいですよね」

マードックさんです。

「怖いって言えばね」

「やめて！　藍子さんその話。昨日のでしょ！」

亜美さんが藍子に手を伸ばして止めましたね。何ですか。

「どうしたのぉお。なんかあったのぉ」

「あの話ね」

紺が苦笑いします。聞いていたのですか。なんだどうしたと皆が藍子と亜美さんに注目していますね。

「美登里さんは知ってるわよね。一昨日《おととい》、最後まで残っていた女性のお客様」

「あ、あの人ですか」

何でもこの三日間、毎晩その女性の方がやってきたそうです。胸まであるような長い黒髪に、身体の線は細く、大人しそうと言えばそうなのですが。

「生気が感じられないというか、そういう女性なのね。必ず窓際の席に座って、コーヒーをくださいと蚊の鳴くような声で囁《ささや》くの。そしてね」

藍子は少し顔を顰めます。

「微動だにしないで、ずっと外を見ているの。本当に、何時間もずっと。正確には閉店するまでだから大体三時間ぐらい」

「外をか」

「外なんですよ。スマホをいじることもしないで本当に微動だにしないでずっと外を見てるんです。うちの窓の外なんか道路と畳屋さんとアパートしかありませんよ。それをずっと見ているんです」

「三日間？」

「三日間よ。まったく同じ」

「刑事さんの張り込みとか」

「あんな薄幸そうな美人女性刑事がいたら犯人もよろめくわ」

亜美さんが言います。わたしは気づきませんでしたね。そういえばここ数日閉店時のカフェの様子は見ていませんでしたから。

「不思議だったのよねその様子が。でも、別に悪いことをしているわけでもないし、何か理由があるんだろうなと思っていたんだけど、昨日ね」

ね、と藍子が亜美さんを見ると、亜美さん身震いしましたね。

「消えたの」

「消えた？」

藍子と亜美さん、二人で頷きます。

「私はカウンターの中にいて、亜美ちゃんはホールにいたのね。二人で話していて私がポットの蓋を落としてそれを拾って顔を上げたらもういなかったの」

「私も、拾っている藍子さん見てて気づいたらいないの。びっくりしてテーブルまで行ったら千円札が置かれていて、そして、その千円、びしょ濡れだったの」

「びしょ濡れ？」

花陽が嫌そうな顔をしますね。

「それ、怪談噺《かいだんばなし》でしょう。タクシーに乗せた客が消えてシートがびしょ濡れだったってー」

「だからよ花陽ちゃん。昨日の夜二人して震えたのよ！　誰か呼ぼうと思ったら居間には誰もいなくて」

たまたま皆がお風呂に入ってたりもう部屋に戻ってたりしたのでしょうね。

「でも、ふしぎなはなしですね。いっしゅんで、きえたってことですね。そのぬれたおさつも」

「コップが倒れていたとかじゃないの？」

研人です。

「倒れていなかった。ちょうどお札が置かれたところだけ、濡れていたのよ」

「確かに怪談噺だが、そのお札が木の葉に変わったってこともねぇんだろ？」

「ないわ。ちゃんとした千円札。でも、お釣りを渡していないのよ」

なかなかに不思議な話ですが、でも、幽霊の類いはお足を持っていませんよね。ですから、何か事情があったんだと思いますよ。

「単純な話で、その女性は急いで出て行く必要ができた。藍子がポットの蓋を落として二人とも眼を離した。その瞬間に女性は店を出ていった。お札があったのは、予《あらかじ》めすぐに出られるように置いておいた、ってことじゃないかな？」

紺です。さすが知性と理性の男ですね。

「まぁ、また来るんじゃないか？　毎日来ていたんだろ？」

「そうね」

そのときに訊いてみれば済むことですよ。

お釣りもお渡ししませんとね。


朝ご飯が終わるとそれぞれに朝の支度です。

春に藍子が帰ってきたので、支度のローテーションがまた変わりました。

カフェの支度をするのは藍子と亜美さんです。二人は長年のコンビネーションがありますから、忙しいモーニングの時間帯でもほとんど二人でこなせますね。

夏になってまた営業時間は夜の十時から十時半ぐらいまでに延びています。和ちゃんがバイトを抜けてしまいましたけれど、すずみさんも青も玲井奈ちゃんもいます。美登里さんも、自分の仕事のスケジュールを見ながら、入りたいときには入ってもらっています。ちゃんとアルバイト代は払っていますよ。

かんなちゃん鈴花ちゃんは夏休みの間もずっと朝はお店を手伝っています。もう注文の品を運べますからね。危なっかしいところもほとんどありません。この分では高学年になる頃にはカウンターの中でドリンクも作ると言い出しそうです。

そしてすずみさんと青が、朝の家事などをこなしていきます。古本屋はもちろん勘一ですが、フォローは紺がしています。

我南人と研人はいつも通り、誰かいないとなればそっちの仕事をちゃんとこなしてくれますし、それ以外は自分たちの本業であるミュージシャンとしての活動があります。もっとも朝はほとんどのんびりしていますけれど。かんなちゃん鈴花ちゃんがまだ小さい頃は、我南人がおじいちゃんとして遊び相手をしていましたけれど、最近は二人も全然手がかからなくなっていますからね。

勘一が、古本屋の雨戸を開けて、紺と一緒にワゴンを外に出します。そして勘一がおもむろにどっかと帳場に座ります。

「はい、おじいちゃんお茶です」

「おう、ありがとよ」

今日は藍子がお茶を持ってきました。いつものことですが、この暑いのにもかかわらず、湯呑《ゆの》みをまともに手で持てないぐらいの熱いお茶ですよ。ただ一応カフェからのエアコンの冷気は来ていますからね。

祐円さんの声がカフェから聞こえてきました。

今日は向こうから入ってきたのですね。毎朝やってくる祐円さんですが、カフェから来るのか古本屋から来るのか、まったく何もパターンはありません。ひょっとしたら本人も何も考えていないのかもしれません。

「藍ちゃん、アイスコーヒーちょうだいな。氷なしで牛乳入れて」

今日はアイスコーヒーにするのですね。

「ほい、おはようさん」

「おう、おはよう」

祐円さん、今日の出で立ちはものすごく大きなそしてリアルな猫の顔がついたTシャツに、黄色と黒の縞々《しましま》のハーフパンツに下駄《げた》ですね。お孫さん、そんなTシャツとパンツをコーディネートしていたんですか。

「なんだよそりゃ、猫か虎かどっちかにしろよ」

「虎？　あぁタイガースな」

黄色と黒の縞模様はどう見ても阪神タイガースですよね。そして祐円さん、野球はヤクルトファンではなかったですか。

「何でもいいんだよ似合ってたら」

「まぁいろんな意味で似合ってはいるな」

そうですね。何を着ても祐円さん、ある意味で着こなしていますよね。

「はい、祐円さん。牛乳入りアイスコーヒー」

「おう紺。ありがとさん」

紺が持ってきたのですね。

「そういやよ勘一、ニュースになってたか」

「火事か。ありゃあ大変だったよな」

昨晩の火事ですよね。

夜の九時過ぎでしたか、ここから離れてはいますが駅向こうのビルが燃えていたのです。消防車のサイレンが本当にたくさん鳴り響き、夏樹さんや研人がどこだどこだと走って見にいってましたよね。

その昔、火事と喧嘩は江戸の華などと言っていたようですけれど、勘一も若い頃はやれ近所で喧嘩だ火事だとなればすっ飛んでいってましたよ。火事はともかくも、わたしたちが結婚した頃は、往来での喧嘩沙汰とかはしょっちゅうではないですが、よくありましたよね。

「まだ詳しいニュースにはなっていないけど、不審火らしいね」

「いやそれも大変だったけどさ、違うよお寺だよ。また昨日泥棒入ったの聞いたか」

「泥棒？」

「お寺の？ ネットニュースには出てたね」

紺です。お寺の泥棒ですか。

「賽銭《さいせん》泥棒か。こないだもあったよな」

ありましたね。大通りの向こう側にはなりますが、お寺がやたらと集まっています。そこのお寺のひとつで、お賽銭箱が荒らされていたんですよね。

「昨日はよ、庫裡《くり》とか物置とか荒らされたんだってよ」

「本当にか、どこの寺かはまぁ名前を聞いてもわからんけどよ」

「劫泉寺《こうせんじ》だってよ。わかるか」

「わからんな」

たくさんありますからね。さすがに全部は覚えていませんし、きっと覚える気もありませんよね。

「仏像とか、そういうものは高く売れる場合があるからね。お寺や神社専門の窃盗団とかもあるみたいだし」

紺が言います。

「お寺荒らし、この辺のお寺で三回目なんだよね」

「そうだったな」

「三回とも二日置きなんだよ。何か意味あるのかな」

細かいところに気づく紺らしいですね。

「その辺は警察もわかってるだろうよ。罰当たりな連中がいるってこったなまったく。あれだ、それこそニュースでやってたけどよ。空《あ》き寺《でら》ってのが増えてるってなぁ」

「そうなんだよ。神社もな。そういうせいもあるんだ」

「この辺の町中のものはともかくもね、地方の山の中にあるお寺とか神社は荒らされたりいろんな残ったものが盗まれたり、果てはそのものを売られたりね。いろいろあるみたいだよ」

紺が言って祐円さん頷きます。

「まぁ寺も神社も客商売と同じだからな。収入がなかったりやる人間がいなくなったら、潰れたりするからな」

そういうものですよね。祐円さんのところの神社にしても、お札を売ったり祈禱《きとう》をしたりして、いわゆる収入がなければ成り立っていきません。神様はお給料を払ったりしてくれませんからね。

「おめぇんとこの神社はどうなんだよ」

「うちはまぁなんとか大丈夫だ。ここと同じで細々とした収入だけどな」

「うるせぇよ。目糞《めくそ》鼻糞を笑うな」

祐円さん、笑います。確かに古本屋の収入は細々です。

「それでよ、勘さん」

「なんだ」

「このクソ暑いのになんだがな、頼みがあるんだよ」

勘一が顔を顰めます。

「何となく読めたぜ」

「そうだろ？　いや前からやろうとは思ってたんだよ。泥棒除《よ》けっていうかな。社務所の物置やらをこの際だからいろいろ整理したいんだけどどうだ。手伝ってくれないかな。店に出してもいいもんがあったら持って来て売っていいからさ」

「そんなこったろうと思ったぜ」

転ばぬ先の杖というか、泥棒さんが寄りつかないように、大事なものがあるのならきちんとしたところへ運び、どうでもいいものは捨ててしまうかどうかしたいのですね。

祐円さんの神社は、本当に歴史ある神社ですよね。はっきりとした創祀《そうし》はわかっていないのですが、江戸時代の書物にその名が出ているものがありました。そして、鎌倉時代の頃にはここにあった村の産土神《うぶすながみ》が祀られたという伝承が残っていますので、おそらくはその頃からではないかと。

小さな神社ですから、社務所も住居も同じ敷地にあります。そして小さいとはいえ、普通の家の感覚でいえば相当に広いです。家の中のあちこちには本当にたくさんの、いわゆる〈時代を経た物〉があるんですよ。

以前にも、売ってしまっていいような古書の類いなどを探して整理して、貰ってきたこともありました。

「おめぇんところは本当に整理してねぇからな。神主の質が知れるってもんだぞ。泥棒に入られたって何がなくなったかわかんねぇだろ。死んだ親父さんは泣いてるぞきっと」

「まぁそう言わずに。うちんところも家にはエアコン付いてるから、暑いのは外の物置ぐらいだ」

勘一が紺を見ます。

「空いてるか？」

「大丈夫だよ」

すずみさんが、入ってきましたね。

「私、いますよ。旦那さんも行っていろいろ見たいでしょう」

「まぁそりゃあな」

貴重な古書だってまだまだ残っているかもしれませんからね。古書だけではなく、古地図ですとか、絵図。そういうものも残されているはずです。基本的に古本屋は古物商ですから、古本以外のものだって売ろうと思えば売れるんですよ。

「荷物になるかもしれないから、青も呼ぼう」

からん、と、土鈴の音が響きます。お客様ですか。あら、噂をすればじゃないですけれども、古物商の仲間である〈成古堂〉さんじゃありませんか。

「おはようございます。堀田さん」

「おう成古堂の。なんだ久しぶりだな」

ご無沙汰していますね。三丁目にある〈成古堂〉の店主伊藤《いとう》さんです。古物商でも骨董品店。古本は扱っていませんが、美術工芸品などに強いところですよね。

「ご無沙汰です」

「どうした朝っぱらから」

「いやちょっと千葉に出張買い取りに行く途中だったんですけど、実はこいつがうちに持ち込まれましてね」

大きな紙袋の中には、木箱が入っていますね。それをそっと取り出します。勘一、ほう、と頷きます。

「こいつぁ、本を収めていたもんだな」

「そうなんですよね。間違いなく本箱なんですが、中身はこれこの通り空っぽです」

落とし蓋式の蓋を上に上げると、確かに空です。

「ご覧の通り、とにかく古くて状態悪くてうちでは売り物にはできないんですよね。こちらで修理すれば蔵の中で本を整理するのにも、あるいは経箱にでも使えるんじゃないかと思って持ってきたんですよ」

「そうかい。そいつはありがたいな」

すずみさんと紺が、箱をじっくり見ていますね。

「これなら、何とか修理できるかな。箱なしの和綴じ本を収めるのには充分使えるよ。貰っておこうよ」

「そうだな。よし引き取っておくぜ。いくらで取った？」

「いや、これはいいですよ。まとめて引き取ったんで貰ってください」

「そうかい」

こういう店同士の取り引きはたまにあります。

成古堂さんが美術品と一緒に引き取った古書をうちに持ち込んできたり、その反対にうちが引き取った美術品関係のものを、成古堂さんにお渡しすることも。お互い同じ商売ですからね。餅は餅屋と言いますか、それぞれの得意分野を尊重し合います。

すずみさんが、ちょっと首を傾げましたね。

「どうしたすずみちゃん」

「この箱、成古堂さんいつ手に入れましたか？」

「いや、つい二日前だよ」

「どんな人でしたか？　差し支えなければ」

伊藤さん、うん、と頷きます。

「若者だったよ。男。見たことはなかったね。まぁ名前とかは一応個人情報なんであれだけど、ごく普通の学生風の男性。この箱の中にまったく関係ない銘々皿とか漆器とか入っていてね。まぁそっちも大したものじゃなかったんだけどまとめて三千円で一緒に引き取ったんだ。なんかあった？」

そういえば、思い出しました。春先でしたかね。

「旦那さんが三浦に行っているときに、これと同じぐらい古い箱を持ってきた若者がいたんですよ」

「ほう」

「買い取りの見積もりだけして帰ったんですけど、そのときの箱と古さ具合がよく似ていますね。たぶん年代も同じぐらいです。その箱には中に和綴じ本があって、文化五年のものでした」

「そりゃ古いな」

勘一、もう一度よく箱を見ていますね。成古堂さんもですよ。

「こいつも、それぐらいの年代物でもおかしくないですね」

「だな。ひょっとしたら同じ男だったのかもな」

それは充分考えられます。

「うちと成古堂を回ったのなら、案外この辺りに住んでいる人じゃないの」

「そうかもしれませんね」

ふむぅ、と、勘一何かを考えています。

「若者って、何歳ぐらいだったんだすずみちゃん。いや成古堂は言わなくていいぞ。個人情報だからな」

そうです。何かあったわけではないですからね。すずみさん、ちょっと考えました。

「二十代半ばから後半。ひょっとしたら落ち着いた地味な佇《たたず》まいでしたから、老けて見える二十代前半かもしれません」

成古堂さんも小さく頷きました。大体当たっているんでしょうね。

「学生さんがよ、こんな古いもん持ってるってのは、悪いこっちゃねぇが相当に珍しいよな」

「珍しいです。だから一応盗難リストもチェックしましたし、訊いてみたんですよ。どちらで手に入れましたかって」

「何て言ってた」

「知り合いのお寺でって」

言ってましたね。

「寺かぁ。寺にあったってんなら、まぁ納得だがな」

「まさか、勘さん」

祐円さんです。成古堂さんも、顔を顰めました。

「お寺の泥棒のニュースですよね。実は私もちらっと頭をかすめましたが、リストにもない、問題はない品だったんで」

「だよな。盗まれたばっかりだったらリストには出ねぇだろうし。そもそもこんな二束三文の品ぁ、盗難届も出さねぇかもな」

それはそうですね。

「たまたま時期が一致したという偶然っていうのもありますから。特に今のところ問題ないんですから変な気を回すのもなんなので」

「そうだな。盗んだものを昨日今日で近所の店に持ち込む馬鹿もいねぇだろうし、これが金になるって思う泥棒もいねぇだろう」

勘一も成古堂さんも頷きます。

「一応、念のためにだけど、とりあえず修理しないでこのまま蔵に置いておこうよ。しばらくの間は」

紺が言って、そうだなと勘一も頷きます。

用心するのに越したことはありません。でも、何もないのに人を疑うというのもあまりよろしくはありませんからね。茅野さんの後輩の警察の方なら別ですけれど。

＊

午前中の方が暑くならなくていいだろうと、古本屋はすずみさんに任せて、そのまま勘一と紺と青が、祐円さんと一緒に〈谷日神社〉にやってきました。

それほど大きくはない神社なのですが、大きな木があり、緑深く、いつ来ても神社にはどこか凜《りん》とした空気が漂っていますよね。うちは熱心な氏子でも檀家でもありませんが、信じる心は持っています。

こういう場所には、何かそういう気が漂っているものだと思います。それが、空気が違うと感じさせるのでしょうね。

荷物を整理しに来ただけ、とはいえ、きちんと参拝します。御手洗《みたらし》で手を洗い、お賽銭を賽銭箱に入れ、鈴を鳴らし、二礼二拍手一礼。毎年お正月には必ず来ますから、かんなちゃん鈴花ちゃんももう覚えましたよね。

さて、まずは物置です。裏手にあります、四畳半もないような大きさの物置ですが、とは言っても木造のきちんとしたまるで社殿を模したかのような造りです。しっかりと大きな鍵も掛けられてはいますが、泥棒さんにとっては、こんな鍵は木造の扉ごと壊せばいいだけですからね。

「久しぶりだなーここ入るの」

「相変わらず汚《きたね》ぇな。掃除をしろよ掃除を」

「してるんだよ。でもこの通り隙間だらけの造りだぞ。風が吹きゃあ埃が舞い込むんだよ」

そうですよね。床も床板一枚で床下も空いていますから、埃は入り放題ですね。基本的には外の物置なので、使われなくなった箒《ほうき》とか何に使うかわからない竹竿《たけざお》ですとか、そういうものも運び込まれていますね。

奥には昔懐かしい和箪笥ですとか、使われなくなった杵《きね》と臼なんかもありますよ。そういえばお祭りのときにここで餅つきをすることもありましたよね。

「あー、いいね。それこそほら、こんな木箱もあるんじゃん」

青がいちばん後ろの棚に積み重なっていたものをさっそく見つけます。和綴じ本を入れるような木箱ですね。たくさんありますよ。

「中身もあるよ。古いねー。あぁダメだこれ。ばらけちゃう」

「商売人の自伝かな」

「たぶんそうだと思うぞ。そういうもんを寄贈されるんだよな。それ持ってっていいよもう。先々代ぐらいのものだからさ。いろいろ使えるだろう古本屋なら」

「置いといたって腐っていくだけだからな」

「そうなんだよ。かといって燃やすのもなんだしさぁ」

お祓《はら》いじゃないんですからね。何でもかんでも燃やせばいいというものでもないですし、捨てるのも忍びないですよね。

もうぼろぼろになってしまうような和綴じ本でも、修繕をすれば何かに使える場合もあります。貰っておきましょう。

「祐円さん、この細長い木箱って、ひょっとして刀や槍《やり》でも入っていた？」

床に置いてありますね。

「そういうものだったと思うぞ。中身はないからそれも使えるなら持ってっていいよ。親父の時代だったかな。うちは刀がけっこうあったんだよ。しかも誰のものかわかんないのがたくさん無造作にさ」

「あったって言ってたな、そういえば顕円《けんえん》さん。あれはどうしたって言ってたか」

「昭和の初め頃だからさ。そりゃもう寄贈したり処分したりしたよ。あ！」

いきなり祐円さん大声を出します。

「なんだよ驚かすなお互い心臓止まるぞ」

「いや忘れてた忘れてた。そうよ、刀よ。昨日の夜な」

「刀？」

「ちょい家に行こう家に」

社務所の奥。祐円さんたちが暮らす家です。ごく普通のクラシカルな和風の造りですよ。家中がほとんど和室で襖《ふすま》で仕切られています。欄間なども来る度に思いますが見事な造りなのですよね。

奥の座敷まで来ました。たぶん普段は使わない客間とかでしょう。立派な床の間がありますよ。

祐円さんが違い棚の前に座り込んで地袋を開けます。立派な鍵が掛かっていますね。その鍵を開

けて、細長い黒塗りの木箱を取り出します。

「これがその刀？」

「そうなんだよ」

「マジですか。刀持ってたんだ祐円さん」

「そりゃあ神社だからな。刀ぐらいあるさ。ちゃんと許可とってあるやつが神殿にはな。でもこ

いつはね。許可は取ってあるけどちょいと違うんだ」

青が細長い箱を開けます。紫色の布に包まれて、確かに刀が入っています。

「こりゃあ」

勘一が言います。

「あんまり手入れされてねぇな」

「ひょっとして、本当に使われていたもの？」

そんな感じですよね。よく展示されているような刀は柄も鞘《さや》も下げ緒などもきちんときれいに

されていますよね。これは、汚れてこそいませんが、ついさっきまで使っていたような鈍さがあ

ります。

「俺なんかすっかり忘れていたんだけどな。昨日それこそ泥棒のニュースを聞いてさ。康円が気

になってここを開けたんだよ。あぁあったあったってな。でな？　何十年ぶりかで開けてみたんだよ。そしたらな」

祐円さん、そっと刀を持ち上げます。そこに何か書き付けのような和紙がありますね。

「触るなよ。崩れそうなぐらいに脆《もろ》いんだ」

「どら」

勘一が座り込んで覗き込みます。

「和紙を切ったものか。確かに脆そうだな。こりゃあ迂闊《うかつ》に触れねぇな」

「何せこうやって持ち上げたのも俺は初めてだったからな。こんな書き付けみたいなものがあるとはまったく知らんかったのよ」

紺も青も、同じように覗き込んで頷きます。

「保存したかったら、ガラス板でも持ってきて挟み込んでって感じかな。あ、じいちゃん。その文字」

「文字？」

何かが書いてあるのが読めます。

「堀田、州次郎《しゅうじろう》、か？」

大昔に筆で書かれた達筆なので、かなり読み難《にく》いですけれど、確かにそのようにも読めます。

「おそらくだがな、先々代が預かったものだと思うぞ」

祐円さんの先々代ということは、顕円さんの前の確か稜円《りょうえん》さんでしたか。

「この刀の持ち主が〈堀田州次郎〉さんだってことかな。そして堀田ってことはうちのご先祖様？」

「いや」

勘一が首を捻ります。

「俺が聞いてんのは祖父さんの堀田達吉までよ」

「〈東京バンドワゴン〉初代のね」

「そこから先のこたぁ、親父も何にも聞いちゃいない。何も残っていねぇんだよ。その昔はあさりだかしじみ売りだったたって話は聞いたがな」

「そうじゃなくて、侍だったたってことじゃないの？　達吉さんは〈鉄路の巨人〉と呼ばれたほどの商売人だったたんでしょ？　華族の婿になったたって。しじみ売りの息子がそんなふうになるっていうのは前から疑問だったけどね」

青が言って、紺も頷きます。

「そこまでになった人物が突然何もかも捨てて古本屋の親父になったたっていうのも疑問だったんだよね。そして何も残っていないっていうのは、むしろ達吉さんが自分の過去に繋がるものを全部消したってことじゃないかなって」

確かに、わたしも実はそう思っていました。

「まぁ、本当はどうだったのかは、タイムマシンでもねぇ限りわかんねぇけどよ。この刀に〈堀田〉ってのがあるんだっていうなら、あれか、祐円。うちで預からせてもらうか？」

「いいぜ。うちにあったたってどうしようもないもんだからな」

刀をですか。

でも、うちとは先々代からずっと縁のあるこちらが預かっていた刀に〈堀田〉ですからね。確かにうちのご先祖様のものかもしれませんよね。

二

まだまだ作業は続くようなので、先に店に戻ってきました。古本屋ではすずみさんがいつものように本の整理をしていますが、何かカフェの方を気にしながら仕事をしています。ちらちらと見ていますね。

カフェには何人かお客様がいらっしゃいますが、特に気になるようなお客様でもいるんでしょうか。

土鈴が鳴ります。こっちにもお客様ですね。

「あら、いらっしゃいませ」

茅野さんでしたか。真っ白い開襟シャツにサスペンダー付きのクリーム色のパンツ。白いかんかん帽と本当にいつもお洒落です。

「暑いですね」

「いや、本当に。今日はすずみさん一人ですか」

「旦那さんですか？　今、祐円さんの神社に行っているんですけど、ご用でしたら連絡取れますよ」

「いやいや、そんな帰ってきてもらうほどの用ってわけじゃあ」

言いながら茅野さん、帳場にある木の箱に眼を留めましたね。

「その箱は？」

さすが根っからの古本好き。目ざといですよね。

「これはですね」

すずみさん、言いながらちょっと声を潜めました。茅野さんにどうぞ座ってと丸椅子を勧めて、近寄って話し出します。

「実はですね」

以前に学生さん風の男性が、寺から貰ったという同じような木箱と古書を持ってきて見積もりした話から始めて、今日成古堂さんが持ち込まれた似たような木箱を持ってきてくれて、たぶんそれは同じ男性だと。

そして偶然かもしれないけれど、この近くのお寺で泥棒が立て続けに起こっていると話します。

茅野さん、ふむ、と頷きながら聞いています。

「そして、さっきニュースでお寺の防犯カメラに映っていた賽銭泥棒の映像が出たんですよね」

「あ、私も見ましたよ」

出たんですね。すずみさんが自分のスマホを出して、そのニュース映像を見せます。

「これ、顔なんか全然はっきりとはしませんけれど、背格好だけはその学生さん風の男性に似ているんです」

そうですね。あくまでも不鮮明な夜間の映像ですけれど、背格好だけは確かに似ているといえば似ています。

「その男性、今、カフェでコーヒー飲んでいるんです」

そうなのですか。茅野さん、なるほどと頷きながらカフェの方を見ました。そのときです。椅子が動く音がして、男性がこっちに来ます。何か少し慌てていますかね。

古本屋に入ってきて、本棚の間を移動します。それは全然かまわないんですよ。いつ本を見てもカフェに戻っても。でも、何か隠れている風にも見えますが。

すずみさんも茅野さんも、見ないふりをしながら観察しています。

「あの」

「はい」

男性がすすっと帳場に近づきます。

「カフェの代金、こちらで払ってもいいですか」

「いいですよ」

若い男性、ちょうどの金額を払って、古本屋の方からすすっと出て行きます。偶然でしょうか。近くの交番のお巡りさんが自転車で通り過ぎていきましたね。

「なるほど、あの男性ですね？」

「そうなんです」

「わかりました。ちょっと行ってきます。ご主人にはまた来ますと言っておいてください」

茅野さん、いつもよりも素早い動きで出て行きます。あの男性の後を追ったのでしょうかね。

勘一たちが帰ってきたのは夕方近くになりました。思ったよりもたくさんいろんなものがあって、向こうでお昼をご馳走になって、そして台車で運ぶことになったと紺と青も一回戻ってきてからまた向かいましたよ。

でも、お蔭ですっきりしたと祐円さん喜んでいたとか。

すずみさんは、勘一に茅野さんが来て、実はこれこれこういうわけでと話します。

「ふぅん」

帳場に戻った勘一が、少し顔を顰めて何かを考えます。

「まぁ茅野さんのすることった。間違いはねぇだろうし、こっちから携帯に電話すんのも、何かタイミング悪かったら拙《まず》いしな」

「そうですね」

「そのうちに連絡来るだろう」

＊

夏の晴れた日の夕暮れというのは、いいものですよね。

感覚としてはもう夜の時間帯なのにまだ明るさが残っていて、そして暑さも通り過ぎて柔らかな風が吹き抜けるようになり、何ともいえない雰囲気が漂います。

カフェでは藍子がカウンターに、亜美さんがホールにいます。家の中では、すずみさんが晩ご飯の支度を始めていますが、学校のプールから帰ってきたかんなちゃん鈴花ちゃんが、お手伝いをしたくて台所に入っていますね。

カフェの夜営業を始めてからは、全員で晩ご飯を食べることはなくなりました。でも、食べ終わった人がすぐに交代でカフェに回りますし、そもそも大人数ですから一人二人減ったところであまり賑やかさに変わりはないんですよね。

そう、花陽と同じ医大に通う和ちゃん。この間〈はる〉さんの隣の家の二階に元春くんと一緒に暮らすために引っ越しして、バイトも〈はる〉さんですることになりましたよね。うちでよくしてもらったのにこのままじゃ申し訳ないと、元春くんと二人で〈はる〉さんでおかずを作って、ときどき持ってきてくれるのです。もちろん食材は自分たちで買ってです。何でも二人して料理に目覚めてしまったようで、医者や先生になる前に板前にもなれるのではないかって話していますよ。

今日はカレーライスになったようです。カフェや古本屋にもカレーの香りが流れてしまうのは少し申し訳ないので、こういうときには普段は開けっ放しの居間とお店を繋ぐ戸を閉めますよ。

辺りが暗くなってきた頃、お客様が一人カフェに入ってきました。

その姿を見た亜美さんの身体が一瞬緊張しましたね。

では、この方が、あの方なのですね。

髪の毛は胸まであるぐらい長く、そして身体の線が細いです。白のワンピースがその佇まいを引き立てていますが、とても存在感の薄いお嬢さんです。

でも、確かにお美しい方ですよ。清楚《せいそ》で儚《はかな》げな印象がものすごいです。亜美さんが薄幸そうと言ったのもよくわかりますね。

「いらっしゃいませ」

藍子が言います。亜美さんも、背筋を伸ばしたままですね。

お嬢さん、いつものように窓際の席に座るのかと思いきや、ゆっくりと音もなく歩きカウンターに近づきます。

亜美さん、身構えてますよ。

「あの」

「は、はい」

「昨夜は、申し訳ありませんでした」

藍子と亜美さんを見て、ゆっくりと頭を下げます。流れてきた長い髪を指で直します。

「なんで、しょうか」

「少し慌てて立ち上がってお冷やをこぼしてしまったのに、そのまま出ていってしまったんです。置いておいたお金も濡らしてしまいましたよね」

「あ」

わかっていたのですね。やはりお水はコップの水をこぼしてしまったんですね。そしてお金は払おうと思ってテーブルに用意しておいたものだったのでしょう。

そしてこんなにきちんとお話しできるということは、幽霊とか魑《ち》魅《み》魍魎《もうりょう》の類いではないんですね。

普通の、お嬢さんですよね。

カウンターの前の明るいところでしっかりと見れば、きれいに整った顔立ちの上品そうな方ですよ。年齢は、三十代でしょうか。大人しそうな印象が少し年齢を上に見せますが、案外すずみさんと同じぐらいでしょうかね。

「いいえ、とんでもないです。お金も大丈夫ですよ、濡れたぐらいなんでもないです」

藍子が微笑んで言います。

「ありがとうございます」

「あ、それよりもですね、お釣りを渡さなきゃならないんです」

亜美さんが言います。お嬢さん、静かに頷きながらも、やはり外をすごく気にしていますね。

「また、コーヒーをお願いします。お金は昨日のお釣りでちょうどですよね。すみませんまた急にいなくなったら失礼なのでそれで」

またいなくなるのですか。

「わかりました」

お嬢さん、すーっと窓際の席へ歩いていって座ります。確かに外を見ていますね。今日もああして外を見ながらずっと過ごすのでしょうか。でも、良かったですね。少なくとも人間の女性ですよ。

亜美さんがコーヒーを持っていきます。カフェの裏側から我南人が顔を出しましたね。

「あの人ぉ？」

藍子にそっと訊くと、藍子は頷きます。我南人がなるほどぉ、と頷きました。まさか知ってるとか言うんじゃないでしょうね。藍子が、アイコンタクトで「知ってる？」というふうにしましたが、我南人は首を横に振りました。良かったですよ。あなたはなんでもかんでも後から現れて知ってるとかわかったとか言い出しますからね。

静かに夜の時間が流れていきます。

あれから入れ替わり立ち替わりうちの人間がカウンターに立って、あの女性をちらりと観察していましたよ。失礼なんですけれどね。でも、藍子と亜美さんの言う通り、微動だにしないで外を見つめています。ときどきコーヒーや水を口に運ぶだけです。

確かに、これを繰り返していてある時に一瞬で消えたのなら、亜美さんでなくてもちょっと驚きます。

交代の晩ご飯も終わり、片づけも終わって、かんなちゃん鈴花ちゃんは花陽や芽莉依ちゃんとお風呂に入っておやすみなさいを言って部屋に行きました。

閉めていた居間とカフェの間の扉も開けています。藤島さんはまた用もないのに古本屋の帳場に座っていますよ。たまにお客様がカフェから古本屋に入ってくると、嬉しそうに「いらっしゃいませ」と言ってます。

お客様が一組帰っていきました。

「ありがとうございました」

九時半を回っています。また、あの女性一人きりになってしまいましたね。

「今晩は」

あら、茅野さんです。こんな時間に来られるのはかなり珍しいです。いえ、初めてではないでしょうか。

そしてもうお一人、男性の方と一緒です。

この方、ひょっとしてあの木箱を持ってきた学生さん風の方ですよね。

「隼人《はやと》！」

ガタッ！　と音を立てて椅子から立ち上がります。あのお嬢さんですよ。ものすごく驚いています。

「姉さん」

お姉さん、なのですか？

ご姉弟ということですか。


これは一体何があったのかと、幸い他にお客様はいなかったので、カフェも閉めてしまいました。勘一も茅野さんに呼ばれて来ましたよ。テーブルに、茅野さんと隼人さんにお姉さん、勘一も近くに座ります。

藍子に亜美さんもカウンターにいますし、藤島さんや我南人、すずみさん、他の皆も後ろの方や居間から覗いています。音楽は切りましたから、声は聞こえますね。

お嬢さんは、岡部美都《おかべみと》さん。美しい都と書くそうです。

そして弟さんは、隼人さん。お二人とも、実の姉弟で倉敷《くらしき》出身だとか。いいところですよね倉敷は。

「そうでしたかい。じゃあ二人とも今は東京で？」

「いえ、隼人は東京の大学に来てそのままですが、私は今も倉敷です。あの、弟を捜しに来ていたんです」

捜しにですか。行方不明だったということなんでしょうか。

「捜しに来たって、じゃああの美都さん？　ひょっとしてこの四日間、ずっとそこに座って外を見ていたのは」

　亜美さんです。美都さんが、こくりと頷きます。

「そうなんです。隼人が、この前の道を通るはずだとわかっていたので、それでずっと待っていたんです」

　この前の道をですか。

「弟は、失踪というか、住所がわからなくなっていたんです。それで大学時代のお友達を捜し出して、ようやくこの近くのアパートに住んでいることがわかって」

　アルバイト先からその部屋に帰るときには必ず駅からここを通って帰るはずだと、美都さん待ちかまえていたそうです。小さなアパートで表札も出ていないのでどの部屋かわからず、待っている場所もなかったそうです。

「後から説明しますが、私、そのアパートを突き止めました。確かにあそこじゃあ待ち伏せはできません。お姉さん、賢明でしたよ。ここなら絶対に通ります」

　茅野さんが言います。たぶん、隼人さんの後を尾行したんですよね。

「じゃあ、昨日は隼人さんが帰ってくるのを見つけたんですね？　それで慌てて出ていったのね？」

「そうなんです。すみませんでした」

「でも今日も来たってことは昨日は見失ったってことなんだ。そしてアパートも相変わらず部屋がわからないから、今日も来たんだね」

研人が言って、美都さん頷きます。

「隼人さん、今日古本屋から出ていったのは、ひょっとして逆にお姉さんがこの道を通り掛かったのを見たからですか?」

すずみさんが訊くと、そうですと隼人さん答えます。なるほどですね。お巡りさんが通ったのは偶然だったのですね。

「え、でも何で弟さん失踪っぽいことしちゃったの? そして何でお姉さんはわざわざ捜しに来たの」

研人が訊きます。

「ずっと、文学が好きだったんです。文学も、古いものも、古本屋も大好きで。本に囲まれて生きていけるような自分になりたくて」

隼人さん、静かに言います。

「大学も、こっちで文学部に入りました。そのまま大学院で文学の研究もしたかったんですよ。でも、なんかダメになって。大学院は諦めて、就職しようとしたんですけどそれも全然どうにもならなくて」

肩を落とします。

「父は、倉敷で設備関係の会社を経営しています。そこを継げって言うんです。なんというか、昔から折り合いが悪くて。でも、親の金で大学まで行って全然ものにならずにドロップアウトしてしまった自分が情けなくて」

「隼人は、本当に子供の頃から本とか、古いものが大好きなんです。でも、父は文学なんてそんな一銭にもならないものに夢中になる隼人が理解できなくて」

頭ごなしに、ものにならないんだからさっさと自分の家の仕事をやれ、ということなんでしょうね。それで、ますますこじれてしまった。

お姉さんは、半ば行方不明になった弟を、これ以上最悪のことが起こる前に捜しにきたということですか。

勘一が、うん、と頷きます。

「お二人の事情はよっくわかったが、それで茅野さん。この隼人くんがあんたと来たってのは？」

茅野さんが頷きながら美都さんを見ます。

「実はね、お姉さん。私は元刑事なんだけど」

「刑事さん」

「いやもう定年退職したただの老人なんだけどね、この隼人くん、ついさっき賽銭泥棒を捕まえたんですよ」

「えっ」

皆が驚きました。

「さっきって茅野さん。本当にさっきなのかよ」

「本当に、一時間前ですよ。今、私の後輩たちが犯人を署まで連れて行って、現場ではまだ状況を調べている最中ですよ」

それは本当にさっきですね。

「隼人くんはね、本当なら警察からの表彰ものなんだけど、騒がれたくないって言うんでね。まぁ私も今日は彼とずっと一緒にいたんで、事情は私の方から話せるから簡単に済ませてね。今、署から戻ってきて、ご主人にもお話ししようかと。ついでにコーヒーでも奢ろうと思いまして。疑ったお詫びにね」

「疑ったって、隼人をですか？」

美都さんが驚きます。そうなのですよね。

茅野さんが説明しました。

まずこの辺りのお寺で盗難が続いていたことがあった。

そんなときに隼人さんが、お寺から手に入れたという古書と箱を〈東京バンドワゴン〉や〈成古堂〉に持ち込んできたこと。

そして、今日は何故か隠れるようにして古本屋から逃げ出したことや、防犯カメラに映っていた犯人に、背格好が似ていたこと。

「それらが重なって、つい疑ってしまったんです。賽銭泥棒ではないかと」

「隼人が持っていたあの古本などは」

「いや、もうそれは聞きました。高校生のときや、大学でも夏に帰省したときに倉敷の廃寺の整理を手伝ったときに貰ったものだとね。ちゃんとそのときの写真なども見せてもらいましたし、大丈夫ですよ」

そうだったのですか。倉敷の廃寺の整理を。本当に古いものが大好きなのですね。そして古書の研究などもしていたんですね。

「じゃああれかい。茅野さん、今夜は」

「そうなんです。隼人くんの後をずっと尾《つ》けたんですよ。申し訳なかったですけどね。隼人くんは隼人くんで、この辺りの寺の窃盗とかに気づいていたんですね」

「あれだな？　二日置きに盗難が続いたんで、今夜辺りってことか」

「そうなんです」

　隼人さん、頷きます。

「なんか、許せなくて。お寺には貴重な古書の類いが眠っていることがよくあるんです。そういうものを盗むなんてことは」

「本当に偶然でしたね。尾行していた私と、犯人を捜していた隼人くんが同時に窃盗犯を見つけたんですよ」

　それで、茅野さんは隼人さんを連れてきた。美都さんがここにいることも隼人さんはわかっていたんですね。

「隼人さん、あれなのね。この辺りのアパートに住んでるってことは、古いお寺とか好きだったってこともあるのね？」

「そうです。いろいろ回って、貴重な文書や資料を見せてもらったりしていました。だから余計に」

　泥棒を捕まえてやろうと考えたんですね。そう考えたとしてもなかなか行動に移せるものじゃありません。正義感も強い青年なんですね。

「〈東京バンドワゴン〉さんも、大好きです。それもありました。いろいろ勉強させてもらいました」

そう言って頭を下げます。あの箱を持ち込んできたのも、勉強のひとつだったのですね。

「実はね、ご主人」

茅野さん、二人を見て静かに微笑み、そして勘一に言います。

「そろそろお伝えしようと思っていた件もあるんですよ」

「なんだい」

「この間も、女房が実家にちょっと帰ったという話をしましたよね」

そうでした。奥様の実家に誰もいなくなって長くなっているので、それをどうするかご兄妹《きょうだい》で話をするためにとか。

「そういや岡山だったよな。倉敷とは目と鼻の先だろう」

美都さんも隼人さんも顔を上げて茅野さんを見て、頷きます。

「そうです。そもそもが農家でしてね。まぁ今は畑も何もやっていなくて荒れ放題なんですが、結局、女房が全部を管理するというか、もらい受ける話になりましてね」

「ほう」

「それで、女房と二人でそっちに引っ込もうかと思いまして」

勘一、少し眼を丸くしましたね。

「東京の家を引き払ってかい。確か持ち家だったよな。前に改装もしたとか」

「そうですね。私の実家でした。ただまぁ、そろそろ七十の声を聞いてね。人生の最終コーナーを回って、さてどうしようと思ったときに、田舎で晴耕雨読で終わりを迎えるってのもいいなと考えまして。それでまぁ、いよいよになったら女房と二人でホームにでも入ればいいかと。家も両方売り払えますしね」

元は農家ならば、まさしく晴耕雨読の毎日を過ごせますね。

「そうかい。岡山にかよ。そりゃあ、淋しくなるな」

「そうですね。私も東京を離れるのは淋しくもあるんですが、向こうはいいところでしてね。海もある山もある、風光明媚《ふうこうめいび》ってところですよ」

茅野さん、こんなにも古書好きでお洒落で優しい男性ですが、元は刑事。殺伐とした、人間のいちばん嫌な部分をずっと見てきた人です。引退して本当にのんびりと過ごされていたようですけれど、最後にそういう場所を選ぶというのも、わかるような気がします。

「いつになる予定なんだい」

「急ぎはしませんが、まぁ寒くなる前に行くつもりです。家は放っておくと荒れますからね。今のうちなら、まだ引っ越してそのまま住むことができますから」

勘一、小さく頷きます。

「そんときゃあ、餞別《せんべつ》だ。ここから好きな本をいくらでも持ってってくれよ」

「いや、それは逆ですよご主人」

「逆？」

茅野さん、古本屋の方を見ます。

「思えばここに通って、随分と買いあさりました。楽しませてもらいました。おそらくは千冊、いや二千冊はあると思うんですよ、我が家のここで買った蔵書は」

それぐらいになるのでしょうか。本当に長い間通ってくれましたからね。

「それを全部、お返ししようと思っていたんですよね。それこそ餞別じゃありませんが、お世話になったお礼に」

「そりゃあ、筋が違うぜ茅野さん。また改めて買い取るってんなら、うちこそそれが餞別になるがな」

いや、と茅野さん、隼人さんを見ます。

「そう思っていたんですが、ちょうどいいんじゃないかと、さっきここに来る途中、隼人くんから事情を聞いて考えたんですよね」

ちょうどいいですか。なにがでしょう。

「隼人くん」

「はい」

「どうだい、私の家にある蔵書、二千冊あまり。ほとんどがここで買ったもので、古本としても価値のあるいいものばかりだ。いろんなものがある。現代文学から古典文学、図版に、辞典、童話、古地図の類いに和綴じ本。なんでもござれだよ。それを全部、引き受けてくれないか」

「え？　引き受ける？」

「ここに返そうと思っていた本を全部岡山に持っていく。君は倉敷に帰って、それを元手に古本屋を開かないか。故郷でさ」

隼人さん、美都さんも眼を丸くして驚いています。

「え、でも、どうしてそんなことを」

「縁ってもんだよ。たまたま知り合った、文学が、古書が、古本屋が大好きでしょうがない者同士が、岡山と倉敷だぞ。私はまだ詳しくないが、車でほんの二、三十分の距離だろ？」

「そうです」

「そんな偶然、まさしく合縁奇縁じゃないか。それに君は泥棒を一緒に捕まえてくれた。とっくに引退していたのに、まるで相棒と一緒に犯人を追いかけていたあの頃のことを思い出してしまってね。この町を去る最後に、最高のプレゼントを貰ったような気持ちになったよ。警察の表彰の代わりに、私からプレゼントをしたいと思ってさ」

なるほどねぇ、と勘一も微笑みながら頷いています。

「どうですかねご主人。お宅から買った蔵書ばかりですが、こういう使い方は」

「最高じゃないか？　遠い地だろうと、若い仲間が増えるってのは嬉しくって涙がでるぜ」

本当ですね。

「でも、ま、これは私の勝手な思いだ。近いうちに本を全部引っさげて岡山に行く。住所は教えるから、その気になったらいつでも言ってきてくれ。自分の人生を作るためにもな」

＊

紺が居間にやってきましたね。何をしに来たのかと思えば、蚊取り線香を取りに来たのですか。夜になる前に点《つ》けておくのを忘れていましたか。

そのまま、仏間にやってきます。仏壇の前に座って、おりんを鳴らして手を合わせてくれます。

話せますかね。

「ばあちゃん」

「はい、お疲れ様。紺の部屋の蚊取り線香かい」

「そう、忘れてた。茅野さんには少し驚かされたね」

「本当に、淋しくなるね。もう一生通ってくれるものだと思っていたのだけどね」

「研人が必ずライブしに行くって言ってたよ。あいつはどこでもライブに行けばいいと思ってる」

「いいじゃないか。皆を繋いでくれますよ。隼人さんはどうなるかね」

「わかんないな。でも、気持ちはすごくわかるんだ。いろいろ話をしようと思う」

「それがいいね。せっかくのご縁なんだ。長いお付き合いができるように」

「そうだね。あ、終わりかな」

話せなくなりましたね。はい、おやすみなさい。暑いからって、かんなちゃん鈴花ちゃんが寝冷えしないように見てくださいね。


生き方を決めるというのは、とても難しいことですよ。

ひょっとしたらほとんどの人はどう生きるべきかなどとは考えずに、ただ進む道の選択肢を選んで歩んでいくだけなのかもしれません。

それはそれで充分なことですし、自分で進む道を選んだ、ということですから立派なことなのです。

自分の生き道を、生き方を決めようとすると、探して悩んで挫折して、迷い込んでしまうこともあるでしょう。どうにもならないと思えてしまって、立ちすくんでそこから動けなくなってしまうことも。

そんなときに、差し伸べられた手を握ることは、誰かが指し示した光の方向に向かって歩き出すことは、決して恥ずかしいことではありません。

差し伸べられた手も、示された光も、探して悩んで挫折したからこそ、得られたものだと思います。倒れなかったからこそ、その瞳で見つけられたものでしょう。

立ち止まったというのは、そこまで自分の力で歩いてきたからこそなんですよ。素晴らしい努力の結果なのですから恥ずべきことではありません。

胸を張って、また歩いていけばいいのです。

秋 ペニー・レイン

一

天高く馬肥ゆる秋。

本当に秋の空は高く感じるのはどうしてなのでしょうね。何か気象的な理由があるのだろうと思いますけれど、ひょっとしたら、昔からそう言われているのでそんな気がするだけかもしれません。

裏の杉田さんの庭のハナミズキには、赤い実がたくさんなっています。このハナミズキも我が家の桜と同じで随分と長い間そこで花を咲かせてくれていますよね。

葉が色づき始める季節。桜の葉も紅葉を始めていて、夏までとはまったく違う雰囲気になっています。

そもそも我が家の桜、花も見事に咲かせてくれますが、葉ものすごく多いのですよ。あれはいつでしたかね、まだわたしがこの世に二本の足で立っていた頃ですが、お義父様の友人の植物学者の方がいらしていて、「これほど多くの葉を茂らせる桜は初めて見た」と驚いていたのを思い出します。

ですから、我が家の桜の木、紅葉も見事なものですが、秋の終わり頃になると落ち葉がなかなか大変なことになります。全部散ってしまえばなんてことはないのですが、落ちている間は掃き集めても、数時間経つとまた同じ分だけ溜まってしまいます。

その昔は落ち葉を集めて火をつけて、その中に湿らせた新聞紙にくるんださつまいもを放り込んで焼き芋に、などということもできたのですが、今はできません。風情がないと言えばそれまでですが、やはり火事は怖いですからね。

そう言えば、落ちる葉は雨樋《あまどい》をよく詰まらせてしまいます。我が家の雨樋はもちろん、ご近所さんの雨樋に溜まってしまった落ち葉を掃除することもあったのですが、その辺りはお互い様ということで一緒にやったりもしました。それも今はほとんどないのは、ご近所の建物が建て替わって雨樋の性能と言いますか、よりきれいになったり、風向きなどが変わったりしているのでしょうね。

またこの落ち葉ですが、犬のアキとサチは大好きなのですよね。

この季節に落ち葉が溜まっているときに庭に出してあげると、散歩に行く前に落ち葉にダイブするようにして遊んでいきます。結局また集めなければならないので、させないようにはしていますが、喜ぶ様子を見ていると思う存分遊ばせてあげたくなりますよね。

猫たちは、そんな犬たちを何しているんだと冷静な目つきで眺めていますけれど。

そうでした、猫と言えば、我が家の長老格のベンジャミンの具合が秋口から急に悪くなっています。餌も食べられなくなってきていまして、もちろん獣医さんに診てもらっているのですが、どうも腎臓が駄目なようです。

何度も動物病院に通い、治療をしてもらって、少し元気になっているような日もありますが、近頃はいつでも皆の眼につくようにと、仏間に敷いたお気に入りの毛布のところで寝てばかりです。悲しいことですけれども、近々にその日が来るのかもしれません。

でも、実は嬉しい知らせもあったのです。

亜美さんの弟、修平さんと佳奈さん。赤ちゃんができたそうです。

ちょうど大きなドラマの仕事の方が一段落ついたときにわかって、後の仕事は体調不良ということでキャンセルしたものが多少あるそうですが、さほど問題はないそうです。

人気女優の佳奈さんですから、公表するのは無事に安定期を迎えるまで待つそうなので、それまでは絶対に誰にも言わないでねと頼まれました。もちろん、言いませんよ。腰は軽くても口は堅い人ばかりですから大丈夫です。

嬉しいですよね。このまま二人だけの暮らしを続けていくのかとも思いましたけれども、また可愛らしい赤ちゃんと会えますね。

佳奈さんと言えば、今年初めに我が家にやってきた〈日英テレビ〉の元ディレクターの浦田麻理さん。二十年以上も前にこの近くでやっていた〈純喫茶サザンクロス〉の娘さんでしたよね。

大通りに出るところの角でやっていたそのお店と同じ場所で紅茶とスコーンのお店を開きたいという話をしていましたが、この九月に無事オープンしました。

店名は本当にそのもので〈紅茶とスコーン〉というものです。わかりやすくていいですよね。

紅茶の専門店ですから素敵な食器とたくさんの紅茶がメニューにあります。スコーンはシンプルなものから、お菓子風なもの、そしてベーコンなどが入ったものなどこちらもバラエティ豊か。店内の雰囲気もいかにもイギリスの古き家の居間といった感じで良いのですよ。わたしもお邪魔してみましたけれど、全部が美味しそうでした。

うちでも紅茶を出してはいますが、ごく普通の紅茶とミルクティーぐらいですから似通ってしまうことはありませんし、何よりも素敵なお店が増えることで、この界隈を訪れるお客様が増えるのですから大歓迎ですよ。

そして、うちの本も、本棚に並んでいましたよ。〈サザンクロス〉にあった古いものもそうですが、イギリス関係の写真集や美術書など、そういうものを置きたいという注文があったので、その手のものにはいちばん強い青が見繕って届けています。

開店祝いとして差し上げたものもありますけれど、貸本という形で入れ替えるものもあります。どんどん利用してほしいですね。

そんな十月のある日。

相も変わらず堀田家の朝は賑やかです。

今日のかんなちゃん鈴花ちゃんですが、かんなちゃんがエプロンを着けて台所にやってきています。そして鈴花ちゃんが〈藤島ハウス〉まで研人を起こしに走っていきました。

研人の話では、鈴花ちゃんが一人で起こしに来たときには、もうダイブはしなくなったそうです。顔を両手でぎゅーっと挟んだりして起こすそうですよ。かんなちゃんのときには相変わらずダイブするそうですけれど。その辺はあれでしょうか。やはり運動神経の良さの差が出てきたのでしょうかね。

〈藤島ハウス〉から藍子に花陽に芽莉依ちゃんに美登里さん、二階から亜美さん、すずみさんが集まってきます。

藍子も戻ってきましたし、いつの間にかこんなに女性陣が増えてしまったので、全員が台所に入るとさすがにちょっと狭いです。かんなちゃんや鈴花ちゃんもいますからね。

ですから、そんなときには亜美さんは朝ご飯の支度は皆に任せて、カフェの支度に取り掛かります。すずみさんは洗濯機を回したり、家事まわりを先にこなしたりしていますよ。

勘一が新聞を取りに行って、上座にどっかと座り、我南人が反対側にiPadを持ってきて座ります。紺と青、〈藤島ハウス〉から研人とマードックさんも鈴花ちゃんに連れられてやってきます。

藤島さんは出張中とかで、一昨日からいませんでしたよね。今日の夜には帰ってくるそうです。今日は鈴花ちゃんが皆の箸置きを選んで、置いて回ります。

適当に取ってきているのかとも思うのですが、なかなかに絶妙なものを選んで置いていくのですよね。今日などは勘一のところには蛸《たこ》の箸置き、我南人のところには烏賊《いか》の箸置きでした。勘一が蛸なら確かに我南人は烏賊ですよね。

朝ご飯は白いご飯に、おみおつけはさつまいもに玉葱に牛蒡《ごぼう》と具沢山。鶏肉とキノコの炒め物は昨夜の残り物ですね。茹でカボチャのスライスに卵焼きにベーコン、大根サラダ、胡麻豆腐にひき割り納豆に焼海苔に梅干し。おこうこは柚子大根ですね。

猫と犬たちにご飯をあげて、皆が揃ったところで「いただきます」です。

「ベンジャミンご飯食べないね」

「この間の火事も不審火だったんだねぇえ」

「そろそろ本格的に衣替えしなきゃね」

「ヒートテック新しいの買おうかな。買いに行かない？」

「しんぱいだ」

「おじいちゃん寝煙草はしてませんよね？　本当にダメですよ」

「俺、今夜いないからね。晩ご飯いらないよ」

「これで三件目ですよね不審火」

「あ、デザートにみかん出すの忘れてました。食べたい人は取りに行ってください」

「してねぇよ安心しろい」

「もう炬燵にしてもいいんじゃないの」

「衣替え、言ってください。手伝いますから」

「ぼく、いぬのさんぽ、いってきますね。きょう、なにもないひですから」

「おい、レモン果汁あったろうあの黄色いの」

「みかん持ってきますよ」

「いつ買いに行くの？」

「はい、旦那さんレモン果汁です」

「マードックさん僕も行くよ。ついでに郵便局行ってくるから」

「旦那さん！　納豆にレモンですか!?」

「旨いんだって。やってみろ？」

酢を納豆に入れるという話は聞いたことがありますが、さすがにレモン果汁は初めてです。どんな味がするのか、まったく未知の世界ですよ。身体に悪いわけではないでしょうから良いのですが、もしわたしが生きていたら全力で止めると思います。

「あのね」

皆がそろそろ朝ご飯を終える頃、片づけに入る前に亜美さんは改まった様子で皆に向かって言います。何事かと皆が亜美さんを見ましたね。

「昨日の夜も、ベンジャミン病院行ってきたでしょう？」

そうですね。七時ぐらいだったでしょうか。ベンジャミンがもう水しかないようなものを吐いて苦しそうに倒れたので、カフェは藍子に任せて、亜美さんと紺が連れていきました。動物病院は大通りに出たところにありますので、走っていけばすぐに着きます。そして、もう長年のかかりつけですから夜でも診てくれるのですよ。

「正直もう回復の見込みはないでしょうって言われちゃった」

紺も頷いています。

「ないってことはぁ、あれだねぇ？」

「そうです。治療をここでもう終わらせて自宅でゆっくりさせるか、あるいは病院の方で静かに眠らせるというのも選べますって」

病院に連れていって薬などを投与せずに、自宅でそのときが来るのを待つか、あるいは病院で安楽死させるかということですね。

これ以上治療を続けても、病院に連れていったり薬を入れたりすることによって余計にベンジャミンに辛い思いをさせてしまうのでしょう。

「ベンジャミンが、死んじゃう？」

鈴花ちゃんが言います。

「そうなの。もう病気は治らない。このままお家で静かに過ごさせてあげようかなって思うの」

かんなちゃんが、難しそうな顔を見せています。静かに立ち上がって、今も仏間のところで寝ているベンジャミンのそばに行きました。鈴花ちゃんも行きましたね。そっと身体を撫《な》でています。

皆が、静かに考えました。

「ずっとそうしてきたがな、そいつの好きなようにさせるのがいいと思うぞ」

勘一が言います。治療をやめるということですね。

今まで、何匹もの猫を看取《みと》ってきましたものね。昔など動物病院というのもほとんどなかったですから、死ぬときは家でそのままというのがほとんどでした。

「前の玉三郎とノラは、自分たちでいなくなったもんな」

研人が言います。そうでしたね。いつの間にか縁の下に行って、二匹で並んで眠っていました。そういう猫もいます。その前の玉三郎とノラは、わたしの眠る横で並んで寝てそのまま死んでいきましたよ。

「私が、看てるよ」

亜美さんが言います。

「ずっと一緒だったもん。ベンジャミン」

そうでした。ベンジャミンが我が家に来たときから、何故かすぐに亜美さんに懐いていました。猫はよく布団に入ってきたりしますが、いつも亜美さんのところでしたよ。

「これ以上病院に行ったり来たりはやめます。静かに家で過ごさせる。それで、いいでしょう皆？」

研人も花陽も、かんなちゃんも鈴花ちゃんも頷きました。他の皆も全員です。もう少し頑張ってみてもと思う人もいるでしょうけれども。

こういうことに、正解などありません。ただ、最期まできちんと見届ける。それでいいのだと思います。

「できるだけそばにいてあげるから。寝るときも、そこに一緒に寝る。もういつその時が来るかわからないから」

「わかった」

紺が頷きます。

「いよいよになったら、いつでも誰かが交代するから、亜美ちゃんずっとついてても大丈夫よ」

藍子が言います。そうしましょう。大丈夫です。

いつものように、カフェも古本屋も開店です。

今日は木曜日の平日ですから、かんなちゃん鈴花ちゃんは、雨戸を開けて、待っている常連の皆さんに挨拶だけします。

「おはようございまーす」

「おはようございます！」

「いらっしゃいませ！」

入ってくるお客様に、お冷やを持って回っていきます。これはもう本当にすっかり慣れて、こぼさないかとヒヤヒヤなどしませんよ。そして、一通りお冷やを配った後にはすぐにランドセルを背負って「いってきまーす」です。

皆さんに「いってらっしゃい」と見送られて、今日も学校です。

古本屋もいつもは勘一が開きますが、今日は我南人がやっていますね。まぁたまにはあることです。そもそも我南人も古本屋の息子ですから、何をやるべきかは全部頭に入っています。

雨戸を開けて、五十円百円均一の文庫本などが入ったワゴンを、店の外に並べます。雨が降りそうな日には出しません。我が家は軒下が狭いですし、湿った本など売るわけにいきませんからね。

勘一がどっかと帳場に座ったところで、祐円さんが入ってきます。本当に毎日そのタイミングですから凄いですよね。神社を出るタイミングをぴったり計っているんじゃないかと思うぐらいです。

「はい、おはようさん」

「おはようさん。何だ、はい、ってのは」

「いいだろ、ほいでも、はいでも、へいでも」

「へいはやめろな」

漫才のようですよね。

「はい、ひいおじいちゃんお茶です」

「お、芽莉依ちゃんありがとな」

今日は芽莉依ちゃんが持ってきてくれました。芽莉依ちゃんあの熱いお茶の湯呑みをお盆を使わずに持ってきますけど凄いですね。指熱くないんでしょうか。意外と指が熱に強いんですかね。

「祐円さんは何にしますか?」

「俺は、コーヒーにするかな」

祐円さん、明らかに芽莉依ちゃんのときには目尻が下がりますよね。帳場の横に腰を据えます。

「そういや勘さん。茅野さんは行っちまったんだって? 岡山に」

「おう、そうだ。言ってなかったか」

「聞いてないよ。木島ちゃんに聞いたんだよ昨日」

元刑事さんで、うちの長い間の常連さんだった茅野さん。一週間ほど前でしたかね。岡山にある奥様の実家を受け継ぐことにして、向こうでこの先の人生を過ごすと、東京の家を引き払って行ってしまいました。

「木島に会ったのか昨日」

「うちの神社に来てったぞ。車買ったんで祈禱してくれって」

「車買ったのかあいつ。稼いでやがるな」

「はい、祐円さん、コーヒーです」

「ほい、ありがとね芽莉依ちゃん」

そして祐円さん、芽莉依ちゃんには、あと美登里さんにも軽口を叩かなくなりましたよね。きっと怒られそうだからですね。

「茅野さん、随分と長いこと来てたからなぁ。二十年以上じゃなかったか」

「それぐらいになったかもな」

青がまだ小学生ぐらいの頃でしたから、そうかもしれませんね。嬉しいですよそんなにも長い間通ってくれていて。

「あの話はどうなったんだ。なんていった若いの」

「隼人か。岡部隼人」

「そうそう、倉敷だったよな。古本屋やるのか」

古書好きの若者でしたよね。茅野さんが蔵書を譲るから故郷に帰ってやってみてはどうだと言っていたんですよ。

「それがな、倉敷に帰ったらしいんだ。それでな、何でも以前に廃寺になったところの掃除を手伝っていたんだが、その廃寺を譲り受けたんだってよ」

「寺をか。そりゃいいな。坊主にでもなるのか」

「なに言ってんだよ。古本屋に決まってんじゃねぇのか」

「寺でか。古本屋」

山の中にある古寺だそうです。廃寺になったものの結局所有者が決まらずに宙ぶらりんになっていたそうです。それを町役場の促進委員会が管理していたそうですが、文化推進の観点から許可が下りたとか。

「古本屋として営業しながら、文化的事業として書道とか講演とか文章教室とか、とにかく文字と文学と文化に関係していて寺を使ってできるものなら何でもやるってな」

「ほお、そりゃまたいきなりでかく始めるな」

「管理すれば土地代も家賃もなしだ。光熱費と自分の食いぶちだけ稼げばいいってな」

「あれだ、茅野さん本を全部やるって言ったけど、自分もそこに通うんじゃないのか」

おう、と勘一笑います。

「隠居するって岡山に行ったのに、逆に忙しくなったりしてな」

あり得ますね。山寺の古本屋なんて、行きたくなってしょうがないんじゃないですか。勘一だってそう言いながら行けるもんなら行ってみたいはずですよ。

あらー、と亜美さんの少し高い声が聞こえてきました。どなたか珍しいお客様でも来ましたか。

何か注文されて、亜美さんがこっちを示しましたね。

あぁ、笑顔を見せながら古本屋に姿を見せたのは、確か消防士さんでしたよね。数ヶ月前に〈はる〉さんでお会いしました。まだお若いですよね。青と同じぐらいでしょうか。

「おお、あんた、行沢さんだったな。消防士さんの」

「はい、おはようございます」

「おはようさん。コーヒーでも飲みに来たのかい」

まぁ座れ、と帳場の前の丸椅子を勧めます。実はこの丸椅子、ものすごく座りやすいと評判なんですよね。文机との高さのバランスもちょうど良くて、カフェのテーブルよりこっちの方が長居しやすいという人も多いのです。

「消防士さんかい。いつもご苦労様です」

祐円さんが言います。

「今日は非番かい？」

制服ではないですけれど、ひょっとしたら下に穿いているのは制服のパンツかもしれませんね。上はセーターにブルゾンですけれど。

「非番です。普通はもう少し後に上がるんですが、ちょっとイレギュラーで近くの点検をして、この後また署に戻るもので。そうしたらちょうどこちらの前を通ったので、目覚めのコーヒーを飲んでいこうかと」

そうでしたか。お疲れ様です。亜美さんがコーヒーを持ってきました。

「行沢さん、こちらでいいですか？　おじいさんの顔を見ながらでなくても向こうも空いていますけど」

「あ、はい。ここでいただきます」

勘一も祐円さんも笑います。

「あれだ、一服するのに仕事の話もなんだけどよ。不審火が続いているってんだろ？」

行沢さん、コーヒーを一口美味しそうに飲んでから、少し顔を顰めました。

「そうですね。確かに」

「あぁ、言えないってのはわかるし、あんたは消防士さんだから調査の方はな」

「そうです。それは別の人間ですし、火災原因が特定できて、放火の可能性が出れば警察も捜査に入りますから」

そのようですね。火事の原因を特定するのは、簡単な場合もありますけど難しいものも多いとか。焼けちゃうんだからそうですよね。

「でも、今回のはすべて怪我人も死者もなく良かったですよ。類焼もほぼ免れてますから」

「気をつけねぇとな。神社なんてさ、あ、俺神主な。元だけど」

行沢さん、頷いて微笑みます。

「はい、知ってます。〈谷日神社〉の方ですよね」

「そうなんだよ。神社なんて全部木造だからな。あっちゅう間に燃えちまうぜ」

「いちばんいいのはスプリンクラーを付けてもらうことなんですが、難しいですよね」

それは我が家もですよね。すべてが木造ですししかも中は紙ばっかりですから、燃え草ばかりですよ。

からん、と、土鈴が鳴りました。

あぁ、木島さんですね。

「おはようございます。あぁ祐円さんも」

「おう、新車の木島ちゃんじゃねぇか」

「随分儲《もう》かってんな」

笑います。

「やめてくださいよ。軽ですよ軽」

手を振りながら、帳場の前の丸椅子に座る行沢さんを見ました。

「あれ」

「あぁ」

お互いに、声を上げました。ご存じだった様子ですね。

「知ってたかい」

「随分前にね。消防署だって取材することもありますよ。そんときにお会いしてね」

行沢さんも頷きます。行沢です、木島ですよと改めて名乗りましたから、顔は知ってるけれどという感じでしたか。

「その新車に乗ってきたのか」

「乗りませんよ。都内移動するなら絶対電車でしょう。車は郊外に行くときです」

それはそうですね。いちいち駐車場を探して停《と》めるのも本当に面倒ですから。

「まぁこっちに座れ。朝っぱらからどうしたよ」

「いやぁ、仕事始める前にちょいと話をと思ったんですけど、まさか消防士の行沢さんがいるとは思わずに」

うん？　と勘一首を捻ります。

「なんだよ、おめぇが火付けの犯人だってんなら早く自首しろよ。差し入れぐらいはしてやるよ」

「なに言ってるんですか違いますよ。まぁいいです。行沢さんも、なんか偶然ですけど話聞きます？　火事の件なんですけどね」

「え、火事のですか」

木島さん、鞄から自分のiPadを取り出しました。

「夏でしたっけね。ビルが燃えたやつ。あんときですね、俺たまたま近くにいたんですよ。それでまぁ周りの弥次馬の写真撮っていたんですよ。記者根性でね。よく言うでしょ。放火犯は現場に戻るって」

「言うな」

勘一が言って、行沢さんも小さく頷きました。

「これが写真です。ま、こんなふうに何枚も撮ったんですよ。その中にね、堀田さん見知った顔がありませんか?」

「知ってる奴?」

勘一が慌ててiPadを覗き込みます。少し眺めて、おっ、と声を上げます。

「こいつぁ、高見じゃやねぇか。〈アートウ〉の」

高見さんですか?

あぁ、本当です。この髭はそうです。隣の〈アートウ〉の経営者の高見美海《よしみ》さんですね。行沢さんも知っているんでしょうか。少し顔を顰めました。

「なんで高見さんがここにいるんだ? って疑問に思いましてね。もちろん〈アートウ〉も高見さんの自宅も俺は知ってますが全然離れている。まぁ単純に俺みたいにたまたまいたのかなって思いましたが。ついこないだの火事のときもです」

「いたのか?」

木島さん、頷きます。

「そんときは俺は遅れて現場に行ったんで、もう消火されて弥次馬もいない頃でしたがね。そして写真を撮る暇もなかったんですが、間違いなく高見さんの姿が遠くにあったんでね。こりゃあおかしくねぇか？　ってまたしても記者根性が出ちまって調べたんですよ」

「なにをだ」

「三件のここら辺りの不審火。その三件とも焼けたところの持ち主に、広い意味で、いわゆるアート関係者がいたんですよね」

あぁ？　と勘一も祐円さんも顔を顰めました。

アート関係ですか。それはつまり高見さんのお仕事に関係している方々の持ち物が焼けたということですか。

行沢さん、眼を細めて考えていますね。

「もちろん、それで何かが判明したわけでもねぇし、ただそういう事実がある、ってだけの話なんですがね。そもそもまだ火事は調査中で放火と断定されたわけでもねぇですよね行沢さん？」

「はい、おそらくですが」

「でも、近頃〈アートウ〉は経営難で苦しんでるって話も俺は聞いていたんでね」

「そうなのか？」

「そうなんですよ。これは確かな筋からなんで間違いないです」

まったく知りませんでしたね。そもそもギャラリーなどは儲かる商売でもないのでしょうけれど。

「で、ですね。いや俺だって高見さんの人柄は少しは知ってるし、そんなとんでもないことするはずもないって思ってますよ。そもそもそんなことしてなんになるんだって話ですしね」

「そうだろ。あいつぁ見た目こそ怪しい貿易商みたいな格好してるくせに気が小さいが、いい奴だろ」

祐円さんです。怪しい貿易商とはあまりな言い草ですが、まぁ確かに高見さん、そんなふうな見た目かもしれません。

「ですよね。でもお隣さんだし、高見さんもたまにカフェにやってくるだろうし。近頃どうだい、って世間話でもいいから、堀田さん、いろいろ話を聞いてみた方がいいんじゃねぇかなと思ってね」

ふぅむ、と勘一、iPadの写真を見ながら、腕組みして考えます。

「とんでもねぇ話になっちまうとはとても思えねぇが、苦労してるってんならな。それこそお隣さんだ。愚痴でも聞いて憂さ晴らししてやればなんかのためになるかもしれねぇか?」

そういうものかもしれません。

「堀田さん、木島さん」

行沢さんが、顔を上げます。

「それ、もしも話を聞くなら、明日にしてもらえませんか」

「明日?」

はい、と、行沢さん頷きます。

「明日は週休と言って、完全な休みなんです。私も、その話をするときに一緒にいさせてもらえませんか」

木島さんも勘一も、眼をぱちくりとさせました。

「かまわねぇが、どうしてだい。やっぱりその火事の弥次馬だってのが気になるかい」

「それもありますが、高見は私の同級生なんです」

あら、そうだったんですか。

二

夕方です。

秋の日は釣瓶《つるべ》落とし、と言いますが本当にあっという間に暗くなっていきます。でも、もう釣瓶の意味を知っているのは相当の年寄りばかりですよね。若い人に釣瓶など言えば、あの方の顔しか浮かんでこないのでしょうね。

「わぁ！」

学校から帰ってきて居間にいたかんなちゃん鈴花ちゃんが、声を上げましたよ。なんでしょうか。

あぁ、なるほど。青が正装していたんですか。黒のシックなスーツですが、ジャケットは襟がタキシード風のショールカラーになっていますね。そんなお洒落なスーツを持っていたんですか。

「青パパかっこいい！」

「だろう？」

ニヤリと笑います。本当に、贔屓目抜きで格好良いですよ。さすが俳優までこなした男ですね。

このまま映画の撮影をしても随分と映えるでしょう。

そういえば夜は出かけると言っていましたが、そんなお洒落な服装をしてどこへ行くのでしょうか。

「わお」

研人が入ってきてやっぱり声を上げました。

「青ちゃんどこ行くの。パーティ？」

「そうなんだよ。友達のな」

「結婚式？」

「いや、仕事のね。まぁ落成記念パーティに呼ばれたんで、顔出してさ目一杯お店のカードを配って営業してくるよ。普段うちに来ないような連中がわんさか来ると思うからさ」

落成記念パーティですか。何かの建物を完成させたということですかね。青が招待状を出して研人に見せました。

「あー、青山のね。知ってる。あのビルって青ちゃんの友達が造ったの？」

「そういうこと。大学の同級生だ」

どうやら青山に新しくできた、ファッションブランドのビルの落成記念パーティのようですね。このビルの建築を青の同級生が手がけたのですねきっと。

場所はわかります。ここら辺りには行ったことがありますし、もうすぐに始まるようですね。パーティなど若い頃に少し出たことがあるぐらいです。何十年も前の戦争前の話になってしまいます。

ちょっとお邪魔してみましょうか。

素敵なビルです。

どういえばいいかわかりませんが、たぶんこのファッションブランドをイメージしたものなんでしょう。きらびやかな色合いの中に繊細な意匠がそこここにあります。そして既に並べられているお洋服の数々も、とてもわたしなどには似合いそうもないものばかりですが、素敵です。

たくさんの方々が服の間を泳ぐようにして歩いて、歓談しています。青はどこにいるのかと、ちょっと失礼して出席者の皆さんの頭の上の方に浮きまして探してみると、あぁいましたね。奥の方で誰かと話しています。同年代のような方ですから、あの方がひょっとして大学の同期の方ですかね。

楽しそうに話していて、それからその場を離れました。飲み物でも取りに行きますか。近くまで寄っていったときです。

「あれ！　青くん！」

後ろから声を掛けられて、びっくりしました。

その声は、藤島さんじゃありませんか。

「藤島さん！」

青もびっくりして、すぐに笑顔になります。

「来てたの？」

藤島さんもそれはまぁ上等そうな素敵なスーツを着ていますね。出張から帰ってきてそのままこっちに来たのでしょうか。

「びっくりしたよ。どうして?」

「いや、実はここ建てた野村《のむら》っていうのが、大学の同期」

「あ、そうだったんだ」

藤島さんも招待されていたんですね。もちろん経済界ではその名を知らない人はいないほどの社長さんですものね。誰がこの人が普段は古ぼけた古本屋で夜中に店番をしていると思うでしょうか。

「見事なものだね」

「本当に、大した奴なんだよ。大学にいた頃から、なんかもう飛び抜けていた」

そう言う青を見て、藤島さん少し首を傾げます。

「同期の皆もたくさん来てるの?」

「いたね。なんだか皆偉くなっていたり、凄いことやっていたり。まぁ俺には届かないところに行っちまった連中ばかりで」

そう思ってしまうのでしょうか。

「もう出る? 僕はもう話だけはして義理は果たしたんで、そろそろ帰ろうと思っていたんだけど」

義理でしたか。

「そうだね。店のカードもあるだけ配ってきたし。営業終了でいいかな」

「ちょっと、寄ってかないか。すぐ近くに馴染みのバーがあるんだ。軽く飲んで帰ろうよ」

同じところへ帰るのですからね。

そのまま二人でビルを出て、歩いていきます。どこへ行くのでしょうか。藤島さん馴染みのバーというのは、やっぱり高級なお高いところなのでしょうかね。

そういえば、もう藤島さんとは長年のお付き合いになりますが、青と二人きりでこうしているなんて、初めてのことですよね。

すぐそこ、と藤島さん言いましたが、本当にすぐそこでしたね。大きな道路を渡って中通りに入っていって、小さなお洒落なビルが並ぶ中の、時代に取り残されたような古い小さなビルの前で止まります。まるで昔の日活《にっかつ》映画に出てきたようなビルですね。

そこの一階ですか。大きな重そうな木の扉を開けると、中もまた古いですね。

大きな焦茶色の木のカウンター。赤い天鵞絨《ビロード》張りの猫足のソファに重そうな木のテーブル。壁は緑のウィリアム・モリスのテキスタイルのような植物柄。吊るされたペンダントライト。

なるほど藤島さんの好きそうな古色蒼然《こしょくそうぜん》としたバーですよ。こんなところに飲みに来ているのですか。

二人でカウンターの赤い天鵞絨張りのスツールに座ります。マスターもまた渋いですね。波打つ銀髪に真っ白なお髭がよく似合います。

バーボンですか。青は、強いですよね。普段は晩酌をすることもなく健康的な生活をしていますが、若い頃はよく飲み歩いていました。うちの男達でいちばんお酒に強いのは青かもしれません。

軽くグラスを合わせ、二人でくいっと一口呷《あお》ります。

「何かあった？」

藤島さんが、小さな笑みを見せながら青に言います。

「え？」

「パーティの最中、浮かない顔をしていた。そんな顔あまり見たことない」

「そう？」

青がちょっと首を傾げ、そして苦笑しました。覚えがあるのでしょう。

「久しぶりに会った連中がさ、皆凄くてね。俺は何をやってるんだろうなって。少し拗《す》ねちゃったかな」

微笑みます。

「青くんだって、凄いじゃないか。俳優として活動して家業の〈東京バンドワゴン〉を裏からしっかりと支えている。この間もまた映画のオファーがあったって言ってた」

「あれは、断った」

「そうなんだ」

唇を引き締めます。

「俳優は、もうやらない。できないよ。俺なんかちょっと顔がよくて雰囲気があるだけのなんちゃって俳優だからさ。一、二度ならそれで通用しても、本物の連中に混じることなんかできないんだ。凄いんだ俳優さんは。佳奈ちゃんもそうだけどさ。全然無理」

うぅんと藤島さん唸ります。そうなのでしょうかね。

本人がそう思うのならそうかもしれませんし、演技の勉強をしたわけでもありませんし、あの池沢百合枝さんの息子だからって、俳優の資質があるとは言えませんからね。

「なんかさぁ、何でもできると思ってやってきたし、そこそこなしているとは思っているんだけど」

「青くんのさ、美術や音楽、演劇やファッションや、本当にあらゆるサブカル含めたカルチャーに関する見識があるから〈東京バンドワゴン〉の一角を担えているんじゃないか。それは堀田さんにもすずみさんにもないものだよね。青くんにしかできない」

確かにそうです。その辺りは本当に青は凄いのです。スパコン並みといわれるすずみさんの古書や文学に関する知識も凄いですが、青の持つその分野に関することはすずみさんも敵いません。もちろん勘一もです。

「でも、俺稼げていないんだよね」

青が、肩を落とします。

「親父は今だって印税でけっこうな額を稼いでいるし、兄貴だってね。まだ売れてる作家とはいえないけれど、少なくとも家族三人を喰《く》わせられるぐらいの甲斐性《かいしょう》はある。甥《おい》っ子《こ》の研人に至ってはもう我が家でいちばんの稼ぎ頭ですよ」

確かに、それはそうかもしれませんけれども。

「古本屋だってね、まぁじいちゃんとすずみが二人で喰えるぐらいは何とかなってる。カフェは亜美さんがしっかりやってる。藍ちゃんとマードックさんは、向こうではそれなりに売れてるアーティストですよ。地味にやってきたけれど、ちゃんと実を結んでいるんだよね。そんな皆の中でじゃあ俺は今まで何をやってきたんだって。家族三人喰わせていってるかと言えば、全然なんですよ。もうほとんど実家のヒモみたいなもんで」

溜息《ためいき》をついて、グラスの中身を口に放り込みます。

「そんなんで、今夜もね。情けないなと痛感しちゃいましたよ」

本当に、そんなことはないんですよ。青がいるからこそ、古本屋がきちんと動いているんです。カフェだって青がいることによってどれだけお客様を摑《つか》んでいるか。

でも、そんなふうには思えないんでしょう。何もできていないんだと、考えてしまうんですね。まったく気づいてやれていませんでしたね。青のそんな思いには。


先に家に戻ってくると、もう九時半を回っていました。晩ご飯は皆もう済みましたね。カフェはまだ開いています。藍子がカウンターでマードックさんがホールにいますね。今夜はこの夫婦で最後までですか。そういえば、カフェの壁に掛かるマードックさんと藍子の絵は、イギリスから帰ってきて全部新しくしました。意外とすぐに売れていくものもあります。お客様も何組かいらっしゃいますね。夜営業を始めた頃の勢いはありませんが、それでも営業的には充分です。古本屋は表は閉めていますが電気は点いています。いつもは藤島さんが座っているのですが、今日は我南人が座っていますね。帳場でiPadをいじっていますから、普段は自分の部屋でやっている作曲でもしているのかもしれません。ひょっとしたらベンジャミンが気になっていますかね。

勘一は、座卓で新聞を読みながらお茶を飲んでいます。他の皆はお風呂に入ったり自分の部屋に戻っているのでしょう。

二階から、紺と亜美さんが布団を一式仏間に運んできました。話していましたものね。ベンジャミンについていると。

いつも居間に最後までいるのはほとんど紺ですよね。そういう意味では夫婦がずっといることになりますから、ちょうどいいでしょう。

ベンジャミンは、仏間で寝ています。一時期はふくよかだったその身体は、もう皮と骨がくっついているかのような感じです。息はしています。お腹の辺りが小刻みに動いています。もうトイレに行くこともできないので、シートを毛布の上に敷いていますね。

亜美さんが、静かに布団をその横に敷いています。

あら、もう寝ていたはずのかんなちゃんと鈴花ちゃんが、パジャマ姿で自分たちの枕を持って下りてきましたね。

「どうしたの？」

紺が訊きます。二人とも寝惚け眼ですよ。眼をこすっています。

「かんなと鈴花も、ベンジャミンといっしょにねていい？」

紺と亜美さん、勘一も我南人も顔を見合わせ、微笑みます。

「そっち側に二人の布団敷いてよ、襖半分閉めりゃあ暗くなるだろ」

勘一が仏間の奥を示しながら言います。まだしばらく居間は明るいですけれど、そうすれば二人は眠れますかね。

「そうですね。いいよ。一緒に寝よう」

「じゃ、二人の布団持ってくる」

紺が、二階に向かいます。かんなちゃん鈴花ちゃんは、枕を持ったまま眠るベンジャミンの横に座りました。

「あのね、かんな、鈴花ちゃん」

亜美さんは、二人に静かに語りかけます。

「ひょっとしたら、ベンジャミンは凄く動くかもしれないの」

「動く？」

「死んじゃうときにね、身体がびくびくっ！　って今まで見たことないぐらい動いたり、聞いたことない声で鳴くかもしれない。そういうことが、犬や猫が死ぬときにはあるの」

かんなちゃん鈴花ちゃん、顔を少し顰めます。

「でも、それが普通のことなの。もしそのときに二人が起きていて近くにいたら、すごくびっくりするかもしれないし、二人とも泣いちゃうかもしれない。覚えておいてね」

「わかった」

「うん」

二人ともこくん、と真面目な顔で頷きます。かんなちゃんが、ちらりとわたしの方を見ましたね。

「大丈夫ですよ。そういうふうになってもね、それはベンジャミンが皆にありがとうって言ってるんだから。さようならって言ってるの。皆に挨拶して、天国に行くんですから」

今は紺がいませんから、かんなちゃんにだけ、わたしの声が聞こえています。

かんなちゃん、小さく顎を動かしました。後で鈴花ちゃんにも教えてあげてくださいね。

そういう予感がしましたので、ずっとわたしも仏間にいました。

居間と仏間の間の襖は閉めてあります。

深夜、いえもう明け方です。本当にかすかに外の暗さが薄くなってきました。

かんなちゃんと鈴花ちゃんの静かな寝息が聞こえてきます。亜美さんも、ベンジャミンの隣で眠っています。

そういえば、亜美さんがお嫁に来てからもう二十年以上が経ちますけれど、寝顔をじっくり見るのは初めてですね。

亜美さん、恐ろしいほどに美しいと言われ続けていますが、寝顔は可愛らしいですよ。こうしてみると、かんなちゃんの寝顔と同じです。やっぱり母子なのですね。

何か、くぐもったような音、いえ、声がしました。ベンジャミンですね。寝ていたはずの亜美さんが飛び起きます。

「ベンジャミン」

小声で、呼びます。

ベンジャミンがもう開かない眼を静かに開けたような気がしました。暗がりでよく見えません。身体が、震えているように思えます。痙攣《けいれん》かもしれません。亜美さんがベンジャミンをそっと持ち上げて、静かに抱きしめます。ベンジャミンが舌を出して亜美さんの手を嘗《な》めたような気がします。

「ベンジャミン」

小さな、涙声。

いつの間にかかんなちゃんが起きています。走って亜美さんの横にくっつきました。

「ベンジャミン」

その声に鈴花ちゃんも起きましたね。急いで近くに寄っていって、ベンジャミンにそっと触ります。

「ベンジャミン、さよなら。さよなら」

「さよなら、また会おうね。いつか会おうね」

さよなら、と、二人は何度も言います。僅《わず》かな生気を発していたベンジャミンの身体から、何かが抜けていった気がしました。亜美さんも気づきましたね。涙の滲《にじ》む眼を少し大きくさせて、身体を少しだけ強く抱きしめます。

ベンジャミンが、逝ってしまいました。


朝になり、祐円さんが来たときに、勘一が話をしました。

「そうか、ベンジャミンがな」

「随分長生きしてくれたぜ」

本当にそうですね。

「他の猫たちどうした。犬とかも。寄ってきたりしなかったか」

「いや、何にもなかったって亜美ちゃん言ってたな。普通に朝起きてきて、餌はまだかって言ってたぞ」

そういうものですよ。かえってそれは、普通のことだよ悲しむことない、どこかでまた会えるんだから大丈夫と言っているような気がしますよ。

「猫が三匹になっちまったか。またもう一匹増やすか？　保護猫扱っているところ、ここら辺にもあったじゃないか」

「いやこういうもんは、縁だからな」

死んじゃったからといって、代わりの猫をすぐに飼ったりはしてきませんでしたよね。本当に縁があってやってくるものです。今までだってそうでしたから。

「よし、じゃあかんなちゃん鈴花ちゃんが学校から帰ってきたら、俺がまた庭で神葬祭やってやるぜ」

「おう、そうか」

「ベンジャミンは、俺が連れてきた猫だからな。縁があるってもんだ」

そうでしたね。二丁目に住んでいた初美《はつみ》さんの飼い猫がベンジャミンでしたよね。

初美さん一人暮らしでしたが身体を悪くして飼えなくなってしまい、センターなどに引き取ってもらうのは忍びなくて、祐円さんに託して我が家にやってきた猫でしたよね。

＊

ランチタイムが終わって、落ち着いた時間が流れる頃。からん、と土鈴の音がすると古本屋の戸が開いて、行沢さんがやってきました。

今日は週休で完全に休みの日と言っていました。革ジャンにジーンズという何でもない姿なのですが、行沢さん背が大きくて鍛えられた身体をしていますよね。こういう方は何を着ていても様になるからいいですよね。

「おう、行沢さん」

「お邪魔します」

昨日話していた件ですね。〈アートウ〉の高見さんに、ちょっと話を聞いてみようとなりました。おかしなことにはならないと思うのですが。

木島さんも先程やってきて、居間のところで藤島さんと話しています。これは例の本の打ち合わせついでですよね。

青もすずみさんも蔵から店に出す本を運んでいますから、蔵と居間を行ったり来たりしています。

「来たよぉ」

我南人が、高見さんを連れてきました。高見さん、古本屋にいる行沢さんを見て、驚いていますよ。

「行沢じゃないか」

「高見、久しぶり」

高校時代の同級生と言っていました。三年生では同じクラスで、しかも同じ陸上部に所属していたそうです。

何で呼び出されたのかわからない高見さん。居間で皆に囲まれて不安そうな顔をしています。

勘一が居間に来たので、すずみさんが古本屋の帳場に座りました。

コーヒーをお出しして、おもむろに勘一は言います。

「高見さんな。急に呼び出してなんだったし、余計なお節介になると思うんだけどな」

「はい」

「もう十年近い付き合いになるか。お前さんがあの銭湯の素晴らしい建築をこの町に残したいって〈アートウ〉を立ち上げてさ。うちの我南人も最初は世話になってな」

「いやもう本当に我南人さんにお世話になったのはこっちで。最初のあのイベントのお蔭で今までやってこられたようなもんですよ」

「お前さんがこの町を思う気持ちはよ、よっくわかってる。だからこそ、心配になっちまったんで訊くんだが。木島は知ってるよな」

「もちろんです」

木島さんと顔を見合わせます。

「この木島がよ。夏の火事んときに、こんな写真を撮っちまったそうなんだ」

iPadで、あの写真を高見さんに見せました。高見さん、眼を丸くしましたね。

「いや、なんてこたぁないんだ。木島もそうだが、たまたまここにいたんだろうしな。でもな、木島が余計な記者根性出しちまって、こないだの火事んときに現場まで走ったそうだ。そこでもお前さんを見たって言うんだよ。しかもな、お前さんところの経営が火の車で、三件の火事の関係者に全部アート関係者がいたってところまで調べてきやがったんだよ」

あ、と、高見さんが口を開けます。

木島さんを見て、行沢さんを見ます。何を言いたいのか、わかったようですね。

「いや！　偶然！　いや違う、この写真のときは偶然です！」

「写真のとき、は？」

高見さん、眼を見開いて、皆を見回し、それから深く深く溜息をつきました。

「あの、本当にこの写真のときは偶然なんですよ。このビルの近くでそれこそアート関係者と飲んでいまして、それでここが火事だってんで文字通り弥次馬で」

「見ていたのか」

「そうです。木島さんの言うように知り合いの店があるビルでもありましたしね。でもですね」

また息を吐きます。

「その後にね、そいつが保険で金が下りて、生まれ変わったように助かったって話を聞いてしまってね」

あぁ、と皆が納得するように頷きます。

保険金ですか。

「そのビルの、アート関係の人間もですね。火の車だったんですよ。それがすっかりよくなってしまったとかで、それでこないだの火事のときもやっぱり同じような仕事をしてる奴のところだったんで、まさかと思って見に行ったりしたんです。そのときに、木島さんに見られたんですね。いや、本当です！　放火なんてそんなことしないよ行沢！」

行沢さん、少し難しい顔をした後に、口元を緩めます。

「わかった。俺だってお前をそんなふうに疑ったわけじゃない。どうしてそんな偶然が重なったのか、理由があるはずだと思ってさ」

「その理由ってのが、経営が火の車だってことか」

高見さん、がくん、と首を垂れます。

「そうなって、しまいますね。自分でも気づいていなかったですけど、恐ろしいですよ。火災保険っていうのはそんなんで金が入ってくるのかと。じゃあうちも、なんて考えてしまったのは、事実なんですよ」

自分のところ、〈アートウ〉が燃えたのなら、保険金が下りてくるということですね。つい考えてしまって、そういう行動に出たと。

「自分が恐ろしいです。守ろうと思っていたものを燃やしてしまおうなんてちらっとでも考えたなんて」

高見さんが首を横に振ります。

「そこまで追いつめられてたのかい」

ゆっくりと、頷きます。ぎりぎりだったのですね精神的にも。

「わかってます。ダメなら畳めばいいんですよ。売り払えば買う不動産屋はいます。でも、そうしたら、間違いなくあんな素晴らしい銭湯建築のものが、ただのマンションとかになってしまうんですよね。絶対そうなんです。それは、つらいんですよ。残したいんです。残したいから始めたんですよ〈アートウ〉を。この町の空気を、風情を」

その気持ちは、わかります。

町が変わっていってしまうのは時代の流れでどうしようもないことですが、残せるものならば、古き良きものはしっかりと残して、その良さをいつまでも留めておきたいものです。ましてや、あの〈松の湯〉さんの建築は本当に素晴らしいものですからね。あの脱衣所の格子天井に描かれた絵なども芸術と言っていいものです。

「あの！　堀田さん」

「おう」

「こうやって呼び出されたのになんですけど。実はずっとお話ししたいと、ご相談したいと思っていたことがあるんです。とんでもないことを言いますが、〈東京バンドワゴン〉さんで、隣のよしみで、何とか残してもらえませんか」

勘一が、眼を細めました。

「残すって〈アートウ〉をか。〈松の湯〉をか」

「そうです！　もう他の、どこの誰よりも、この町でいちばんの歴史の証人である〈東京バンドワゴン〉があそこを引き継いでもらえたら、最高だと思うんです。それをお願いできないかと、ずっと考えていたんです」

勘一が眼を丸くします。

「うちがか」

我が家で、〈松の湯〉さんを、〈アートウ〉さんを買うのですか。

高見さんが行沢さんと一緒に帰っていきました。

何よりも、疑いというか、どういうことだったかはわかって良かったです。そして苦しんでいることが、もうどうにもならなくなっていることがわかったのも良かったですよ。

居間の座卓でお茶を飲み、勘一が考えていますね。いつの間にか研人も居間に来ていて話を聞いていましたね。

うぅむ、と、勘一が心の中で唸り続けているのがよくわかります。

「相当に、ヤバい状況になってましたね。火事の保険金目当てまで考えたってのはよっぽどですよ」

木島さんが言います。

「隣だものねぇえ。手を伸ばせば届くような隣ぃ。僕の部屋の真向かいだからぁ」

「まぁ、隣の土地は借金しても買えってなんか前にも言ったな」

「そうだったねぇえ」

言いましたね。〈はる〉さんで、ですよ。まさか自分のところでもまた言うとは思いませんでしたね。

「じゃあぁ、そこを僕と研人のスタジオにしようかなぁ。設計は夏樹くんのところに頼もうかなぁ」

「簡単に言うない。いくらおめぇでもあすこを全部買い取ってどうこうを、ポンとできるはずねぇだろ」

そうですよ。〈アートウ〉さんは広いです。我が家の敷地の三倍や四倍は間違いなくありますよ。

「だからって藤島、手を上げるなよ。おめぇはすぐに商売っ気抜きの余計な気を回すからな」

まさに藤島さん何か言おうとしてましたけど、うーんと苦笑いします。

「その気持ちは嬉しいがよ。それじゃあどうにもこうにも収まりが悪いじゃねぇか今回はよ」

そうですよ。藤島さんにしたって億万長者でもあるまいしです。

「オレ、その辺のマンション買うぐらいならもう貯まっているけど、無理か。そういう話じゃないよね。買った後にどうするってことだよね」

研人が言います。そんなに貯まっているんですか。でもその通りです。

「あ、じゃあさ」

研人が続けます。

「クラウドファンディングってのはどう？　何かきっちり名目立ててさ」

クラウドファンディングですか。その手はありますね。

勘一が顔を顰めました。

「そりゃあいいこったと思うがな、俺ぁどうにも好かねぇんだ。いやいいぜ？　情けは人のためならずってな。助け合うのは本当にいいこった。俺もそういうのを何回か見ているが手術費を助け合ったりよ、それはいい。だがよ、これは商売の話だ。自分の力で勝負しようってのに、端《はな》っから人の情けをあてにして商売するってのはどうよ、ってならねぇか？」

一理あるというか、勘一の気持ちもよくわかりますね。もしもお隣を譲り受けるとしたら、我が家で商売をするという話です。

しかも、大口の商いです。

「俺がやろう」

じっと一度も口を挟まずにいた、青が言いました。

皆が少し驚きましたね。

「青が？」

「何をやるんだおめぇが」

青が、うん、と、小さく頷きます。

「鈴花をピアノ教室に通わせて、見学しててさ、思ってたんだけど。音楽の才能のある子ってたくさんいると思うんだ。研人にしたってさ、小学生のうちなんか全然気にしなかったじゃないか。親父のギターいじっていたけど、まさかこんなふうになるなんて誰も思っていなかった」

それはそうです。元気いっぱいの普通の男の子でしたよ。

「音楽を楽しめる、才能を発掘する、それでいて一流のプロが音を作るスタジオもある。我南人と研人という二枚看板、ツートップがここにいるという事実。そして」

カフェを見ました。

「絵描きがいる。世界を歩いている二人が。小説家もいる。あまり売れていないけれども実力も知見も兼ね備えた男が。音楽、美術、文学。ほとんどすべての芸術が集まっているんだここには。それをすべて子供たちが楽しみながら学び、世界へとその才能を羽撃《はばた》かせる場所」

「クリエイターズ・ビレッジですか！」

藤島さんが、満面の笑みを浮かべます。

「それなら！　我が社も事業として参画できます。いや、ぜひやりたいですよ！　もちろんそれは商売としてです。我が社だって既に書道の文化施設をやっていることですし」

勘一が、上を向いて考えています。

「まぁ、そういう話ならな。藤島に助けてもらう意味もあるってもんだが」

「もちろんそこは〈東京バンドワゴン〉じゃない。別会社。どうやって会社にするかなんて、経営の仕方も含めて教えてくれる人が目の前にいるしさ。親父や研人たちはあくまでも看板。本物のミュージシャンは歌っていればそれだけでいい、絵描きは絵を描き、小説家は物語を書く。その活動を支えてさらに子供たちの未来を支える経営をしっかりやるのは、俺」

青が、社長ですか。

でも、考えれば、それらをすべてまとめてできるのは、確かにうちでは青しかいませんね。

「いい話だ。俺ものれるぜ」

「具体的にはぁあ？　まだ思いつきだろうけどどうするのぉ。簡単に言えば、芸術の塾なんだよねぇえ」

「ただの塾や教室ならそこらにいくらでもあるよ。でも、たとえば我南人の〈LOVE TIMER〉と研人の〈TOKYO BANDWAGON〉がそこをレーベルにしてそこのスタジオでアルバム出してMV作って流してるならどうなる？　塾で学んでいて才能がある子にとってここはとんでもないリアルな実技の時間、発表の場になるじゃないか」

「本物のミュージシャンと一緒にアルバムを作ったりツアーに出たりできるってわけですか！」

「いいじゃん！　楽しいじゃん！」

研人です。凄く嬉しそうな顔をしてますね。

「もっと言えば我が家には、引退したのに引っ張り出すのは申し訳ないけど、日本を代表する女優だって、今現在人気の女優だって、実際の映画に出たイケメンの俳優だっている。音楽だけじゃない、舞台や演技の方面にだって手を伸ばせる」

「デジタルの方面では我が〈ＦＪ〉が参画できますね。ＭＶ作るにしたってＣＧにおいても最高のスタッフと機材を揃えられますよ」

「たとえるなら、普通の塾が一階しかない建物だとすると、ここは十階にもなるビルぐらいの大きさがある高度も深度もケタ違いの〈芸術の塾〉になるんだ」

「しかし資金はどうするよ青。何もかも藤島におんぶにだっこじゃあやる意味はねぇし、俺は反対だ」

「俺だって、研人じゃないけれど、タワマン買えるぐらいの貯金はあるよ」

「えっ！」

すずみさんが大きな声を上げましたよ。眼を真ん丸くししました。わたしも驚きました。青のどこにそんな稼ぎがあったのですか。

「青ちゃん、何をしたの！」

「映画だよ」

「映画？」

「池沢さんと一緒に出た映画。鈴花もかんなも出たろう。あの映画の池沢さんと俺のギャラは、映画の全ての収入のパーセンテージで貰っているんだ。つまり、ＤＶＤとかも売れれば売れるだけこっちに入ってくる。そういう契約にしてあったんだ」

そういう形はよく聞きますね。

「池沢さんはさ、その全部を俺に預けているんだよ。自分の最後の映画を、まぁ俺がこうやって言っちゃうのもなんだけど、その全てを息子のためだけに残したいって。最初で最後のお願いだって頼まれてさ。俺が全部使ってもいいし、あるいは鈴花とかんなの二人の将来のために使ってくださいって」

池沢さん、そんなことを。

罪滅ぼし、でしょうか。以前もそんな話を池沢さんはしていましたから。

「もちろん、これは、三浦に行って池沢さんに話してくるよ。ありがたく使わせてもらいますってさ。そして必ずその分の利益は上げる。なんだったらそれで俺が立派な墓を建ててやるからって」

あのときの話の続きになっちゃいますよ。

翌日になりました。

消防士の行沢さんから古本屋の方に電話がありまして、あの夏のビル火災を起こした放火犯が、警察に逮捕されたということでした。もうニュースになっていますと。

消防士さんも警察の捜査の詳細はまったく知らされないということなので、信じてはいましたけど、ちょっとホッとしましたと言っていたそうですよ。他の火事はどうだったのかはまだわかりませんが、手口からおそらくは同一犯ではないかと。本当に、いえ火事自体はとんでもないことなのでそう言うのは不謹慎ですが、高見さんではないとはっきりわかってホッとしました。

行沢さん、実はコーヒーがとても好きで、これからもちょくちょく来てくれるそうですよ。常連の方がまた一人増えてよかったです。

その日の夕方です。

かんなちゃん鈴花ちゃんがアキとサチの散歩に出かけるというので、研人と我南人もついていきました。

アキとサチの散歩は誰がするかというのは特に決まってはいませんが、そのときに身体が空いている人がいきますから、自然と研人とか、我南人とかが行くことが多いですよね。ただ、いくら大人しい犬でも二匹一緒で何かあると混乱してしまいますからね。かんなちゃん鈴花ちゃんが二人だけで散歩に行くのは、高学年になってからでしょうか。

それが、妙に帰ってくるのが遅かったんですよね。

いったいどこまで散歩に行っているんだと皆が思っていたのですが、暗くなる少し前に帰ってきたら、猫がいました。

一匹の小さな真っ白い子猫です。

「ついてきちゃったの」

アキとサチの散歩中に、公園のところを通ったら子猫が一匹ついてきたそうです。半ノラなどはいるのですが、子猫の半ノラはそうはいません。

人懐こくついてくるので、抱っこして、研人が周りをかなり探したのですが親猫はいませんでした。

放っておくわけにもいかずに、近くの動物病院にも連れて行って話をしてきたそうです。その場でチラシも作ってくれて、病院に貼ってくれました。もちろん、検査もしてきました。

ベンジャミンが死んでしまった次の日に、ですか。

縁なのでしょうか。

我が家にはケージがありますからね。まずは、ケージに入れます。元気な子猫ですよ。

全然ものおじしていません。

「すてねこでしょうね」

「かもな」

ひょっとしたら何日かして飼い主か親猫が見つかるかもしれません。しばらくうちで様子を見ることになると思いますが、たぶん、このままうちの猫になるんじゃないでしょうかね。そんな気がします。

「ベンジャミンってつける？」

「いや、そういうのは玉三郎とノラだけでいいさ。二人で考えて好きに名前をつけていいぞ」

「ルウってつける！」

かんなちゃんが言います。ルウちゃんですか。

「鈴花もいい？」

「いいよ。ルウちゃんってかわいい」

皆が、ルウ、ルウちゃん、と繰り返していますね。

「そりゃ可愛い名前だな。いいんじゃないか」

「どうして、ルウ？　何かの名前？」

「パッと思いついた。見たときすぐに」

そうですか。かんなちゃんの勘の鋭さは超一流ですからね。きっとどこかから天啓のように降ってきたんでしょう。

「カタカナのルウでいいの？」

すずみさんが訊きました。動物病院に行くと必ず名前を確認して登録されますからね。ノラなどは一時期漢字の〈野良〉になっていましたよ。

かんなちゃん、ちょっとだけ考えました。

「ひらがなにしよう！　ひらがなの、るう」

るう、ですか。

良い名前じゃありませんか。

＊

夜になると空気が冷たくなるようになりました。それぞれの部屋ではホットカーペットなどが活躍しているのではないでしょうかね。

もう居間には誰もいませんが、炬燵にした座卓の布団の上で、アキとサチが寝ていました。今日はどうしてここに寝ているのでしょうね。

あぁ、ピクリと耳が動き顔を上げます。誰か来ましたね。

紺です。コーヒーを淹れに来ましたか。いつものように、台所のコーヒーメーカーのスイッチを入れて、仏間まで来ます。

おりんをちりんと鳴らします。

「ばあちゃん。いる？」

「はい、お疲れ様。るうはどうだい？」

「うん、ずっとここにいたみたいに寝ている。すぐにケージから出せるんじゃないかな」

「良かったよ。うちの猫たちは皆優しいから馴染むのも早いでしょう」

「そうだね。落ち着かないのは、これからの青だろうね」

「青はね、言っていたんだよ藤島さんに。この家で自分だけが何もできていなくて苦しいって」

「そんなことを？」

「いろんな才能はあるのに、どう扱えばいいのかわからなかったんじゃないかね」

「それは思う。羨ましかったからね。僕ができないことを軽々とやってのける青が」

「それでも、苦しかったんでしょうよ。才能を存分に発揮する父や兄、甥っ子にまで囲まれてね」

「それは、気づいてやれてなかったな」

「わたしもだよ。皆そんなこと思っていなかったし、考えてやれていなかったね」

「俳優なんかやっていたし、コンプレックスとは無縁だと思っていたからな」

「紺もこれからですよ。頼れる兄としての本領を発揮してやりなさいな。弟のために」

「頑張るよ。あれ、終わりかな」

そうですね、話せなくなったと思ったら、勘一の姿が見えましたよ。

「おう、なんだ紺。ばあさんと話でもしていたか」

笑って、仏間に入ってきます。いつも紺が最後寝る前にここの電気を消すのがわかっていますからね。

「じいちゃんどうしたの」

「いや、るうを見てきたんだ。ぐっすりでポコがすぐ近くで寝てたな」

あら、そうですか。ポコがこの家でいちばんの古株になってしまいましたからね。子猫の面倒を見てやろうという気になっているのでしょう。

勘一が、おりんを鳴らします。

「サチもよ、まさか青が〈松の湯〉で働くとは思ってもみなかったろうな」

「ばあちゃんのいた頃はまだ〈松の湯〉だったからね」

そうですね。わたしは実は銭湯のあの広いお風呂が大好きでしたよ。毎日通いたいぐらいでした。

「なぁ、紺」

「うん？」

「俺らはよ、ずうっとここにいるから、ある意味で井の中の蛙《かわず》になっちまっているんだよな」

「されど大空と大海を知ってるんだろ。井の中にある、本という大きな世界で」

ずっと言っていることですね。「世の森羅万象は書物の中にある」ですよ。

「知っているから、知ったつもりになっちまってて、いつの間にか飛ぶことも泳ぐことも忘れちまったってことはあるのよ。俺なんかぁあとは棺桶《かんおけ》の蓋を閉めるだけだからいいけどよ。青なんかまだまだこれからよ」

「そうだね」

その通りですね。

「まぁしかし」

勘一が仏壇にあるわたしの写真を見ましたね。

「青がこれからどうなるか。また楽しみが増えちまってよ。サチのところへますます行けなくなっちまったな」

「まだ来なくていいですって言うよばあちゃんなら」

勘一が笑いながら手を伸ばして、おりんを鳴らします。

どうぞ、のんびりしてくださいな。わたしも、あなたが生きている限り、一緒に皆の行く末をこうして見ていますから。


人は、どうして生まれてきたのかと、一度は考えることがあるのではないでしょうか。

誰かと比べて自分が劣っているとか、あるいは無力感に襲われたり、妬《ねた》み嫉《そね》みを感じる自分を恥じたり、何でこんなふうに生まれてきちゃったのだろうと、それ自体を恨むこともあるのでは。もっと酷《ひど》く、苦痛や悲嘆、孤独や絶望感、そういうものに囚《とら》われ、苦しめられ、嘖《さいな》まれて、自分が生まれてきたことに何の意味があるのかと思い、死んだほうがずっとましだと感じる夜もあるかもしれません。わたしにでさえ、七十余年の人生の中で幾度かそういうときがありました。

でも、思うのですよ。

生まれてきただけで、人は幸せや喜びを感じるという凄い力を得ているのだと。

感じられるそのことが、もう生きる力なのです。

朝の明るい陽射し、夜の静かな闇、鳥の小さな鳴き声、猫の柔らかな身体、犬の嬉しそうな走り、父の温かい大きな手、母の優しい瞳、親しい友の笑顔。

初めて乗れた自転車、泳いだ海の広さ、春の緑のきらめき、夏の暑さの高揚、秋の色づきの美しさ、冬の水の清冽《せいれつ》さ。

生きていることで感じられる小さくとも幸せな思い、喜べる気持ち。それが感じ取れるということが、それはもう大きな力なのです。同じように感じ取ってしまう悲しみや苦しさは、影が無ければ光もないように、その力ゆえのものです。

何もできないと思うのは、自分に生きる力がないのではありません。

そう思えることが、もう既に大きな力を持っている証拠です。それは、生きているからこそ、誰もが使える力です。

その力がある限り、人は幸せや喜びを感じ取ることができます。

どんなに小さなことでも、たとえば漫画を読んでおもしろかったと思ったのならば、それはもう間違いなく生きていて良かったという瞬間ではないでしょうか。

そう思えるときを感じるために、自分ができることをやっていく。

どう生きるかは、自由なのです。誰と比べるものでも、比べられるものでもありません。

喜びや嬉しさを感じるその力で、前に進んでいけばいいのですよ。

あの頃、たくさんの涙と笑いをお茶の間に届けてくれたテレビドラマへ。

小路幸也　しょうじ・ゆきや
北海道生まれ。広告制作会社退社後、執筆活動へ。『空を見上げる古い歌を口ずさむ』で第二九回メフィスト賞を受賞して作家デビュー。代表作「東京バンドワゴン」シリーズをはじめ、「旅者の歌」「札幌アンダーソング」「国道食堂」「花咲小路」シリーズなど著書多数。

＊本書は書き下ろし文芸作品です。

ペニー・レイン
東京《とうきょう》バンドワゴン

二〇二三年四月三〇日　第一刷発行

著者　小路《しょうじ》幸也《ゆきや》

発行者　樋口尚也

発行所　株式会社 集英社
〒一〇一−八〇五〇 東京都千代田区一ツ橋二−五−一〇
電話 〇三−三二三〇−六一〇〇（編集部）
〇三−三二三〇−六〇八〇（読者係）
〇三−三二三〇−六三九三（販売部）書店専用

印刷所　凸版印刷株式会社

製本所　株式会社ブックアート

定価はカバーに表示してあります。

©2023 Yukiya Shoji, Printed in Japan
ISBN978-4-08-775464-3 C0093

造本には十分注意しておりますが、印刷・製本など製造上の不備がありましたら、お手数ですが小社「読者係」までご連絡下さい。古書店、フリマアプリ、オークションサイト等で入手されたものは対応いたしかねますのでご了承下さい。
本書の一部あるいは全部を無断で複写・複製することは、法律で認められた場合を除き、著作権の侵害となります。また、業者など、読者本人以外による本書のデジタル化は、いかなる場合でも一切認められませんのでご注意下さい。

〈東京バンドワゴン〉シリーズ

好評発売中!

集英社

東京バンドワゴン

老舗古書店〈東京バンドワゴン〉を営む、
ワケあり大家族・堀田家。
大人気シリーズの第1弾。

シー・ラブズ・ユー

赤ちゃん置き去り事件、
幽霊を見る小学生…
おかしな謎が次々と舞い込んで、
〈東京バンドワゴン〉は今日も大騒ぎ。

スタンド・バイ・ミー

絆がさらに深まるシリーズ第3弾。
古書に子供の字で書かれた
〈ほったこん　ひとごろし〉の落書き。
あらゆる謎を万事解決！

マイ・ブルー・ヘブン

初のスピンオフ長編。
舞台は終戦直後の東京。
勘一と、今は亡き
最愛の妻・サチとの出会いの物語。

オール・マイ・ラビング

ページが増える百物語の和綴じ本、
店に置き去りにされた猫の本…。
家族のドラマも満載のシリーズ第5弾。

オブ・ラ・ディ オブ・ラ・ダ

勘一の曾孫たちは大きく成長し、
賑やかな堀田家だが、
ある人の体調が思わしくないことが判明し…。

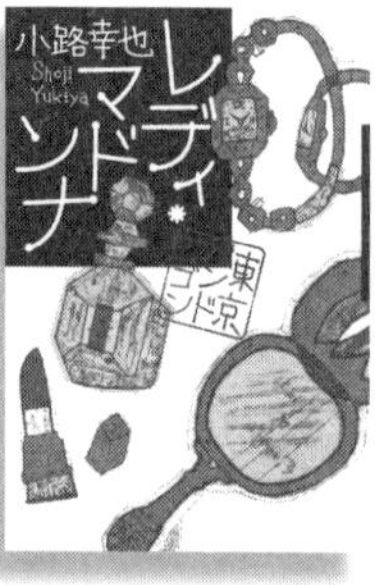

レディ・マドンナ

勘一を目当てに店に通ってくる
女性が現れて一家は騒然。
女性のパワーが家族の絆を結び直す、
シリーズ第7弾。

フロム・ミー・トゥ・ユー

様々な登場人物の視点から
過去のエピソードを描いたスピンオフ短編集。
人気キャラクターの知られざる秘話が満載！

オール・ユー・ニード・イズ・ラブ

中3になった研人はますます音楽に夢中。
なんと「高校に行かずにイギリスへ渡る」と宣言！
さて堀田家はどうする？

ヒア・カムズ・ザ・サン

夜中に店の棚から本が落ち、
白い影が目撃されて、幽霊騒ぎが持ち上がる。
我南人たちがつきとめた、
騒動の意外な真相とは。

ザ・ロング・アンド・ワインディング・ロード

店の蔵に封印された私家版を巡り、
堀田家に騒動が巻き起こる。
貴重書を取り戻すべくやってきた客は、
なんと英国秘密情報部!?

ラブ・ミー・テンダー

舞台は昭和40年代。若き日の我南人の青春、
そして運命の女性・秋実との出会い――。
堀田家の知られざる歴史が
明らかになる番外長編！

ヘイ・ジュード

花陽の医大受験に加えて、
家族の引っ越しが相次ぐ堀田家。
一方、我南人のバンドは闘病中のボンと共に、
長くあたためていた
アルバム制作に取り掛かり…。

アンド・アイ・ラブ・ハー

高校卒業後の進路に悩む研人、
「老人ホーム入居を決めてきた」と宣言するかずみ、
そして長年独身を貫いてきた藤島…。
それぞれの人生の分かれ道を描く。

イエロー・サブマリン

花陽は成人、勘一は米寿、
そして高校卒業後に
プロミュージシャンとなった研人は
芽莉依と結婚!?
令和も堀田家は健在！

グッバイ・イエロー・ブリック・ロード

〈TOKYO BANDWAGON〉がイギリスで
レコーディングを行うことになり、
藍子とマードックの元を訪れるが、
マードックの姿が消え…。
誘拐と美術品盗難の謎に迫る番外編！

ハロー・グッドバイ

田町家が取り壊され増谷家・会沢家として
生まれ変わろうとするなか、
〈かふぇ あさん〉の夜営業が始まる。
さまざまな変化や試みに、
堀田家は「LOVE」を胸に挑んでいく。